神官騎士は黒翼の忌み子を寵愛する

杉原朱紀

CONTENTS ✦目次✦

✦神官騎士は黒翼の忌み子を寵愛する

✦イラスト・金ひかる

✦カバーデザイン＝久保宏夏(omochi design)
✦ブックデザイン＝まるか工房

神官騎士は黒翼の忌み子を寵愛する

もしも生まれ変わったら、自分は何になるのだろう。

遠い、遠い昔。空想遊びの延長で、そんなふうに考えたことがあったかもしれない。

けれど、たとえ考えていたとしても、多分その時は思ってもみなかっただろう。

自分が、その『もしも』の結果を知ることになる、などとは。

†

夢を、見た。

暗闇の中、夜空に映し出された幻のように、その記憶は唐突にノアの中に蘇った。

「……――っ！」

知らない。わからない。ここは、どこ。僕は……――誰。

頭の中に強制的に流し込まれる情報に意識の全てを押し流されそうになり、音にならない叫び声を上げる。

灰色の石で出来た、見上げても果てがないほど大きな建物が立ち並ぶ光景。黒い地面の上を硬そうな塊が走り、それらの近くを見たこともない服装をした人々が歩く。

地球という星。日本という国。今、自分がいるはずの場所とは全く違うそこで――そう、自分は生きていたのだ。

大学生だった自分。両親はすでに亡く、奨学金で大学進学したと同時に、引き取られた親戚の家を出て、必死で勉強しながらアルバイトで生活費を稼ぎ。後数ヶ月で卒業する——はずだった。

二十二年間という人生の膨大な記憶が『知識』として流れ込んでくる。濁流のようなそれは、『ノア』というちっぽけな自我を簡単に押し潰していき——だが、ある日の朝を境にぷつりと途切れた。

(死んで、しまったんだ……)

苦しむこともなかったのだろう。訪れたのは、ひどく静かな最後だった。

喜びも、怒りも、悲しさも、楽しさも。自分にはなにもなく、ただ一人で、淡々と生きていた——今と同じに。

(ううん。少し、違う。楽しみはあった……)

本を読むこと。それは、前の自分の唯一の——そして一番の楽しみだった。図書館に行けば、お金がなくても本を読むことはできた。暮らしていた親戚の家に居場所はなく、だからこそ、図書館に逃げ込んでただひたすら本を読んでいた。

国内、海外。古典、現代。フィクション、ノンフィクション。国や時代、ジャンルを問わず、物語から始まり、学術書や専門書まで、それこそ貪るように。

本を読んでいる時だけは——一人であることを忘れられたから。

（ああ。本が、読みたい……）

それが、なにも持っていない今の自分――ノアに生まれた、初めての『欲求』だった。

†

爽やかな空気の中に、ほんの少しの甘みと、泥臭さ、そして柔らかい緑の匂いが混じる。

今にも壊れそうな古びた木造の小屋から外に出たノアは、雲一つない空を見上げ息を吸い込んだ。綺麗な蒼天は見ていると吸い込まれそうで、ついぼんやりと眺めてしまう。

（夏よりも、柔らかい）

同じ青空でも、季節によってその色は違う。陽射しが暖かくなり、雪が完全に溶け春へと移り変わるこの時期は、目に映る全てが少しずつ彩りを取り戻し始めている最中だ。これから夏に向けて色鮮やかになっていき、それが過ぎれば再び彩度を落としていく。

視線を下ろせば、目の前には青々とした緑の葉に彩られた畑が広がっている。見渡せる程度の広さではあるが、ここがノアの唯一の居場所で仕事場だった。

（そろそろ、キャベツが収穫できるかなあ）

その前に、神殿に持っていく薬草を摘んでおこう。今日の予定をのんびりと考えながら、小屋の壁に立てかけておいた籠を手にして、薬草を植えている一角に足を向けた。

肩につくほどの長さで無造作に切られた黒髪が、歩く度にぱさぱさと軽く音を立てる。目を覆うほど長く伸ばされた前髪の隙間からは、髪と同じ黒い瞳が覗いていた。やや大きめの二重の瞳に、すっと通った鼻筋。小さめの唇。よく見れば、各パーツがバランス良く配置された整った顔立ちをしているものの、肉付きの悪い、骨の目立つ輪郭により、暗い印象の方が先に立ってしまっている。

また、華奢というには細すぎる痩せこけた体軀も、サイズの合わない薄汚れた布の中で泳いでいた。肩がずり落ち袖を捲った上衣と、踝辺りまで裾を折って上げている下衣。大人用の古着を、脱げてしまわないよう腰にきつく巻いた布でどうにか止めているといった状態が、みすぼらしさを増している。

それでも、ノアにとってはそれが普通であり、住む場所と衣服、そして生きていける程度に食べるものがあるだけで十分だった。

畑を背にして正面を見れば、大きな石造りの建物が荘厳な様子で建てられている。このユベリア王国の中心である王城内に建てられた、中央神殿。王国内の街や村にある神殿や教会の総本山であるそこは、十数年前――ノアが四歳の頃に連れてこられた場所だった。

ここは神殿の敷地内で最も人気のない端の一角だが、表や、こことは逆の神官達が出入りする場所は、いつも人の姿が絶えない。

「……あ」

畑の端、野菜を育てている場所から少し離れた石で囲った一角に辿り着くと、ノアは思わずその場にしゃがみこんだ。

（また……）

そこにあったのは、荒らされた薬草畑。根をちぎって引き抜かれた無残な薬草の姿に溜息をつき、散らばったそれらを拾い集める。

幸い、全て引き抜かれたわけではなかったが、育ちきる前に抜かれてしまったものは使えない。薬にできるものとできないものを分けながら籠に入れていると、突如、背中になにかがぶつかり鋭い痛みが走る。

「……っ！」

持っていた薬草を取り落とし、しゃがんだまま前のめりになる。上げそうになった声をどうにか殺すと、再び背中に小さいけれどひどく硬いものが飛んできた。

「化物は出ていけ！」

「出ていけ！」

複数の子供の声とともに、次々と石が投げられる。それを避けることなく、ノアはその場に頭を抱えて蹲った。子供の力でも、当たれば痛い。逃げればさらに畑を荒らされると知っているので、子供達の気が済むまで我慢するのもいつものことだった。

ひとしきり飛んできていた石礫が止んだところで、そっと顔を上げて振り返る。

「……っ！　化物がこっち見たぞ、逃げろ！」

　同時に、悲鳴とも笑い声ともつかぬ騒がしさとともに、数人の子供が駆け去っていく。簡素で着古したものではあるが、身体（からだ）に合った服を着た子供達は、ノアと同じくこの中央神殿に引き取られた孤児だ。どこの神殿にも孤児を引き取る施設は併設されているが、この中央神殿に引き取られる孤児はノアを含めて、ある条件に当てはまる子供ばかりだった。

（肝試し、みたいなものかなあ）

　怖いもの、禁忌とされているものにあえて近づき、度胸があるかを試す。この世界にも似たような遊びはあるんだな、と他人事（ひとごと）のように考えながら、薬草を引き抜かれ荒らされた部分の土を軽く手でならした。

　ノアの黒い髪と瞳は、この国では不吉なものとされている。物心ついた頃には、周囲の態度と常に投げかけられる『忌み子』という言葉から、自分がここでは異質な存在なのだということを理解していた。

　忌み嫌われ、こうして人気のない場所に遠ざけられ、お化けのような扱いをされることについては、今更なんの感情も湧かない。異質なものを排除しようとするのは、どこに行っても同じだ。

　この世界。ノアが、今自身が生きているこの場所をそう呼ぶのは、ノアの中に、ここではない世界の記憶があるからだ。

前世の――ノアとして生まれる前、日本という国で生きていた頃の記憶。それが『知識』としてノアの中にある――と言っても、あるだけでほとんど役に立ってはいないけれど。

「……こんなものかな」

薬草畑と崩れていた石の囲いを整え直すと、追加でちょうど良く育ったものを摘み、傍らに置いた籠を両手で持ち上げた。幸い、思っていたより被害は少なかった。生長途中で引き抜かれてしまったものは、スープの具材か、自分用の薬にしてしまおう。

小屋に戻ると、籠を床に置く。使える薬草だけを取り出し、種類ごとに分けて軽く麻紐で束ねると、別の小さな籠に移していった。

それを終えると、壁の出っ張りに掛けているローブを手にする。髪と顔が見えないよう頭からすっぽりローブを被ると、籠を抱えて小屋を出た。

ローブで隠した顔が見えないよう俯くと、籠をしっかり両手で抱えて足早に神殿の方へと向かう。畑で育てた薬草や野菜を神殿に持っていくのが、今のノアの主な仕事だ。髪や瞳――そしてとある事情から身体の一部を人前で晒すことや、神殿内に立ち入ることを禁じられたノアにとって、唯一できる仕事がこれだった。

ノアが神殿の敷地の端に一人で暮らしているのも、人に姿を見せないようにするためだ。引き取られた当初は神殿の地下に部屋を与えられ雑役をしていたが、数年経った頃に、小屋に移され畑仕事を命じられた。昔いた村の教会では、畑仕事は子供達全員でやっていたが、ここではノア一人の仕事となっている。とはいえ、それに不満があるかと言えば、全くなかったが。

（畑仕事は好きだし、あそこなら、人に会わなくて済むし……）

ノアとて、嫌悪されると分かっている場所に自ら行きたいとは思わない。このままずっと人に会わないまま畑仕事だけをして暮らしていければどんなにいいか。そう願ってすらいる。

神殿の裏手に辿り着くと、建物の陰から目的の場所——神殿の薬草保管庫である倉庫の方をそっと覗く。周囲に人の姿がないことを確認すると、小走りで倉庫へ向かった。この時間帯は神殿で祈りが捧げられているため、神官の姿はほとんどない。ごくたまにタイミング悪く下働きの人間に出くわすことはあったが、頭からローブを被っているのがノアだと分かっているため、不吉な存在に自ら近づく者はそういなかった。

誰も来ないうちに。そう思いながら倉庫の前に辿り着いた時、不意に、開いたままの倉庫の扉から誰かが出てくる。急いで中に駆け込もうとしていたノアは、咄嗟のことに止まれないまま、目の前に現れた大きな身体にぶつかった。

「……っ！」

どすん、という音とともに、踏ん張れず反動で後ろに転んでしまう。持っていた籠が手から離れ、尻餅（しりもち）をつくと同時に両手を地面で擦（す）った。

「っと、悪い！」

頭上で慌てたような男の声がし、ぎゅっと閉じていた目を開く。同時に、正面から伸びてきた手が脇の下に入れられ、ぐいと引き起こされた。ノアの体重などものともしないというふうに軽々と身体を持ち上げるように立たされ、驚いたまま固まってしまう。

「大丈夫か？　ああ、手を擦っているな」

こんなふうに躊躇（ためら）いなく人から触れられたのは、記憶にある限り初めてで、ぴくりとも動けなくなってしまう。一度身体から離れた男の手が、ノアの手を取ると掌を上に向けるようにして持ち上げた。

「……――」

男がなにかを呟（つぶや）いたと同時に、摑（つか）まれたままの両手がほわりと温かくなる。直後、ぴりぴりとした痛みが消え、じっと掌を見つめた。

「……――あ」

傷が治ったのだとわかり、目を見開く。反射的に身動（みじろ）ぎすると、石をぶつけられた背中の痛みもなくなっていた。

（治癒の魔術）

自分にかけられたそれを理解し、思わず目の前の男を見上げた。

「……――っ」

そうして、男の姿が視界に入った瞬間、息を呑（の）んだ。

後ろで無造作に結ばれた、艶（つや）やかな絹糸のような銀色の髪と、吸い込まれるようなサファイアブルーの瞳。眦（まなじり）は鋭いが、こちらを見つめる瞳はほんの少し驚いたように見開かれており、穏やかで優しい気配がする。

ノアよりもかなり上背があり、肩幅もずっと広い。特別大柄というわけではないが、鍛えられているとわかる引き締まった体軀をしていた。

（綺麗……）

顔立ちはもちろんだが、立ち姿、そして気配、それら全てが綺麗だと思った。優美や美麗、というのとは違う。容姿も、体格も、雰囲気も、どちらかと言えば男性的で凛々（りり）しく、上品な中にもほんの少し野性味を感じさせる。けれど、ノアの中では、格好良いという言葉よりも、綺麗、というそれがしっくりきた。

男の纏（まと）う空気が、とても澄んでいたから。今まで出会ったことのある誰とも違う。この人なら大丈夫だと、そう思わせるなにかがあった。

「他に、痛いところは？」

微笑（ほほえ）みながら優しく目を細めた男の声に、はっとする。こんなに人の顔をはっきり見たのは物心ついて初めてで、そこでようやく視界が開けていることに気がついた。

（ローブ……っ！）

転んだ拍子に、頭から被っていたローブのフードが脱げてしまっていたらしい。慌てて髪と顔を隠すように目深に被り直すと、俯いた。

「す、みませ……」

動揺し、深々と頭を下げ震える声でどうにか呟くと、その場に膝をついて足下に散らばった薬草を急いで籠の中に入れていく。すると、なぜか目の前の男も片膝をつき、薬草を拾い始めた。

「あ、ふ、服……」

服が汚れてしまうから、立って欲しい。そう続けられず口ごもると、ぽんとフードの上から大きな掌が乗せられた。

「気にしなくていい。汚れは払えば落ちる。それより、大切な薬草なのに悪かったな」

そうして、丁寧に薬草を拾い集めた男が、籠の中にそれらを戻してくれる。ノアの髪と瞳を見てもなにも言わず、なおかつ、なんの躊躇いもなく触れてくることに混乱し、ノアは薬草の入った籠を抱えてもう一度深く頭を下げた。

「も、しわ……、し、つれい、し、す……」

どうにか言葉を押し出すと、礼を失しているとはわかっていても、耐えきれずにその場から逃げ出す。男の横を通り抜け開いたままの扉から倉庫の中に駆け込むと、薄暗い奥の方まで行き、いつの間にか止めていた息を吐いた。

（誰、だったんだろう……）

よく見ていなかったが、濃紺の——騎士服を着ていたような気がする。騎士団員自体、遠目でちらっとしか見たことはないが、腰に剣を帯(は)いていたから、恐らくそれに準じた人なのだろう。

(優しい人、だったな……)

ノアを見ても、眉(まゆ)を顰(ひそ)めるでも嫌悪するでもなかった。それどころか、あんなふうに優しく自然に笑いかけてくれる人など、一人もいなかった。

黒髪も、黒い瞳も、ノアにとっては当たり前のものだ。周囲がそれを拒絶することを理解はしていても——仕方がないと思っていても、決して傷つかないわけではない。

どうしてか、今、それを実感してしまった。

「……——」

また、と小さく口から零(こぼ)れた言葉は、だがそれ以上音になることはなく、薄暗い闇の中に静かに消えていくのだった。

†

「アルベルト・ヴァイス・フォートレン。神官長に任ずる。一時的な措置ではあるが、受け継いだその家名に恥じぬよう、神獣をお護りせよ」

静まり返った広間で、魔術騎士団の正装である濃紺の騎士服に身を包んだ男――アルベルト・ヴァイス・フォートレンは、正面に立つ主――ユベリア王国の国王であるイーディアル・フォン・ユベリアの淡々とした声に、片膝をつき左胸に右手を当てたまま静かに頭を垂れた。

動きに合わせ、腰の辺りまで伸ばし無造作に後ろで結んだ銀色の髪が、さらりと揺れる。サファイアブルーの瞳は伏せられ、そこに浮かぶ不満を隠していた。

ほんの一瞬、周囲に音のないざわめきが広がる。それを黙殺し、アルベルトは内心で悪態をつきながら、感情を乗せないまま声を発した。

「謹んでお受け致します」

とんだ茶番だ。心の中で独りごちながら、イーディアルの「以上だ」という言葉とともに、その場に立ち上がる。わずかに交錯した視線に、面白がっている色を見つけ、顔を歪めないように気をつけながら再び目を伏せた。

(全く、面倒な役目を押しつけたな……)

任命式はこれで終了。本日任命された者達は、各自、新たに与えられた役目に邁進するように。イーディアルの傍らに立つ宰相がそう告げたと同時に、イーディアルが踵を返す。

その姿が奥の扉に消えた直後、広間の中が一気に騒がしくなった。

どういうことだ。なぜ、あのフォートレンが神官長に。

ざわめきの中からそんな言葉を拾い、それは俺が聞きたいと声には出さないまま呟く。どちらにしろ、任命式さえ終わればこんな場所に用はない。誰かに声をかけられる前にと、他の参列者に紛れて部屋を出ようと踵を返す。

「フォートレン卿。これはまた、思いもよらぬ任命だ」

だが、そんな思惑とは裏腹に、聞き覚えのあるやや嗄れた声が耳に届く。あまり嬉しくないそれに眉を顰めそうになりながら、足を止めた。

「ザーネ伯。ご無沙汰しております」

振り返れば、見知った老年の男が探るような視線を向けていた。アルベルトの生家であるフォートレン伯爵家よりは歴史が浅く、だが、現在同等の家格の中では最も発言権がある家の当主に、アルベルトは表情を変えぬまま静かに頭を下げる。

「魔術騎士団の副団長殿が、なぜ神官長に？　卿が抜ければ、魔術騎士団の魔獣討伐にも影響が出るだろうに」

いかにもわざとらしく心配そうな表情を浮かべた男に、どの口が言っていると思いつつも、いいえ、とアルベルトは緩く微笑みながら静かに答えた。切れ長の瞳に悟らせぬ程度の威圧を込めると、相手がかすかに身動ぐ。

「団員達は皆優秀ですから、問題はありません。任命については、全て陛下の差配によるもの。なぜ、大切な神官長のお役目が与えられたのか、そのご意志を推し量ることは、私などではとても」

知りたければ、直接国王に聞け。遠回しにそう告げ、目を伏せるようにして相手からそっと視線を外す。

「ですが、たとえ一時的な措置といえども大切な役目をお任せ頂いたのであれば、神獣のため、我がフォートレン家の名に恥じぬよう全う致します」

そしてさりげなく家名を告げれば、わずかに正面の空気が揺れた。

「……そうか。騎士と神官では職務も大きく違う。戸惑うことも多いだろう。当家は、昔から神官として神獣にお仕えさせて頂いている。なにかあれば、いつなりと相談するといい」

「お言葉、ありがたく」

わずかな間を置いてそう告げた男に一礼し、にこりと微笑む。この男の次男が上級神官の中にいることは、把握している。自身の家が神殿を掌握するために、神官長交代はうってつけの機会だ。アルベルトの就任は一時的なものだと国王が宣言したため、次の神官長の座を手に入れるため探りを入れたいのだろう。

(さて、これから誰が動き始めるか)

それこそが、アルベルトの役目だとも知らずに。内心でそう独りごちながら、それではと断りを入れてその場を立ち去る。

天井にまで届く大扉をくぐり、足早に広間を後にする。第三門を抜けた城内には、国内式典用の広間や会議室などが多く並んでいる。正門近くにある魔術騎士団の本部まではそれなりに距離があり、門の近くの厩に移動に使った馬を繋いでいるのだ。

城内から出て厩に向かうと、アルベルトと同じ濃紺の騎士服を纏った青年が気安い様子で手を振ってくる。

「お疲れ様です。団長から『追い出し訓練』やるから引き摺ってこいってお達しです」

見慣れた片手剣を差し出した青年が、にこりと邪気のない笑みを浮かべそう告げるのに、思わず顔を顰めてしまう。

「本当にやるのか」

片手剣を受け取り、厩から愛馬である黒馬を出す。

「当たり前ですよー。しばらく副団長と訓練できないんですから、みんな張り切ってます」

「……賭けの内容は」

「副団長に一発入れられたら、夜の追い出し会は団長持ちで！」

明るく告げる青年に、やれやれと溜息をつく。異動や退団する団員との最後の訓練と、今後の繁栄を祈る送別会は、所属する魔術騎士団の恒例行事だ。明日から神官長として神殿へ異動になるアルベルトに対しても、例外ではないらしい。

「臨時団員として籍は残るんだがな」

馬に跨がり、規定以上の速度を出さぬよう進むと、青年が横に並ぶ。

「まあ、そこはそれ。副団長がいなくなると、さすがに困りますから」

「明日から副団長はお前だ。引き継ぎは済ませたんだから、しっかり働け」

「わかってますよー。にしても、神官長っていきなりですねえ。まあ、先輩の家のことを考えたら、さもありなんって感じですが」

飄々とした青年の声に、たいした感慨もなく応える。

「俺には、恐れ多い立場だがな」

「うわ。神殿でそんな面倒くさそうな声出さないでくださいよ？」

「……当たり前だろう」

その昔、アルベルトの生家、フォートレン伯爵家が侯爵を叙爵されていた頃の呼び名。それが、今回アルベルトが神官長などという立場に据えられることになった要因の一つだった。

「確かに、『神獣の守護役』と言われるフォートレン家なら、魔力も魔術も、神獣を護る立場としても、臨時で任命してもおおっぴらに文句は言いづらいでしょうね」

「誰が前神官長の不正に関わっているかわからない以上、公正を期すために暫定的な神官長は外部の人間にすると陛下が宣言したからな。神殿側はなにも言えまい」

「で、陛下と、先輩の兄上であるフォートレン宰相補佐殿から押しつけられたってところですか。……相変わらずですねえ」

苦笑とともにそう告げた青年を横目で睨む。

「なんなら代わってやるが」

「え、嫌ですよ。そんな恐れ多い」

面倒くさい。と、言葉にならないそれを正確に読み取り顔を顰めていると、そういえば、と青年がなにかを思い出したように告げた。

「神殿と言えば、えーっと……『神殿の幽霊』っていうのがいるらしいですよ？」

「なんだそれ」

「いえ、恋人が最近神殿の調理場で働き始めたんですが、神殿で時々遭遇するっていう噂らしいです。不吉だから、見かけたら逃げろって言われてるとか……」

本人は見たことないそうなんですが、割と昔からある話だそうですよ。そう告げた青年が、本当に幽霊が出るんですかね、と興味津々な様子で続けた。

「先輩、見つけたら教えて下さいね！」

「……知るか」

くだらない、と一蹴すると、青年が不満そうな声を上げる。

「えー。っていうか、貴族仕様の時のにこやかさを、もう少し団でも活かせませんかね？面倒見はいいくせに無愛想だから新人達に怖がられるんですよ」

「なんならお前相手の時は、ずっとこっちでしゃべってやろうか」

にこりと笑みを浮かべて見遣ると、青年が口端を引き攣らせる。

「目、目が笑ってないです……」

「当たり前だろうが。後で覚えてろよ」

視界の端に魔術騎士団の本部を捉えそう呟くと、ははは、と青年が乾いた笑いを漏らす。

（神殿の幽霊……）

その言葉に、ふと、昼前に神殿の内部を見て回っていた際にぶつかった小柄な子供の姿が脳裏に過る。

「あ、先輩、お迎えが出てますよ」

だが、楽しげにかけられた青年の声に意識をとられ、思い浮かんだその姿はすぐに消えていく。そうして、賑やかに自分を迎える騎士団員達の姿を目にし、思わず苦笑を浮かべるのだった。

†

「明日、新しい神官長が神殿に入られることになった。数日は神殿の内外を見て回られる予定だから、日が出ている間は小屋から出ないように」

「……——」

夕方になり、辺りがオレンジ色に染まり始めた頃、小屋を訪れ淡々とそう告げた中肉中背の男――神官であるザフィアに、ノアは俯いたままこくりと頷いた。

滑らかな灰青色の神官服を着たザフィアは、ノアがこの中央神殿に来た頃から、監督役として唯一ノアのもとに足を運ぶ神官だった。やや癖のある紺色の髪を後ろに流し、温度の感じられない薄い水色の瞳は、いつも眇めるように細められている。

孤児院には、通常、子供達の世話や教育を担う監督役の神官がおり、この中央神殿にもそういった神官が多数いるらしい。らしい、と言うのは、ノアがまともに言葉を交わしたことがあるのが、ザフィアだけだからだ。

ザフィアは、珍しくノアに対して明確な嫌悪を示さない相手だった。いつも淡々としており、こちらを見る瞳も冷めているが、それ以上でも以下でもない。むしろ、下手をすれば完全に放置されていたかもしれないノアに対して、最低限、必要なものをきちんと手配してくれていた。

ここに来て以来ずっと孤児院ではなく神殿の地下室で暮らしていたノアに、この小屋と畑仕事を与えたのもザフィアで、神殿の上層部に、表に出せない者でもできる仕事だからと掛け合ってくれたそうだ。

そのおかげで、成人とみなされる十六歳を過ぎてもここでこうして生きていくことができているのだから、ザフィアには感謝している。とはいえ、決して気安い相手ではなかったが。

じっと俯いていると、早朝と深夜であれば畑の世話は許可する、と言い置いてザフィアが踵を返した。その姿を頭を下げて見送ると、ふっと息を吐いて入口の木製扉を閉めた。

明日は、早起きして日が昇る前に水やりをしよう。そう思いながら、夕食の準備をするために小屋の隅に置いた水瓶から小さな手鍋に水を入れ、外に出た。小屋の中で火を使うわけにはいかないため、調理は外でしているのだ。

完全に暗くなってしまう前にと、竈(かまど)代わりにしている石を積んだ場所に木の枝を入れ、火をつける。水を入れた鍋を積んだ石の上に引っかけるようにして置き、薬として使えない薬草や虫食いがひどく神殿に持って行けなかった野菜を軽く洗い、小さなナイフで切って中に入れた。

薬草や野菜を水で煮ただけのものだが、ノアにしてみれば、温かいものを食べられるだけで十分に豪勢な食事だった。時折、お祝いごとがあった時などに、ザフィアが神殿で配られた肉や魚、パンなどを持ってきてくれたりすることもあった。

ことことと野菜を煮込み、その火で暖を取る。暖かくなってきたとはいえ、まだ、朝と夜は冷える。火を使うことは許されているが、長時間になると咎(とが)められるため、野菜が煮えたところで鍋を石の上から外し、土をかけて火を消した。

完全に火が消えていることを何度も確認し、鍋を持って小屋の中に入る。辺りはもうすっかり暗くなっており、ノアは鍋を床の上に置くと、入口近くに置いたランプを手に取った。

「……──」

やがて、ランプがぼんやりと明るくなる。魔道具であるそれは、魔力を通すと一晩は明かりを保ってくれる照明器具だった。小屋の中がうっすらとした明かりに照らされると、唯一の家具である長櫃(ながびつ)の中から木匙(きさじ)を取り出す。ノアの持ち物は、神殿に来た時に与えられた木皿と木匙、そして替えの服が一枚。それだけだ。

元々、この小屋は農作業用の倉庫だったのだろう。畑仕事の道具や野菜の種などは一通り揃(そろ)っており、特に不自由はなかった。薬草の種はなかったため、ザフィアに頼んで神殿のものを少し分けてもらったが。

ノアがこの神殿に来た理由。それが、先ほど使った魔力だった。

このユベリア王国では、時折、魔力を持つ子供が生まれる。そしてその中のごく一部が、魔力を『魔術』として利用できるようになるのだ。

魔力を持つ人間は多くないため、たとえ平民であっても、それをコントロールする能力があれば重宝される。ちなみに、たとえ魔力を持っていたとしても、それを扱えない者は魔力を持たない人間とさほど変わらない。

この中央神殿の孤児院では、親のない孤児達の中でも、さらに魔力を扱える子供が引き取られている。それは、魔力を持つ子供が貴重なことに加え、中央神殿で働くための最低条件が『魔力を持つこと』であることが一因であり、ここに引き取られた子供達は、ほぼ全員、ゆくゆくは神殿の使用人や神官、もしくは城勤めとなる。

ユベリア王国は、神獣に護られている。

そんな伝承が、この国にはある。神獣は稀少であり、現存する神獣は片手に満たないと言われているが、確かに存在はするそうだ。

そしてこの中央神殿は、王国を守護する神獣が過ごす『聖域』がある場所、らしい。そしてその神獣と意思を通わすには魔力が必要なため、神殿で働く者――特に神獣を護る役目を負った神官に魔力は必須なのだという。

（神獣なんて、本当にいるのかわからないけど……）

この世界には、神獣ほどではないが稀少な幻獣や、最も一般的といわれる魔獣が存在する。だから、神獣もいるのかもしれないとは思う。

（まあ、いてもいなくても、僕には関係ないし……）

そんなことを思いながら、ノアはなにもない床に腰を下ろすと、まだ温かい鍋を一旦地面に置く。

スープにつかないよう、緩くぶかぶかな袖を両方とも肘（ひじ）の辺りまで捲り上げる。露（あらわ）になった左腕には黒い文様のような痣（あざ）があり、再び鍋を持ち上げゆっくりとスープを飲みながらそれを見つめた。これも、ノアが人前に姿を見せることを禁じられた理由の一つではあるが、ノアがこの痣を忌避することはなかった。

（綺麗、なのにな……）

左腕を覆うように肌の上に広がる痣は、左肩へと続き、左の胸元、そして首を辿って頬辺りまで続いている。最初は何か分からなかったが、ある時ふと、幾何学的ではあるが左腕を包む翼のような模様だなと気がついた。

それは多分、この痣ができた理由に起因しているのだろう。だからこそ、ノアはこの痣ができたことが嫌ではなかったし、むしろ大切にしていた。

「……相も変わらず、しみったれた食事よの」

ふっと目の前に影が差し、同時に聞こえてきた呆れたような——そして尊大な口調の声に、ノアは顔を上げて苦笑する。

「そんなだから、縦にも横にも大きくならんのだ」

「しみったれたって……セレス、どこでそんな言葉覚えてきたの？」

「おぬしの記憶の中だ。色々と面白い言葉があるものだな」

見た目とは違い、大人びた表情で至極満足そうに笑う六歳ほどの少年——セレスに、ノアは、ますます苦笑を深めた。

「見るのはいいけど、あんまり変な言葉は覚えてこないでね」

「……全く。普通は、見るな、というものではないのか？　我が言うのもなんだが、おぬしは無防備すぎる」

「見られて困るようなものでもないし。セレスは、他の人に言ったりしないでしょう？」

「おぬし以外に姿を見せる気はないからの。まあいい、冷める前にさっさと食べてしまえ」

ぱたぱたと軽く手を振られ、にこりと笑い頷くと、再びスープを口に運ぶ。

壁際に並べた干した薬草を見ているセレスは、神官服に似た——それよりも上質で豪華に見える服を身に纏っている。そして、色は見たことのない白銀だった。

髪は、ノアと同じ黒。だが、セレスの場合、黒にきらめく銀色が混ざっており、黒銀と言った方が正しいだろう。瞳は薄い空色で、その澄んだ色は、ちょうど今の時期——春の空を思わせるものだった。

ノアよりも背が低く幼い容貌ではあるが、それは見た目だけのことで、随分長生きしているらしい。事実、セレスはとても博識で、なにも知らなかったノアに色々なことを教えてくれた。

スープを食べながら見れば、ノアの腕の黒い文様が少し薄くなっている。

(いつも思うけど、不思議だなあ。セレスは、どこにいるんだろう)

ぼんやりと考えつつ、しゃがんで薬草を摘んでいるセレスを見遣る。

セレスは普段、ノアの中にいる、らしい。

当然のことながら、セレスは人間ではない。きちんと聞いたことはないが、恐らく力の強い魔獣なのだろう。力の強い魔獣は黒い色をしたものが多いと教えてもらった——だからこそ、黒い髪と瞳を持つノアは魔獣の血を引く穢れた存在として『忌み子』と呼ばれているのだ――から、多分、セレスもその中のどれかなのだと思っている。

(セレスは、怖くもないし、凶暴でもないけど)

魔獣は、人に害をなすものが多いと言われているが、きっと、魔獣にも色々といるのだろう。とはいえ、実体を持つ魔獣が、自分の中にどうやって入っているのか。そう首を傾げたノアに、セレスは笑いながら、魔術の一種のようなものだと告げた。

とある事情で魔力をかなり失ってしまったため、ノアの身体の中で少し魔力を分けて休ませて欲しい。あの日そう言われたノアは、二つ返事で了承した。ノア自身、魔力を使うことはそうそうないから、なにも困らない。

そう言ったノアに、逆にセレスの方が呆れたような顔をしていたのは、正体の分からないものに憑かれているような状態なのに、ノアが一切の危機感を持っていなかったから、だそうだ。

「……ごちそうさまでした」

そんなことを思い出しながらスープを食べ終えると、鍋を床に置き両手を合わせる。いつからか習慣になったそれは、ノアの中にある『記憶』に起因する。

「そういえば、おぬしの中で見たスープは、色々な種類があったな」

ノアの前に来てしゃがんだセレスが、空っぽの鍋を見てそう呟いた。

「うん。そうみたい。味は、なんとなくしか覚えてないけど」

「なにやら、茶色い泥のようなものもあったが……。あれは美味(おい)しくなさそうじゃった」

「泥……？　あ、カレーのことかな」

「ああ。確か、そのカレーというやつじゃ」

「うん。ご飯……お米を炊いたものにかけたり、パンにつけて食べたりするんだ。色は茶色いけど、美味しい、よ？　……多分」

立ち上がり、隅に置いた水瓶から水を汲(く)むと、簡単に鍋と木匙を洗う。乾かすために長櫃の上にそれらを並べると、先ほどノアが座っていた場所に座り込んだセレスの前に行き、向かい合うように腰を下ろした。

不意に、セレスがノアの前に手をかざし目を閉じる。ふむ、と声を漏らすと、肉の薄い頬を指で摘んだ。

「おぬし、我が眠っている間に誰と会(お)うた？」

「えっと、夕方、ザフィア様が来たけど」

首を傾げて告げると、セレスが眉間(みけん)に皺(しわ)を刻んだ。

「それではない」

「あ、倉庫の方で、知らない人にぶつかった。傷を治してもらったんだ」

言いながら、畑仕事でできた細かな切り傷の残る手を見せる。今できている傷は、今日の午後についたもので、その前までにあったものは薬草保管庫の前で会った男が治してくれていた。

「……──。この魔力は……いや、まあいい。それよりも、使えぬ薬草がこれだけあるということは、また畑を荒らされたようじゃの。ここは一発、我が仕置きでもしてくるか」

「いいよ、そんなの。いつものことだし」

眉間の皺をそのままに物騒なことを呟いたセレスに、ノアが苦笑する。一度、止めたにもかかわらず実行したらしく、孤児院の方で騒ぎになったことがあったのだ。なにをしたのか問えば、『なあに、夜中にあれこれ動かして騒がしてやっただけじゃ。怪我はさせておらぬから心配するな』と、胸を張って答えていた。

「おぬしは甘すぎる。そんなことだから、ここに来る前も死ぬような目に遭ったのじゃろう。子供の悪戯ほど、残酷なものはないというに」

「昔のことだから……。おかげで、ここに来られたし」

この中央神殿に来る前、ノアは小さな村の教会で暮らしていた。生まれて間もない頃に教会の前に捨てられていたらしく、孤児として引き取られたのだ。

ノアにとって幸いだったのは、そこが隣国にほど近い場所だったことだろう。その村の教会にいた神官は、母親が他国の出身であり、ノアのような黒い髪や瞳に対する忌避感が他の人よりも幾らか薄かったらしい。

教会にいた他の子供達からは『忌み子』や『魔獣の子』と言われ苛められていたが、その神官は、ノアを他の子供と同じように扱ってくれていた。

そんなひっそりとした生活が変化したのは、ノアが四歳の頃だった。教会裏手の林の中で、危険だから近づかないようにと言われていた沼に、子供達の悪戯で突き落とされたのだ。

その時のことは、正直よく覚えていない。ただ、どうやっても沼から這い上がれず、息苦しさからもがいていた時、身体が燃えるように熱くなったのだけはなんとなく記憶にあった。

目を覚ました時、ノアは、すでに中央神殿に向かう馬車の中にいた。沼を抜けだそうともがくうちに、本能的に魔術を発動させたらしい。魔力を持ち、かつ、それを扱える子供は、中央神殿で引き取る決まりなのだと、その時教えられた。

当時、ノアの中にまだセレスはいなかった。だがセレスは、ノアの中に入ってから、ノアの『記憶』を見ることができるようになった。それによりノアの生い立ちを知ったセレスは、中央神殿に連れて来られたものの魔力の扱い方を教えられるでもなく放置されていたノアに、魔力の正しい扱い方と『魔術』を教えてくれたのだ。

「まあよい。もし命に関わるようなことがあっても、我が助けてやるからの」

「うん。ありがとう、セレス」

にこりと笑ってそう言うと、セレスが小さな手を伸ばして頭を撫でてくれる。その感触にますます顔を綻ばせると、セレスがやや照れくさそうに手を引いた。

「あ、そういえば、明日から新しい神官長様が来るって言ってたよ」

「ん？　神官長が代わるのか？」

「そうみたい。僕も、さっき聞いたばかりだけど」

「……大方、おぬしに閉じこもっておけとでも言ったのだろう」

「……あはは」

再びむすりとしたセレスに、苦笑する。

「やはり、この神殿のやつらは嫌いじゃ。もう少し力が戻ったら、目に物を見せてやる」

「そんなに怒らなくていいよ。僕は、ここでこうして、ずっとセレスと一緒に野菜とか薬草育てて静かに暮らしていけるなら、それが一番幸せだから」

「……ふん」

本心からそう告げて笑うと、セレスが面白くなさそうに鼻を鳴らす。そして、それはそうと、とセレスが気を取り直すように告げた。

「今日は、あの動く鉄の塊――『車』じゃったな。あれと似たような、大きくて長いやつのことを教えてくれ」

「『車』の大きくて長いの？　『電車』のことかな？」

「おぬしの記憶の中で白いやつを見たが、あれは速くてなかなか面白かった」

「ああ、『新幹線』のことか。えーっと、なにから話せばいいかな……」

そうしてゆっくりと自身の記憶を探りながら、ノアは、もう十年以上前になる出来事を思い返していた。

†

湿った――そして、どこか淀んだ空気と、饐えた匂い。

四歳でこの中央神殿に移されてから、二度、季節が巡った。

普段は、ここ――中央神殿の端にある離棟の地下に身を隠しながら暮らしており、季節の移り変わりを感じることはできないものの、時折、監督役の神官であるザフィアの監視付きで外に出してもらえることがあった。

神獣のための聖域がある中央神殿で暮らすには、ノアの見た目は外聞が悪い。閉じこめられるような生活に、だがノア自身、抗う意志はなく、与えられた環境に不満もなかった。雨風を凌げる場所と着るもの、飢えて死なない程度の食べ物。それがあれば十分だったからだ。

そして、幼い子供とはいえ働かなければならないとノアが言いつけられたのは、地下の掃除と、そこにいる人々への配膳などの雑役だった。

――そこが地下牢であり、魔力持ちの犯罪者が収容されている場所だと認識したのは、少し後のことだ。

そんなふうに淡々と日々が過ぎていたある日、ノアは突如、原因不明の高熱に襲われた。

無理を押して働いていたものの、とうとう身体が動かなくなったところで、ザフィアから熱が下がるまで仕事は免除する旨が伝えられた。それから数日間、高熱の中で目を覚ましては眠りにつくのを繰り返し——その眠りの中で、不思議な夢を見ていた。

それが、前世の記憶、というものだったのだと理解したのは目を覚ました直後だ。

そうしてノアは、自身の中の知識や常識が、六歳のノアがこれまでに得てきたものより、前世の自分が有していたものが色濃く反映された状態になっていると、本能的に理解した。

それを周囲に言ってはいけないと判断できたのも、前世の記憶によるものだろう。そういった判断をするための知能も、それまでのノアの中になかったからだ。

そして熱が引いた後、身体にも一つだけ変化があった。それが、左上半身——心臓に近い場所から広がり頬や手首にまで達する模様のような黒い痣だった。

「……これは」

二日に一度——高熱を出してからは、日に一度、ノアの様子を見に来ていたザフィアが、ノアの身体に出来た痣を見て眉を顰めた。寝台の端に座り、身を縮めるようにして痣をザフィアに見せていたノアは、続く「身体に不調は？」という言葉にかぶりを振った。

「わかった。原因がわかるまで、ここから出ないように」

そう言ったザフィアが翌日連れてきたのは、神殿の医務官だった。神官服を着た老年の男が魔力持ちの専門医であると知り、ノアは戸惑った。病気であっても、医者に見てもらうことなどできないだろうと思っていたからだ。

「流行病の兆候があった場合、お前はここで隔離となる」

だが、ノアの身体を調べている医師の後ろで淡々とそう言ったザフィアに、ノアは、ああ、と納得した。

神獣の庇護が最も篤いと言われる神殿や教会で、保護された罪のない子供を放逐したり処分したりすることは、強く禁止されている、と、誰かが言っていた。薄ぼんやりとした記憶の中にあったそれを思い出し、だが、他者にうつる病かどうかを判断するだけで、ノアに対する扱いは変わらないのだろうと察した。

たとえ病であっても、なにも変わらない。ここで静かに死んでいくだけだ。

そう思っていたノアの耳に、だが、魔術で診察していた医務官が「流行病の兆候はない」と告げた。他人に迷惑がかかることがないという診断に、ほっとしたのも束の間、二人が部屋を出ていって数刻後、今度はザフィアとともに別の神官が二人、ノアの部屋を訪れた。

ザフィアを除く二人のうち、一人は、副神官長だった。この中央神殿に来た時に、一度だけ見たことがある。副神官長達は、寝台から引き起こされ床に座らされたノアの身体の痣を見ると、一様に顔を顰め吐き捨てるように告げた。

「我らが知らぬ病かもしれぬ。この者の魔力を封じ、今後一切、ここから出られぬよう隔離せよ」

「……──」

俯いたままその言葉を聞いたノアは、だが、特に絶望することもなかった。どうせ、いつまで生きられるかもわからない身の上だったのだ。魔術を使えるわけでもなく、未来に希望があるわけでもない。

もう一人の神官とザフィアが、持っていた麻袋から魔力封じの魔法陣を刻んだ拘束具を取り出すのを見ることもなく見つめる。地下牢の囚人達につけられているものと同じそれに、ああ、自分も囚人になるのだなとぼんやりと思った。

(もう一度だけ、お日様の下を歩きたかったな……)

そんなことを考えながら、力任せに取られた腕と足に、拘束具がつけられていく。

「……全く。このような忌み子、連れてくる前に始末しておけばよかったものを」

ぼやくような副神官長の声に、カチャカチャという無機質な音が重なる。そうして、ノアにつけた拘束具に、ザフィア達が魔力を通し始めた。

その、瞬間。

「……──っ‼」

誰かがなにか怒鳴る声を遠くに聞きながら、ノアの意識はぷつりと途切れたのだった。

そして、さらに二年が経ち、八歳になった頃、ノアは以前と変わらぬ生活を送っていた。

「祇園精舎（ぎおんしょうじゃ）の鐘の声、諸行無常（しょぎょうむじょう）の響きあり。娑羅双樹（しゃらそうじゅ）の花の色……」

地下牢周辺の掃除を終え、与えられた部屋に戻ったノアは、固い寝台の端に座り外に聞こえぬよう小さな声で記憶の中にある文章を口ずさんだ。少し前までは、日本のおとぎ話や外国の童話だったが、昨日から、日本の古典文学に変わっていた。

一言一句、暗記しているわけではない。覚えている限りの内容を、自分の言葉で呟いているだけだ。それが、今のノアにとって唯一の娯楽だった。もちろん、人のいる場所ではできないから、一人になった時限定だ。

（本、読みたいなあ……）

それが、前世の記憶が蘇ったことで生まれた、ノアの初めての『欲求』だった。

とはいえ、この世界でそれが叶（かな）えられることはない。だからせめて、覚えている限りのもので楽しもうと思い、読んだことのある本の内容を順番に頭の中で蘇らせているのだ。

二年前のあの日、目を覚ましたノアは、拘束具をつけられることもなく床に横たわったままだった。身体にできた黒い痣もそのままで、試しにゆっくりと部屋の扉を開けてみたが外から施錠された様子もなく、困惑するままに部屋でザフィアが来るのを待ったのだ。

そして後日、ノアの様子を見に来たザフィアから、一転して、病ではないようだから、痣を隠しながらこれまで通り働くようにとだけ言われ、なにがどうなったのかもわからないまま、元の生活に戻ったのだ。

「……──、伝へ承るこそ心も詞（ことば）も及ばれね」

古典文学の一節を呟き終わり、ふ、と口を閉ざす。と、同時に、ふわりと目の前で風が巻き起こり思わず顔を上げた。

「……ふむ。おぬしの中は、なかなか興味深いの」

「……──え?」

そこにいたのは、自分に似た髪色を持つ綺麗な少年だった。

きちんとした身なりから、どこかの貴族の子供だろうかと思ったものの、見た目よりはるかに臈（ろう）たけた静けさを持つ薄空色の瞳に、違和感を覚えた。

「……誰?」

とはいえ、貴族の子供がこんなところにいるはずがない。そう思い首を傾げると、少年は面白そうに口端を上げた。

「なんだ、驚きもせぬのか。……我は、セレス。この二年（ふたとせ）ほど、おぬしの中で休ませてもろうておる。挨拶が遅れてすまなんだな」

「……──えと。ノア、です」

子供らしからぬ尊大な物言いだが、不思議と似合っており、ノアはなにを考えることもな

くぺこりと頭を下げた。

「……──」

「……──」

お互いに顔を見合わせ沈黙していると、セレスが不意に眉を顰めた。

「それだけか?」

「……──?」

どういうことだろう。そう思いながら首を傾げていると、眉間の皺が深くなり、呆れたような溜息が聞こえてきた。

「怖がられても面倒だが、こうも反応がないと面白うもない。おぬし、危機感というものがないのか。自分で言うのもなんじゃが、見るからに怪しいじゃろうが」

「そう、かな?」

きちんと名乗って挨拶してくれた。なにより、嫌な空気を全く感じない。むしろ、周囲の空気が澄んでいるような気がするのだ。

つまり、怖がる要素がなにもない。

「呑気というか、剛毅というか。……まあよい。我は人間とは異なる存在でな。これは、おぬしに合わせた仮の姿じゃ」

「はい」

寝台の端に座り、大人しく頷いたノアに、セレスは尊大な態度を崩さぬまま続けた。

「二年ほど前に、熱を出して何日も寝込んだじゃろ。あの頃、我はとある理由で大きく魔力を削がれての。まあ、ここから出ていくくらいのことはできたが、つい、おぬしの気配に引き寄せられてしもうたんじゃ。おぬしの魔力は、我とかなり相性が良くてな。申し訳ないとは思うたが、魔力が戻るまで少し休ませてもらうことにした」

「……えと。はい」

話の内容は全く理解できなかったが、セレスが困っていて、ノアの存在がちょうどよかったということだけはわかったため、再び大人しく頷く。

「それから、ずっと眠っておってな。つい先ほど目が覚めた。……おぬしの中で『記憶』を見せてもろうたが、その痣が、おぬしへの迫害に拍車をかけたようですまぬことをした。その痣は、我が宿っている証。我がおぬしから離れぬ限り消えぬ」

「いえ……。えと、はい」

なんと答えればいいかわからず、ひとまず曖昧に頷いていると、セレスは淡々と続けた。

「で？　おぬしは何者じゃ？」

「……――？　ノアです」

首を傾げながら再び名乗ると、違う、とセレスが目を眇めた。

「おぬしの中の『記憶』は、なんじゃ？　我が知るこの世界のものではなかろう。おぬしは、どこから来た？」

その答えは、ノア自身の中にもない。そう思いながら、先ほどセレスも言っていた『高熱を出した時』に自分の前世だろう人間の記憶が蘇ったことを説明した。前世の知識でいうところの、異世界転生、というやつだ。

「……それは、我がおぬしの中に入った影響かもしれぬな。本来目覚めるはずのなかった魂の記憶が、蘇った、か」

むむむ、と眉間に皺を刻みながらそう呟いたセレスが、ノアを見る。そうしてしばらくノアを見つめた後、おもむろに告げた。

「ノアよ。今少し、我が魔力を取り戻すために、協力してはくれぬか。その代わり、その間、我がおぬしの身を護ろう」

「あ、はい」

特に考えることもなく即答すると、逆にセレスが、おぬしなあ、と呆れたように溜息をついた。

「今の説明で、本当にわかったというのか？　我が離れぬ限り、その痣もそのままなのだぞ？　しかも、自分の中に得体の知れぬものが入って、気持ち悪くないのか？」

立て続けにそう言われ、ノアはことりと首を傾げる。

説明自体はよくわからなかったが、セレスが困っていることだけはわかった。痣はあっても困らないし、この二年セレスがノアの中にいて、かつ、それでなんの不都合もなかったのだから、別に構わない。

そう答えると、セレスは、呆れた表情は崩さぬまま「まあよい」と告げた。

「おぬしを一人で置いておく方が、厄介なことになりそうじゃ。……あの時も、魔力封じにしては物騒なものをつけられそうになっておったしな」

後半、ぼそりと呟かれたそれが聞こえず首を傾げると、なんでもないと言ってセレスが続ける。

「後、おぬしの中で休ませてもらう間、魔力を分けてもらうことになるが、おぬしの魔力量なら普通に魔力を使ってもなんの影響もない程度だ。もちろん、身体にも影響はない」

「魔力を使うようなことは、ないので。それで元気になるなら、幾らでも……」

「幾らでも使ったら、おぬしの命が保たぬよ。……ああ、わかった。もう一つ、礼として我が知る限りの知識を与えてやろう。その様子だと、魔力の使い方もろくに知らぬのだろう。覚えておいた方がよい」

そう言われ、ノアは思わず目を見開く。生まれてから今まで、誰かからなにかを教えてもらえることは、一度もなかった。前世の記憶を取り戻してから、この世界のことも知りたいと思っていたが、ノアはここでそれを言える立場にない。

（教えてもらえる……）

思わずぎこちないながらも笑みを浮かべると、セレスが驚いたように目を見張った。

「なんじゃ。その顔は」

「……嬉しく、て。あの、またこうして、お話、できますか？」

図々（ずうずう）しいだろうか。そう思いながら、だが、不機嫌そうな顔をしながらも決してノアを蔑まないセレスの言葉に勇気を振り絞り、そっと尋ねた。

そんなノアを、表情を消しじっと観察するように見つめたセレスは、やがて苦笑を浮かべて頷いた。

「しばらくは、眠りにつく時間の方が長いじゃろうが、目が覚めたら話し相手くらいにはなってやろう。教えることも多そうじゃしな」

そう告げたセレスに、ノアはこの世界で初めてできた話し相手に、そっと心を弾ませるのだった。

†

「フォートレン神官長。こちらから先が、神官達の執務室及び居室区画となります」

淡々とした声と規則的な足音が、石造りの建物の中に響く。

先に案内された、一般開放されている礼拝堂のような場所より、多少装飾の少なくなった空間を見渡しながら、アルベルト・ヴァイス・フォートレンは表情を変えぬまま内心でひとりごちた。

（この辺りに高価なものは元々置いていなかったんだろうが……慌てて片付けたらしい跡はあるな。全く、どれだけの寄付をくすねていたのやら）

　眇められたサファイアブルーの瞳には、ほんのわずか色が変わっている床の一角が映っており、それは、長年置いてあった何かを退けた証拠であった。

　ユベリア王国の王都、ラウルード。そのやや北寄りにある王城の敷地内に建てられた中央神殿は、多少、特殊な場所であった。

　国で定められた法が、完全には届かない場所。神獣を護ることを第一とし、そのためであれば国王にすら背くことができる、いわゆる治外法権の場。

　歴史を辿っても、これほどまでに神殿の力が強い時代はなかった。

　ほんの百年ほど前までは、神獣に選ばれた守護役たる一族がおり、神殿の管理も王族が担っていたのだ。

　だが、とある事件により、その一族が神獣の守護役を退いたことで、神殿が神獣の守護を担うこととなった。以降、神殿側が少しずつ力をつけ王族による関与を排斥していった結果、現状の専横に至った、というわけだ。

　そして、前国王の御世、ついに神殿が禁忌を犯した。それも、最悪の。

「西側が下級神官、東側の一、二階が中級神官、三階が上級神官の執務室及び居室となっております。フォートレン神官長は、別棟の神官長室をそのままお使いください」

「ああ」

神殿内をゆっくりと歩きながらそう説明する上級神官に、あえて煩わしさを隠さず相槌を打つと、前を歩いていた神官がちらりとこちらへ視線を投げてきた。

「……フォートレン神官長は、魔術騎士団で副団長として大層活躍なさっていたとか」

一見、こちらを評価しているような言葉だが、その声には蔑みが滲(にじ)んでいる。神官の格は、魔力の強さに比例する。そのため、上級神官の中には、魔術師団よりも魔力の劣る魔術騎士団や、純粋に剣技でのみ戦う騎士団を、魔力の低い者達と見下す者が多数いるのだ。

そして今回、神殿に割り当てられた予算や寄付を私的流用したとして更迭された前神官長に代わり、新たに神官長として指名されたのが、魔術騎士団出身のアルベルトであったため、神殿内でも反発している神官が多かった。

(馬鹿げた選民思想だな)

魔力を持ち、かつ神獣を護る自分達は、特別な存在だと。そんな価値観が広まり、年を経るごとに歪んでいった神殿の在り方が、今回このような事態を招いたのだろう。

王都やその他の街にある神殿とは違い、この中央神殿に礼拝に訪れるのは貴族や王族に限られており、納められる寄付も高額なものとなる。何年も調査を積み重ね――時には罠(わな)を張り巡らせることで、ようやく私的流用の証拠を手に入れ、この計画が動き出したのだ。

『そういうわけで、アル、出番だよ。ちょっと神官長になってきて』

にっこりと笑いながら無茶振りをしてきた男――現国王の姿が脳裏に蘇り、思わず眉間に皺が寄りそうになる。それをどうにか押し隠すと、やれやれ、と溜息交じりに言葉を返した。

「陛下より任じられた以上、断るわけにはいかないからな。古のこととはいえ、我が一族が、神獣様のことに関して拒むことはありえない、というわけだ」

肩を竦めながら、明言しないまでも『自分はあくまで繋ぎの神官長でしかない』ということを匂わせておく。やる気のない、落ちぶれた伯爵家の三男坊。ここでのアルベルトの最初の役割は、周囲――特に副神官長に近い上級神官達にそれを印象づけることだった。

案の定、案内をしていた上級神官の瞳に滲んだ蔑みの色が強くなる。けれど、それをあからさまに出すことはなく、再び説明へと戻っていった。

『俺が神官長など、無謀にもほどがある。剣を振るうことはできても、兄上達のように深謀遠慮を巡らすことには向いていない』

そして、自分にこの役割を押しつけたフォートレン家長兄――宰相補佐であるリアリット・アイン・フォートレンは、末弟であるアルベルトのこの主張を、正論であっさりとたたき落としたのだ。

『たとえ魔力を持っていても、全く無関係の者を一時的にとはいえ神官長に据えるのは難しい。その点、我が家なら、神獣の守護役の任を退いたとはいえ、神獣に選ばれたという大義名分がある。魔力量に関しても本家の者なら誰でも問題はない。そして、今現在、手が空いているのはお前だけだ』

リアリットの言葉に言い返せなかった時点で、アルベルトの完敗だった。どちらにせよ、長兄の命令に逆らえるはずもなく、国王の勅命としてアルベルトの神官長就任が決まったのだ。

(全く、一番面倒な役回りじゃないか)

アルベルトが神官長となった真の目的は、神殿の不正——そして神殿が犯した最大の禁忌に関わっている人間を洗い出すことだ。

神殿が犯した、最大の禁忌。それは——。

(神獣との契約破棄……)

今、この国は神獣の加護を失っている。神官達にも極秘にされているが、今現在、神殿の『聖域』に神獣の姿はない。前神官長の更迭後、新しく神官長として任命されたアルベルトの権限により、国王及び宰相、そして副神官長とともに『聖域』の確認を行ったが、やはり神獣の姿はなかった。事情を知っているはずの前神官長は取り調べに対し沈黙を貫き、副神官長も自分はなにも知らなかったと繰り返しているだけだ。

神獣が消えた影響は、徐々に、けれど確実に出てきており、このままいけば加護を失った反動により国が大災害に見舞われる危険があった。

　とはいえ、いまだ、残滓程度とはいえこの国を守護するために張った結界が残っていることから、神獣が国内に留まっている可能性は高いと推測される。神獣の行方を捜す手がかりを摑むことが、アルベルトのもう一つの仕事だった。

（まさか、神殿のやつらが神獣を害するとは。兄上の謂ではないが、無能が揃うと人災となる典型だな）

　初代国王が神獣と契約を交わして以降、この国は神獣を護ることと引き換えに、大きな災害から護られていたのだ。同時に、国王は代々即位とともに神獣の加護を受け、寿命や病といった要因以外の害から護られていた。

　けれど前国王の治世で国が荒れ始めたのに加え、現国王であるイーディアルの即位時に神獣の加護が発現しないという前代未聞の事態が起こった。そこでようやく、神獣との契約が破棄されたのだとはっきりしたのだ。

「……こちらから先は、食堂や厨房、使用人達が住む区画となります。神官長にはあまり関係のない場所かと」

「関係ないかどうかは、私が決めることだ。急ぎの仕事があるのなら、一人で見て回るからそちらを優先してくれ」

　暗についてこなくても良いと告げるが、恐らく、副神官長あたりに勝手をさせるなと言われているのだろう。「いえ」と手短に答えた神官が、不服そうな気配を漂わせながらも、歩き始めたアルベルトについてくる。

「ん？」

食堂や厨房を覗いた後、回廊から外に出て洗濯場を通り過ぎると、薬草保管庫や食料保管庫が並ぶ一角に出る。見覚えのある景色に、先日ぶつかった子供の姿を思い出した。

（そういえば、薬草を持っていたな。あの格好は、孤児院の子か……）

実は、少し前から、魔術騎士団での引き継ぎの合間、礼拝の時間に合わせて中央神殿を訪れ、迷ったふりをして前もってあちこち見て回っていたのだ。そして任命式の日、タイミング悪く、薬草保管庫の前で成人前だろう子供とぶつかってしまった。

そういえば、随分と痩せていた。立ち上がらせるために身体を持ち上げたが、軽すぎて驚いたほどだ。

（環境が悪いのか……？）

念のため見ておくか。そう思い、背後からついてきていた神官を振り返ると孤児院の場所を尋ねる。

「……こちらです」

一瞬怪訝（けげん）そうな顔をしたものの、神官はすぐに孤児院へと足を向ける。後に続くと、ほどなく神殿裏手に併設された孤児院の建物が視界に入った。同時に、昼食を終えた子供達が、建物周辺の掃除をしているのが見える。

「……──」

その光景に、周囲には悟られぬよう内心で眉を顰める。

「中もご覧になるようでしたら、監督役の神官を呼びますが」

そう告げた神官に頷くと、神官はすぐに建物へと向かった。そうして、慌てたようにやってきた孤児院の責任者らしい監督役の神官の案内で、孤児院の中をざっと見て回る。

（普通だな……）

特に、変わった様子はない。子供達に与えられているものも、豊かというほどではないが必要な水準は満たしている。中央神殿の孤児院だけあり、予算の少ない街や村の神殿や教会よりも、見える限りの環境は整えられていた。

だからこそ、違和感が拭えない。

（あの子は、どこにいる？）

ざっと見た限りでも、先日ぶつかった子供の姿はない。そして、ここにいる子供達の姿は、あの子供とはまるで違っていた。

きちんと食事を与えられ、古着ながら身体に合うよう調整された服を着て、神官や自分の姿が見えるとそれなりに緊張した様子をみせるものの、子供らしい好奇心でこちらを窺(うかが)っている。

（……そういえば、髪と瞳が、珍しい色だったな）

この国では見ない、黒髪と黒い瞳。アルベルト自身も初めて見たが、それほどに珍しい色合いだった。そして同時に、それが一般的に『忌み子』と呼ばれるものであることも、思い起こされた。髪と瞳の色が珍しいだけで魔獣と関連付けるなど、馬鹿らしいことこの上ないというのに。

だが恐らく、そういうことなのだろう。内心で舌打ちしながら、監督役の神官に礼を言い孤児院を後にすると、そのまま神殿の裏手を見て回ろうとする。だがそこで、ほんのわずか焦ったような神官の声が、後ろからかけられた。

「そちらは畑になっております。神官長の足が汚れますので……」

「別に構わない。神殿内でどのようなものを育てているか確認したいが、不都合でも？」

「……いえ」

そのまま人気のない神殿の敷地の端まで向かうと、畑が見えてくる。遠目でも青々とした野菜の葉が綺麗に並ぶ畑からは、丁寧に手入れされている様子が窺えた。近づいてみると、添え木などそれぞれの野菜の生育に合った栽培方法がとられているようで、きちんと知識のある人間が世話をしているのだとわかった。

「……野菜と、薬草を育てているのか？」

「はい。神殿の下級神官と使用人、孤児院用の野菜や薬草は、こちらで育てているものを主に使っております」

「世話は誰が。孤児院の子供達か？」

普通、こういった畑仕事は、技術を身につけさせる意味合いもあり、孤児院の仕事として割り振られている。この中央神殿の孤児院は魔力を持つ子供達のため、多少事情は異なるものの、その辺りは変わらないはずだ。

その問いに、一瞬躊躇った神官が、いえ、と呟いた。

「以前はそうでしたが、今は、こういったことが得意な者が担当しております」

「そうか」

その時、ふ、と視線を感じた気がして首を巡らせる。そして、畑の向こう、敷地の一番端にある古い小屋に視線を向けた。

「あれは？」

「農具小屋です」

「……――そうか」

すっと目を眇め、だがそれ以上は言わずに踵を返すと、アルベルトは畑を後にした。

数日かけて神殿内を案内された後、アルベルトは、神官長としての業務に追われることとなった。適度に手を抜いているふうを装いつつも、まずは、神殿内部の予算の流れと人の把握から始める。

　さすがに、アルベルト一人で神殿や神獣の調査、及び神殿内部の立て直しをするには無理がある。その辺りはリアリット達も織り込み済みで、信頼のおける者を数人、あらかじめ時間をかけて神殿に送り込んでくれていた。

　どちらかといえば、主な情報収集等の実動部隊はそちらで、アルベルトは指揮官兼神官達の反応を見るための撒き餌（まえ）のようなものだった。アルベルトが動くことで、神官達がどう動くのかを見ていくのだ。

「……にしても、やりたい放題だったな」

　リアリットに送り込まれたうちの一人、神官長補佐としてつけられた神官に、気分転換に散歩してくると言い残し外に出たアルベルトは、溜息を零しながら呟いた。ちなみにその神官には、周囲に置く人間の選定を任せており、アルベルトが真面目（まじめ）に仕事をせずふらふらして困っているとさりげなく零しつつ、誰がどういった反応をするか探っている最中だった。

　先日から行っていた神殿の帳簿の確認に伴い、実際の神殿運営と比較していると、明らかな齟齬（そご）がぼろぼろと出てきたのだ。実のところ、前神官長が隠し持っていた裏帳簿も密かに押収しており、それを合わせると、神殿に与えられていた予算と寄付のうちかなりの額が消えている計算となった。

（一体、なにに使われたのやら……。まあ、兄上達には見当がついているようだが）

はっきりと明言されたわけではないが、アルベルトも想像がついている。だが、それを口に出すことはしない。相手が相手なだけに迂闊なことができないのが一つ。そしてもう一つは、相手の警戒を緩めるため、こちらが疑っていることは悟らせても、手を出しあぐねていると見せかけるためだ。

「兄上達にも、困ったものだ」

本来、こういった政治的な駆け引きが絡む仕事は、自分には向いていない。貴族としての社交も苦手で、だからこそ、実力主義の魔術騎士となったのだ。もちろん、魔術騎士団の副団長という役職付きになった時点で、ある程度の駆け引きは必要になったが、兄達のように国の運営に直接関わるような仕事とは比較にならない。

『お前は、苦手なのではなくて、面倒だからやらないだけだよ。私達とは、好きなことの方向性が違うだけだ』

長兄のリアリットにはそう言われたが、買いかぶりだと思う。

フォートレン伯爵家は数代前に侯爵から伯爵へと降格したことで没落貴族と揶揄されているが、一族――特に本家に連なる人間は突出して魔力量が多く、また文官としての能力が高い者が多いため、皆、ある程度の役職に就いている。

当主である父親は外交庁の長官、長兄は宰相補佐、次兄は魔術師団の副師団長。その他の親族も、文官として働いている者が多かった。

そんな中で、魔術騎士となったアルベルトは、多少異色ではあった。魔力量も、他の貴族に比べたら多いが、家族の中では最も少ない。代わりに魔術制御のセンスは突出していると兄達は言ってくれるが、どちらかと言えば慰めに近いだろう。

元々、身を護るために習っていた剣術の方が性に合い、また、三男という立場から家を継ぐ必要もなく気楽な立場で育ったため、いずれ家を出ることを念頭に、一代限りの騎士爵を与えられる魔術騎士を目指したのだ。

貴族としての爵位に興味はなく、だが、伯爵家に生まれたからには家を出るにしてもそれなりの体裁を整えておかなければ、家自体が軽んじられてしまう。そのため、最も文句のつけられない道を選んだ、というわけだ。

「……ん？」

つらつらと考え事をしながら歩き、気がつけば神殿の端にある畑へと着いていた。数日前に来て以来だが、やはり、畑は綺麗に整備されており青々とした野菜が実っている。

そして、そんな野菜が並ぶ中に、ぽつんと黒い色が見えた。

神殿の幽霊。

そんな言葉が脳裏に蘇り、無意識のうちに眉間に皺が寄る。

魔術騎士団の後輩が言っていたそれを――先日、再び孤児院を訪れた際に子供達が話しているのを耳にした。どうやら、畑にいる幽霊にどれだけ近づけるかを競う遊びをしているらしい。そのため、孤児院の神官から詳しい話を聞き出したところ、畑の管理をしている者のことを子供達がそう呼んでいるのだという。

子供達が、と言ってはいたが、子供達は周囲の大人——神官達がそう呼んでいるのを真似したのだろう。恐らく、その者に対する、扱いも。

実際に現場を見たわけではないため、その場で咎めることはしなかった。ただ、子供達に悪影響を与えるような話はしないようにとだけは、釘を差しておいたが。

意識を畑に戻せば、野菜の中に埋もれるようにしゃがんでいた小柄な少年——いや、青年だろうか——が、立ち上がった。その姿は、以前、倉庫の前でぶつかった子供のもので、やはりと胸の奥で呟いた。

(孤児院にいないということは、成人済みということか……？)

ほんの少し魔力を瞳に集め、無言のまま遠見の魔術を発動させる。そうして遠くのものが鮮明に見えるようになると、青年をそっと観察する。発育の悪さからか背も低く痩せ細ってはいるが、顔立ちから幼さは消えかけており、ぎりぎりこの国の成人——十六歳前後にはなっていそうだと、心の中で呟いた。

「ん？」

アルベルトが魔術を発動させた辺りからぴたりと動きを止めていた青年が、ぎこちなく首を巡らせ、やがてこちらを向いた。

(魔術の発動に気がついた？　……いや、まさかな)

驚いたように目を見張った青年が、はっと我に返ったように周囲を見回す。そして、両手で自身の髪を隠すように押さえると、そのまま野菜の中に隠れるようにしてしゃがみこんだ。

とはいえ、足下に並ぶ——恐らくはキャベツだろうそれは、幾ら小柄とはいえ人の姿を隠す役には立たない。頭を地面近くまで下げているせいか、背中が丸見えだった。

それに苦笑しつつ、人に姿を見せるなと言われているのだろうことが容易に推測できて、自然に眉根が寄った。

(畑の管理人……体の良い厄介払いか)

そう思いながら、畑の野菜を踏まないよう気をつけつつ、青年のもとへ向かう。すると、足音を聞きつけたのか、びくりと青年の背中が震えた。

「仕事中に邪魔をして、すまない。顔を上げてくれ」

そう声をかけると、地面に膝をつき、土に顔を埋めるほど身体を丸めてしゃがみこんでいた青年が、恐る恐る顔を上げる。その顔を見た瞬間、アルベルトは別の意味で驚きに目を見張った。

ぼさぼさの漆黒の髪の向こうに見える、黒い瞳。痩せ細り骨が目立つ顔立ちの中で、やや大きめのそれは、怯えと驚きで見開かれていた。わずかに潤んでいるようにも見えるその瞳は、濁りのない澄み切った夜空を思わせ、吸い込まれるように見入ってしまった。

それに、元は、かなり整った容貌をしているのだろう。逞しさや力強さとは無縁そうだが、栄養状態がよくなれば、とても優美な雰囲気の青年になりそうだった。

そして、あちこちが擦り切れ、汚れ、ぼろぼろになった肌にある、黒い痣。多分、これもこの青年がここに追いやられた理由の一つなのだろう。生まれつきのものなのか、病気かなにかで現れたものなのか。それはわからなかったが、その痣に、アルベルトはふと既視感を覚えたような気がした。

(痣、というより、模様のような……)

だが、そう思った直後、青年がかすかに震えていることに気づく。叱責されると思ったのかもしれない。驚かせないよう、そして膝をついて身体を伏せたままの青年の視線に合わせるよう、ゆっくりとその場にしゃがみこんだ。

「……っ」

「怖がらなくていい。叱りにきたわけではない。畑の野菜が美味しそうだからな。育てた者の話を聞きたかったんだ。少し、時間をもらってもいいだろうか?」

視線が近づいたせいか、反射的に上半身を反らした青年に、微苦笑を浮かべる。怖がらせたくはない。その思いが、無意識のうちに口調と視線を柔らかなものにしていた。

「……は、い」

恐る恐る答えた青年が、顔を俯ける。こちらを見ていた黒い瞳が逸らされたことに残念な気分を味わいながら、名前は、と尋ねた。

「ノア、です……」

「ノアか。年は？」

その問いには、しばし逡巡した後、多分十七歳くらい、という曖昧な答えが返ってきた。孤児なので、正確な年齢はわからないらしい。

「畑の世話は、ノアがしているのか？　他には？」

「一人、です……。僕は、これしか、仕事ができないので……」

ぼそぼそと呟いたそれに、ノアにはわからないようにひっそりと眉を顰める。

「ずっとここで？」

「……五年、くらい前から、です」

その頃、神殿に来たのだろうか。ならば、孤児院にいたのは三年ほどということになる。

孤児院で面倒を見るのは十五歳までだ。その後は、成人するまでの一年を神殿の下働きとして働くよう命じられる。成人後の身の振り方についても、基本的には、よほど突出した才能がない限り個人の希望は聞き入れられない。魔力量が多く魔術制御に優れている者が貴族の目に留まり、養子として迎えられた例もあるにはあるが、それも滅多にないことだ。

「そうか。……それにしても、見事な畑だな。こうまで綺麗に育てられているものは、王都では珍しい。ここに来る前に、誰かに習ったのか？」

話を変えるようにそう問うと、だが、ノアは困ったように視線を彷徨わせた。言いたくないのか、言えないのか。どちらにせよ、咄嗟に嘘をつくことができない性格なのだと、その仕草を見てわかった。

「折角だ。畑を案内してもらえるか？」

「え？　あ……」

一瞬驚いたように顔を上げたノアが、困惑したようにすぐに顔を伏せる。

「大丈夫だ。新しく就任したばかりだが、こう見えても神官長だからな。私に言われたからと言えば、誰も君を叱ることはない。ほら、立って」

手を貸そうと差し出したが、その手を取ることはせずゆっくりと立ち上がる。そんなノアの姿に、ほんのわずか目を細めた。

大人用の古着をそのまま与えられたのだろう。服の中で身体が泳いでいる。襟ぐりからは、くっきりと浮き上がっている鎖骨が見え、また、手足も細く肉付きの薄さが如実に表れていた。体力もほとんどなさそうな姿に、これでよく一人で畑仕事などできているものだと、妙に感心してしまう。

そして、等間隔に近い状態で整然と並ぶ緑の花のようなキャベツを見て、そろそろ収穫時期か、と呟いた。キャベツの葉は瑞々しく、均一ではないが、大きさもほどよい。栄養がきちんと行き渡っていることが見てとれる。

「ここの野菜は美味しそうだ。虫食いも少ないな……」

腰を屈めて葉を指先でなぞる。全くないわけではないが、驚くほど少ない。魔術騎士団の仕事で農村部まで行くこともあり、農業を生業にしている者達が育てているものを目にする機会は多々あるが、これは王城へ納められてもおかしくない程度には綺麗だ。

（これを、この子が一人で……？）

誰か、手を貸しているのだろうか。そう思いながらノアを見ると、困ったように顔を俯けたまま立ち尽くしていた。

「野菜の世話は、どうやって？　一人でこの広さの手入れや収穫をするのは難しいだろう」

「……いえ、あの。……えっと」

もごもごと躊躇いがちになにかを呟くが、その言葉は耳に届く前に消えてしまう。ゆっくりと答えを待っていると、覚悟を決めたように胸元の服を強く両手で握りしめたノアが、声を絞り出すようにして答えた。

「……魔術、で」

「え？」

思いがけない答えに、一瞬、素で疑問の声を上げてしまった。それにびくりと肩を震わせたノアは「申し訳ありません」と慌てて頭を深く下げた。

「あ、ああ。いや、違う。怒ったわけではなく、驚いただけだ」

背中が見えるほどに頭を下げたノアの肩を、安心させるように軽く叩く。そうして顔を上げるように促すと、また、驚いたように目を見張ったノアがこちらを見つめた。

（瞳が零れ落ちそうだ）

そう思い、くすりと笑うと、ノアの頭をくしゃりと撫でる。

「もし良かったら、少し見せてもらえるか？」

「……はい」

頷いたノアが、その場にしゃがみこむ。そうして、ちょうど良い大きさになったキャベツを選ぶと、花のように広がったキャベツの中央――結球を両手で包むようにして株元に小さな手を差し込んだ。その直後。シュッと軽い音がして、ノアがキャベツを持ち上げる。

「ほう」

魔術発動の速さと滑らかさに思わず感嘆の声を上げたアルベルトは、ノアから受け取ったキャベツをひっくり返し根元を見た。無駄な傷のない、綺麗な断面。風の魔術を薄く鋭くし、鋭利な刃物代わりとしている。これを大きく発動させれば、文句なしの攻撃魔術となるだろう。

（魔術の素養が、かなり高いな）

ノアから感じられる魔力量は、どこか曖昧だ。多いようでもあり、少ないようでもある。

だがどちらにせよ、これほどに細やかな魔術が使えるということは、魔力制御に優れているということだ。

「水やりも魔術で？」

「……はい」

見せてくれ、と促すと、掌に小さな水球を作りそれを空中に軽く浮かせる。そこから、雨のように水を降らせてみせた。遠慮がちな様子から、恐らくいつもは、もう少し大きな規模でやっているのだろうと察せられた。

通常なら考えられない魔術の使い方だ。いや、もしかしたら、王都の『魔術を使える者は貴重』だという凝り固まった常識の中だからこそ考えられないだけで、農村部に住んでいれば普通に思いつく使い方なのかもしれない。

――それよりも。

「ノア、魔術の属性は何種類使える？」

「……え？」

風と水の魔術を事も無げに使ってみせたところを見ると、まだ他にも使えそうだ。そう思いながら問うと、ノアは困ったように首を傾げた。

「言い方が悪かったか。他に、畑の世話で魔術を使う時、どんなことをやっている？」

「土を耕したり、ならしたり……、雑草を燃やしたり、しています。後、虫を見つけたり」

「土と火も使いこなせるのか……。探索魔術も使えるとなると、空間系もいけそうだな」

唸るようにそう呟いたアルベルトに、ノアが再び肩を震わせる。どうやら、真剣な顔をしたアルベルトが怒っていると思っているらしい。表情を緩めると、心配しなくていいと再び頭を撫でた。

「ノアが優秀だという話だ。魔術は、神殿で習ったのか？」

それにしては、神官達が誰もノアの話をしようとしなかったが。忌み子と言われていても、この才能があれば神官達の見る目も変わるはずなのに。

だが、そう思いながらの問いに、ノアは困ったように目を伏せるだけだった。まさか、と嫌な予感が胸を過り、少し腰を屈めてノアを正面から見る。

「今まで、畑仕事の様子を誰かが見ていたことは？」

その問いに、ノアが緩くかぶりを振る。

「……ここに来るのは、ザフィア様、だけなので。それに、魔術をこういうことに使うと、怒られるからって……」

消え入るようにそう告げたノアに、アルベルトは思わず無言になる。確かに、魔力や魔術に対して並々ならぬ誇りを持っている中央神殿の神官にとって、ノアの魔術の使い方は邪道とも言えるかもしれない。

「魔術を習ったのは、ザフィアにか？」

全員の名を覚えているわけではないが、確か、中級神官に同じ名の者がいたはずだ。その男が、ノアの面倒を見ているのだろうか。そう思ったが、ノアはふるふると首を横に振った。誰から、とは言いたくないのか、そのまま口を閉ざしてしまう。

「まあいい。それで、ここでは他になにを育てているんだ？」

「野菜は、キャベツと、レタス……後は、トマト、ニンジン、タマネギ、マメ、カブ、キュウリ……、薬草は……」

指折り数えていくノアに、驚いて畑を見渡す。耳慣れない野菜の名前も混じっており、片手を上げてノアの言葉を止めた。

「それだけ全て植えて面倒を見ているのか？」

「いえ、あの……。季節ごとに育てるものを変えて、ます。レンサクショウガイ……、ええと、続けて同じものを育てると土の栄養がなくなるので……」

「そうなのか？」

「……はい。何回か植えたら、土地を休ませたりしないといけないので、順番に……」

見れば、敷地の一番奥、小屋に近い一角には耕された土があるだけでなにも植えられていない。アルベルトの視線を追って振り返ったノアは、あそこは何度か植えたので、一年ほど休ませていると告げた。

「他には、どんなことを？」

「えと。厨房のごみ捨て場から、野菜屑とかをもらったりして……肥料を作ったり……」

「肥料？　どうやって？」

見せて欲しいと告げると、躊躇うようにしつつも、小屋の方へと歩いていく。その後に続くと、小屋の傍に掘られた大きめの穴に、板で蓋をしている場所があった。

「ここに土と野菜屑を混ぜたものを入れて……、時々、かき混ぜて、乾燥させながら、しばらく置いて……」

たどたどしく説明していくのを聞きながら、しゃがんで板を退けてみる。ごみを入れているため、多少の臭気はあるが、そこまでひどいものではない。

「へえ、凄いな。確かに、以前、農村で野菜屑や雑草なんかで肥料を作ることができるとは聞いたことがあったが……。こんなふうにしているのか」

「あ、あの。他でのやり方は……知らないので……」

慌てたようにそう告げるノアに、再び問い掛けようとして言葉を飲み込む。ここであまり聞きすぎても、萎縮させてしまうだけだろう。そう思い、立ち上がって板を触って汚れた手を軽く叩いて払った。

「あ……」

すると、ノアが慌てた様子で掌に水球を作る。あの、と差し出されたそれに、手を洗うために出してくれたのだと悟り、ふっと微笑んだ。

「ありがとう」

そうして汚れた方の手を差し出すと、水が跳ねないようゆっくりとアルベルトの手の上で水球を崩していった。少しずつ流れてくる水で軽く手を洗った後、だが、水球を消したノアが困ったように動きを止めた。

自分の服を見下ろし、小屋を振り返り、アルベルトの濡れた手を見て、自分の服の胸元を強く握りしめた。

「す、みません……。拭くものが……」

顔を俯けそう呟いたノアに、そんなことか、とアルベルトは笑った。

「大丈夫だ。濡れていても、この天候ならすぐ乾く」

そう言い、だが、濡れたままではノアが気にしてしまうだろうと、神官服から手巾を取り出して手を拭く。それを見て、ノアがほっとした様子で肩の力を抜いた。

「ありがとう、助かった。また、たまに畑を見に来てもいいか？」

「え……？」

「あまり、こうして野菜が育てられているところを見たことがなくてな。仕事の邪魔にならない程度にしておくが、駄目だろうか」

「え、いえ、あの。駄目、じゃない、です……」

慌ててかぶりを振りながら、それでも不思議そうな様子でノアが恐る恐るこちらを見る。

その様子に、実家で飼っている犬の幼いころを思い出し、思わず頬が緩んだ。

「……っ」

「そうか。なら、またな」

なぜか驚いたように目を見張ったノアの頭をぽんぽんと軽く叩き、じゃあ、と言って畑を後にする。

色々と、疑問は尽きない。ノアの存在は、どこか不自然さすら感じさせた。

だがそれよりも強く胸に刻まれているのは、密かな宝物を見つけた時のような高揚感だということに、アルベルト自身気がついてはいなかった。

†

「この短期間で、随分上手くなったな」

差し出した石板に書かれた白い文字を見て、白銀の神官長服を身に纏ったアルベルトは楽しげに口端を上げて笑った。

その様子にほっと肩の力を抜くと、ノアは、わずかに頬を緩める。

ノアが住む小屋の前、土魔術で少し高さのある長方形に土を固め、擦り切れ薄汚れてはいるができるだけ綺麗に洗った大きめの布——小屋の農具にかけてあったものだ——を敷いて作った長椅子に、アルベルトとノアは並んで座っていた。

最初は、アルベルトだけを座らせ、ノアは向かい側の地面に座っていたのだが、説明しづらいから隣に来るようにと言われ、以来、恐れ多いとは思いつつも一緒に座らせてもらっている。

あれから、アルベルトは本当に定期的に顔を出すようになった。そして来る時はいつも、干し肉やチーズなど保存できる食材のほか、小さなお菓子やパンといった、軽く摘めるものを持ってきてくれる。

そんなふうに三日に一度、間が空いても五日に一度程度で畑を訪れるアルベルトを、ノアはいつしか心待ちにするようになっていたのだ。

「ありがとうございます……」

石板を胸に抱き、褒められた嬉しさをそのまま顔に出して微笑む。アルベルトと話すようになって、今まで使っていなかった表情筋が、かなり動くようになってきた気がする。最初の頃などは、アルベルトと話した後、顔が痛くなったほどだ。

石板に書かれているのは、この国の文字で、自分とアルベルトの名前だ。

この石板と、文字を書くための石灰石もアルベルトからもらった。他の神官には内緒だと言われ、アルベルトが来る時以外は、長櫃の一番奥に隠している。

アルベルトはノアが文字を書けないことを知ると、孤児院で習わなかったのかと不思議そうにしつつも、ならば自分が教えようと言ってくれた。そして次に来た時にはその約束に違(たが)わず、石板と石灰石、さらには文字の手本が書かれた一覧表をくれたのだ。以降、少しずつだがノアに文字を教えてくれている。

「次は、野菜の名前を書いてみるか？　この間渡した文字の一覧から、文字を選んで作ってみるといい」

「はい」

　こくりと頷き、まずはキャベツと書いてみる。この国での野菜の名前は、ノアの知識の中にある日本のものと、別の言語での名前が混在しているようだった。この国独特の野菜もあるようだが、ノアは見たことがない。

　人参はニンジン、トマトはトマト、マメはどの種類でもマメ、ジャガイモはカルトッフェル、キュウリやカボチャは瓜(うり)に色や大きさをつけて呼ぶ。

　前世の記憶と似通っている部分があるだけに、咄嗟に口をついて出る名前がこちらで一般的なのかどうかの判断が難しく、教えてもらえばもらうほど、迂闊に話せなくなってしまっていた。

　今、ここで育てている野菜については、ちゃんとした名前は知らないからと、アルベルトに教えてもらった。そして、以前ノアが告げた名称はどこで覚えたものなのかと聞かれ、わからなかったから自分でつけたと言ってごまかした。些(いささ)か挙動不審になった自覚はあったけれど、それ以上追及されることはなかった。多分、ごまかされてくれたのだと思う。

(優しい、人だなあ……)

新しい神官長だというアルベルトは、間違いなくここで一番偉い人のはずだ。

だが、ノアに対してなにかを命じることもなく、それどころか文字を教え、色々な話を聞かせてくれる。最初は、どうしていいかわからなかったものの、知識欲に負けて質問するようになってからは、躊躇いが少し遠ざかっていった。

もちろん、いいのだろうかという疑問は常にあるが、この世界で一度も学ぶ機会がなかったため、知りたいという欲求を抑えることができずにいるのだ。

先日、アルベルトがくれた文字一覧——簡単な単語と合わせて書かれた、五十音一覧のようなものだ——を思い出しながら、ゆっくりと石板に文字を書いていく。子供用の教材なのだろう。単語と一緒に簡単な絵が描かれており、文字を読めないノアにもわかりやすくなっていた。

もらってから、毎日地面に書いて練習していたため、一覧の文字自体は覚えている。だが、まだ綺麗に書くのは難しく、ゆっくりと丁寧に石板に文字を綴っていった。

幾つか野菜の名前を書いたところで、ふ、と息を吐く。そうして顔を上げると、横から真剣な顔でアルベルトが石板を見ており、ぴきりと硬直してしまった。

(なにか変だったかな……)

無意識のうちに、おかしなことを書いていたのかもしれない。そう思い、何度も石板に書いた文字を読み返すが、間違ってはいなさそうだった。

「もしかして、もう、渡した文字の一覧を覚えてしまったのか？」

考え込むようにそう告げたアルベルトに、わずかに首を傾げ、すぐに頷く。

「はい。休憩の時とか、寝る前に、地面に書いて……。でも、まだ、綺麗には書けないです」

決して仕事をさぼっていたわけではないが、なんとなく後ろめたくなり、言い訳のようになってしまう。文字を覚えるのが楽しくて睡眠時間を削っていたら、セレスに叱られてしまったのだが、それを言うことはできない。

「いや、十分だ。驚いたな。まだ、渡して十日も経っていないだろう。ノアは優秀だ」

そう言われ、慌ててかぶりを振る。もちろん、早く覚えたかったのもあるが、短期間で覚えられたのはノアの中の知識のおかげだ。元々、言葉の基礎となるような部分は知識の中にあったため、後は、文字の形自体とその組み合わせさえ覚えればよかったのだ。これが文章になると、また違うはずだ。

『我は、人の書く文字自体は読めるが、文字として認識しているわけではないからの。こればかりは教えられぬ。すまぬな』

どうやら、セレスは人の書く文字を自身の特殊な能力で読み取っているらしい。さすがに、それを教わるというわけにはいかない。だから余計に、覚えるのが楽しかったというのもある。

（いつか、本が読めるといいなあ……）

この世界での本はそれなりに高価で、前世のように誰でも気軽に読めるようなものではない。ノアのように身分もない孤児には無理な望みだとわかっているが、夢に見るだけであれば自由だ。寂しい時は、記憶の中にある本の内容を思い出せばいい。

「これなら、文章を覚えるのも早いだろうな。……そうだ、次に来る時にいいものを持ってこよう」

そう楽しげに言ったアルベルトに、なんだろうと首を傾げ、ほんの少し期待に胸を高鳴らせた。もちろん、約束が果たされないかもしれないことは承知の上だ。相手は本来自分などが話しかけていい存在ではない。今、こうして当たり前のように話してもらえている。それだけで十分だった。

（神官長様は、一度も嫌な顔をなさらない。普通に……話して、触って下さる）

アルベルトは、最初から、まるでこの髪と瞳の色、それに痣が見えていないかのような態度だった。そのため、当初は目を悪くしているのかと思ったのだが、ごく自然に髪や瞳、そして痣のことを話題に上らせるため、見えた上でこの態度なのだと驚いたのだ。

その際、驚いた拍子に、つい尋ねてしまった。気味が悪くないのか、と。

『髪や瞳がどのような色でも、人間性には関係があるまい。痣は、痛みがないのかが心配だが……。そうか、ないのならばいい』

そう言いながら、優しく目を細め頬にある痣を綺麗な——だが、少しごつごつとした指で撫でてくれた。

『痣の全てを見ているわけではないが、これは、痣というより綺麗な模様のようだな』

そう言われ、今まで感じたことのない胸の痛みに襲われたのを覚えている。息苦しくなるほどに、胸が締め付けられるような痛み。喉の奥からなにかが溢れてくるようで、ぐっと息を止めて堪えた。

あれが、なにかはわからない。けれど、生まれて初めて、身体の奥——目には見えないなにかが動いた気がした。

「キャベツの収穫は大体終わったようだな。あそこには、今度なにを植えるんだ？」

「トマトを……」

「そうか。トマトは私も好きだから楽しみだ。種の準備はできているのか？」

「種は、小屋にたくさんあるので……。なくなったら、ザフィア様にお願いします」

それでも、もらえないことの方が多いが、それは言わないでおく。すると、アルベルトはなにかを考えるように小屋を見て、だがすぐにノアへと視線を向けた。そうか、と笑みを浮かべるその表情は、いつもの優しいもので、ノアはほんの少し鼓動が速まった胸をそっと押さえた。

（なんだろう、少し、息が苦しい……）

けれど、不快な感じはせず、むしろこのままでいたい気がする。そんなことを思いながらアルベルトからそっと視線を外すと、隣から手が伸びてきて軽く髪を撫でてくれた。

「ノアは、畑仕事の他に、好きなことや、やりたいことはないか？」

「……――」

問われたことの意味がわからず、アルベルトを見る。人前に出ることができないのだから、この場所で野菜を育てること以外、自分にできることはない。けれど、答えないのも失礼な気がして逡巡する。

唯一思いつくのは、本が読みたい、ということだ。だが、それを素直に言うことは躊躇われた。過ぎた望みに呆れられてしまうかもしれない。

沈黙が流れ、けれど急かす様子もなくアルベルトは待ってくれている。以前は、すぐに答えられないことで焦っていたが、いつも答えが遅くなってもなにも言わないアルベルトに、今はさほど焦らずに済んでいた。

本を読む以外に、やってみたいこと。無理だとわかっていても、一度でいいから。

「……誰かと一緒に、ご飯、食べてみたい、です」

前世の記憶の中でも、今世でも、誰かと一緒にご飯を食べた思い出はほとんどなかった。ここに来る前にいた孤児院でも、一緒にいると他の子供達が騒ぐからと、ノアは別の場所で

食べるように言われていたのだ。

前世の知識としてある、なにかの映像で見た家族が食卓を囲む姿。楽しげに笑い合い食事をするその光景は、本を読むのと同じくらい、叶えられないとわかっていても憧れるものだった。

「……――そうか」

一瞬、沈黙が流れる。贅沢な望みだっただろうか。そんなことを思いながら、アルベルトの方を横目で見ようとした時、再び頭の上に掌が乗せられる。いつもと違い、ほんの少し強めにぐりぐりと撫でられ、前のめりになってしまった。

「神官長、様……?」

どうしたのだろう。そう思いつつも、頭に乗せられた掌の温かさが嬉しくて、ノアは大人しく撫でられ続けるのだった。


夕方になり、周囲がオレンジ色に染まり始めた頃。畑の手入れを終え、籠や農具を片付けていたノアは、こちらに向かってくる足音にぱっと顔を上げた。

だが視界に入ったのは、灰青色の神官服――ザフィアの姿で、わずかに身体を強張らせた。

野菜を支える支柱を作るために使っていた木槌と麻紐をその場に置くと、腰を折って頭を下げる。視界に、ザフィアが履いている革靴の先端が入り、その場で立ち止まった。

「仕事は？」

「……終わり、ました。薬草と野菜は、全部、倉庫に運びました」

「神官長は？」

「い、らっしゃい、まし……た」

頭上からかけられる淡々とした声に、恐る恐る答える。

どういうわけか、アルベルトがここに来るようになって少しして、ザフィアもまた頻繁にここを訪れるようになった。アルベルトが来ていない日は、来ていないことだけ確かめすぐ帰るのだが、そうでない日は……。

「今日はどんな話を？」

「文字を、教えてくれました。後は、野菜の話を……」

こうして、二人でなにを話していたのか、アルベルトがどんなことを言っていたのかを事細かに聞かれるのだ。だが、いつも話しているのは大抵が文字のことか野菜のことなので、いつも同じ答えを返していた。その合間にノアのことも聞かれるが、それに関しては、なんとなく言わずにいる。

「わかった。いつも言っているが、本来、神官長はお前みたいな者が言葉を交わしていい御方ではない。文字を覚えたいなら孤児院の教本を持ってきてやるから、ご厚意に甘えて迷惑をかけるな。わかったな」

「はい。申し訳ありません」

下げていた頭を、さらに深く下げると、ザフィアが踵を返して離れていく。足音が遠ざかったところで頭を上げ、地面に置いたままの木槌と麻紐を拾い上げると、小屋の中に戻った。

「全く。いつもながら、いけ好かぬやつじゃ。ノア、おぬし、あやつには近づきすぎるなよ」

入口の扉を閉めたところで、長櫃の上に腰を下ろすようにしてセレスが姿を現した。そして、開口一番そう告げながら、小屋の窓から外を睨んでいた。

「うん。セレス、あんまり窓の近くにいると、見えちゃうよ？」

「なあに、大丈夫じゃ。窓に目眩ましをかけておるからの。にしても、あやつの気配は、どうにも好かぬ。おぬしに対する目つきも、気に食わん」

昔から、セレスはザフィアに対してこうして文句を言うことが多かった。それが、ここのところ頻繁に顔を出すようになってから、顕著になっている気がする。

「セレスは、ザフィア様が嫌い？」

「嫌いというよりは、生理的に受けつけん、というやつじゃ。あやつの魔力からは……」

だが、なにかを言いかけてぴたりと言葉を止めると、まあよい、と話を無理矢理打ち切ってしまった。

「なにかあれば、我か、あの男に言うといい」

「あの男って、神官長様？」

「ああ。あやつなら問題なかろう」

セレスの言葉に、安堵する。どうしてセレスがザフィアを嫌っているのかはわからないが、アルベルトに対しても近づくなと言われずほっとしたのだ。セレスは、ノアが最も信頼している家族のようなものだ。今までも、ずっとノアを傍で見守ってくれていた。そんなセレスから、アルベルトを拒絶する言葉は、どうしてか聞きたくなかった。

「うん……」

無意識のうちに笑ってしまっていたらしい。むっとしたような表情でセレスが長櫃から下りてこちらに向かってくる。小さな手で両頬を摑まれ、ぐいっと引っ張られた。

「痛いよ、セレス」

「知らぬ。八つ当たりじゃ」

なにに対しての八つ当たりだろう。首を傾げながらされるがままになっていると、セレスが呆れたような表情になり頬から手を離した。

「……でも、迷惑かけているのは本当だから、駄目だよね」

ふ、とザフィアに言われた言葉を思い出し、肩を落とす。神官長であるアルベルトが、ここに何度も足を運んでいい人ではないことくらい、理解はしている。だが、文字を教えてもらったりする時間が楽しくて、つい甘えてしまっていたのだ。

「ふん。あやつが好きでやっておるのだから、放っておけばよい」

セレスが面白くなさそうな声で言うのに、道具を仕舞いながら苦笑する。

「神官長様、優しいから。きっと、負担になって困っても言い出せないと思う」

「……そんな生易しい性根はしておらぬだろうよ」

「え、なに？」

ぼそぼそと呟かれたそれに問い返せば、なんでもない、とセレスが手を振る。

「とにかく、おぬしは余計なことは考えず、やりたいようにしておればよい。おぬしを蔑ろにし続けてきた神官どもの言うことなど、聞く必要はないわ」

「……——でも、こうして、生きてこられたから。セレスにも会えたし」

「我に会えたのは、おぬしの運の強さじゃ」

間違っても、あやつらのおかげなどではない。そう言ったセレスは、ちらりと外を見て溜息をつく。

「まあよい。外が暗くなる前に、早く食事を済ませてしまえ」

「うん。ありがとう、セレス」

言うなり、ふっとセレスが姿を消す。少し薄くなっていた痣の濃さが戻っているのを見て、小さく笑いながらそっと腕の痣を撫でた。

「諦めるのって、少しだけ……」

辛いんだね。最後の言葉を口にしないまま、けれど、あの楽しさを知らなければよかったとはどうしても思えず、ノアは寂しげな笑みを口元に浮かべるのだった。

†

広々とした、堅牢な石造りの部屋。装飾品や調度品は必要最低限ではあるが、見る者が見れば最上級のものが選ばれているとわかるそこは、王城の上階、その最奥にある国王の執務室である。

同じ階には、宰相の、そして一つ下の階には、各省庁長官の執務室が並び、多くの文官達が忙しく立ち働いている。

王城は、正門、第二門、第三門、第四門、奥門で区画が分けられている。国王や宰相、各長官の執務室は第四門内にあり、その先にある奥門を越えたところには、国王の住居となる奥宮が配されている。また、他の王族についても別の宮が建てられており、それぞれ居を構えていた。

そして今現在、国王執務室内で、中央に置かれた会議用の長机——重厚な趣の大理石で作られたものだ——を囲むように、四人の男が席についていた。

その中で、部屋の奥側、その中央に座っている、金色の髪に翠(みどり)の瞳をした男——イーディアル・フォン・ユベリアが、眉間に皺を刻み、机の上で指を組んでアルベルトの報告に耳を傾けている。このユベリア王国の現国王であるイーディアルは、アルベルトの幼馴染み（おさななじみ）であり、学友でもあった。近臣の子息の中でも年齢が近いという理由で、幼い頃に遊び相手として王城に呼ばれた時からの付き合いだ。

他人の目がある時は、国王として、また臣下として礼節を重んじた態度で接しているが、身内と定めた人間しかいない場では気楽に無理難題を押しつけてくるため、悪友という方が近い。

そして、イーディアルのそれぞれ斜め隣に座っているのが、この国の宰相であるロベルト・ゼルディアスと、宰相補佐であるアルベルトの長兄、リアリット・アイン・フォートレンだ。

ゼルディアス侯爵家当主であるロベルトは、前国王時代に宰相補佐の任に就いていたが、不作による食糧難に喘ぐ民達のため一時的な税の引き下げを上申したことで不興を買い、その任を解かれていた。

だが、イーディアルが即位し現国王となった際、謹慎を言い渡されていたロベルトを呼び戻し宰相に任じたのだ。国王であるイーディアルやアルベルトより一回り年上とはいえ、宰相の任に就くには若いと反発も多かったらしい。だがそれら全てを、ロベルト自身が実力でねじ伏せた。前国王時代に荒廃した国が、たった三年で現在の形にまで復興したのは、ロベルトの力によるところが大きかった。

「現時点では、副神官長以下、上級神官一名、中級神官二名、他、数名の動きを逐次監視しています。大きな動きはありませんが、次の出方がわかるまでは泳がせる予定です。陛下からお借りしている人員は、可能であれば、今しばらくこのままで」

「構わない。副神官長の様子はどうだ？」

「相変わらず、前神官長の件への関与は全面否定しています。神獣の件を広める様子も、特には。今は、積極的に動かず様子を見ているといったところでしょう」

神官長としての定期報告。通常であれば、執務室ではなく各省庁との会議の場を兼ねている謁見（えっけん）の間で行われるが、アルベルトとしての報告に関しては執務室でなおかつ盗聴防止の魔術を掛けて行われることになっていた。

イーディアルの問いに答えたアルベルトは、神殿内の様子を思い出し溜息をつく。

「表向き、各部署大きな混乱もなく引き継ぎは進んでいますが、王族主導となっているも同然ですから、反発は根強いです。家の影響が薄い、もしくは中立の立場を守っていた者を、少し多めに配置しましたから、後は各派閥がどう動くかによって適宜対応となります」

「まあ、そうだろうな。おおよそ予想の範囲内、といったところか。神獣の行方については？」

トン、と机の上を指で叩いたイーディアルに、アルベルトは目線で頷きを返す。

「そちらに関しても、まだ。あの『聖域』の状態からみて、神獣が害されてかなりの年数が

経っていることは確実です。神殿内を見て回っていますが、魔力の残滓も薄まっていますし
やはりそう簡単に痕跡は見つかりません」
「……愚かな人だ。玉座を手に入れるために、国を滅ぼしてどうする」
怒りを押し殺すように呟いたイーディアルの声に、部屋に沈黙が落ちる。
「あの方の動きは？」
アルベルトがそっと問うと、宰相であるロベルトが代わりに答える。
「今のところ、なにも。前神官長が捕らえられるのも、時間の問題と見ていたのでしょう。
あらかじめ切り捨てる準備をしていたようで、繋がりは見つけられませんでした。関わった
と思われる者達は、おおよそ、手に掛けられていますしね」
「先日、ここ数年、神殿に多額の寄付をしていた伯爵家当主が、病を得て亡くなったと報告
が上がった。この間まで変わった様子もなく登城していたが、急に倒れたということだ。爵
位は、長男が継ぐ、と」
続いたリアリットの言葉に、眉を顰める。その伯爵家当主も、密かに調査対象となってい
た男だ。探っていたのがどこかで気づかれたか、気づかれる前に処分されたか。
あの方……この場にいる全員がそう呼ぶのは、相手が地位のある人間であり、迂闊に名前
を出すのが憚（はばか）られる相手だからだ。
エフェリアス・ゼス・ユベリアア。前王弟――前国王の弟であり、イーディアルの叔父（おじ）。そ

の男が、一連の出来事の首謀者だとアルベルト達は見ている。

だが、いまだそれを言及できるだけの証拠はない。

表向きエフェリアスは、兄である前国王をよく支え――退位以前は、民のために諫言も辞さず、当時の王太子――現国王イーディアルにも協力的な人格者として国民に慕われており、疑惑をかけられるような人物ではない。

知性の王と、魔術の王弟。その呼び名が表す通り、魔力をほとんど持たない国王は知性で、国でも五指に入るほどの魔力量を誇っていた王弟は魔術で、それぞれこの国を治めている。どちらが欠けても、成り立たぬ。そう言われるほどだった。

また、前国王の即位時も、王弟派――主に、魔力を保持している貴族――が、より強い魔力を持つ者がこの国を治めるべきだと主張し一触即発の事態になったものの、エフェリアス自身が兄王を支持し王弟派を抑えたと言われている。

兄弟仲も良く、不和の欠片もない。けれど、イーディアルは、この国の荒廃をもたらしたのはエフェリアスだと知っている。

「どうにかして、止めなければな……。父上のためにも」

ぽつりと呟いたイーディアルの言葉に、アルベルト達は、沈黙の中でそっと頷くのだった。

発端がいつの頃だったのかは、もうわからない。だが今思えば、八年……いや、九年ほど前から、国は徐々に荒廃の予兆を見せ始めていた。

アルベルト達が最初に疑問を抱いたのは、イーディアルから、リアリットとともに内密に相談を受けた時だ。

気のせいかもしれないが、父親である国王の様子に違和感があるのだ、と。

本来、それは国の重臣達や側近に向けられるべき相談だったのだろう。だが、推測で迂闊なことを言える立場にないイーディアルが、苦肉の策として、最も信頼できる幼馴染みであり、また政治の場では特殊な立ち位置にいるフォートレン家の人間を、極秘の相談相手として選んだのだ。

フォートレン家は、昔から、政治的には完全に中立の立場を保っている。神獣の守護役の任を退いても、一族がその役目を負っていることに変わりはない。それは、今でも家訓となっている。

国でも、王族でもない。神獣を護ることが役目だと、アルベルト達もそう言い聞かされて育ってきた。自分達の魔力は、そのためにあるのだと。

いつの日か自分達の力が必要になった時は、必ず、その役目のために尽力するように、と。

そうして注視していれば、些細(ささい)なことの積み重ねではあったが、アルベルト達にもその違和感がわかりはじめてきた。

昔は、穏やかな賢王として知られた人だった。近隣との大きな戦を避け、国の誇りより安寧を第一に考えていた。アルベルトも幼い頃からイーディアルとともに何度か顔を合わせていたが、笑顔の優しい穏やかな父親という印象だった。

だが、イーディアルへの態度、側近達への対応、登用する人材、そういったものが、徐々に変わっていったのだ。

少しずつ、少しずつ。遅効性の毒が回り始めるように。

そして二年ほど経った頃には、国王の異変は誰の目にも明らかになっていた。昔は決して行わなかった、民に必要以上の負担を強いる政策を立て始めたのだ。

その頃、国王の変化に合わせたように、天候不順がひどくなり作物も不作が続いていた。収穫量が減る一方で、税率は上がっていく。治水工事や災害対策などに割り当てられていた予算と、実際の工事内容が明らかに合っていなくても、見過ごされる。

昔から傍で仕えていた忠臣と呼ばれた人々は遠ざけられ、国王の方針に一切異を唱えない、おもねることが得手な者達ばかりが王の傍に残っていった。

イーディアルが必死に国王を諫め、民のために国で管理している備蓄を解放するように告げても、聞き入れられなかった。それらは優先的に貴族達に回され、平民の多くは飢えに苦しむことになっていったのだ。

当然のごとく、国は荒れていった。年を経るごとに災害が増え、その対策のためにと増税が進んでいき、国境近くの民達は隣国へ難民として逃れていった。イーディアルは根気強く国王を諌め続けたが、一切聞く耳を持たれず、最終的には廃嫡という言葉を突きつけられた。

そうやって、民達の不満が、王家に対する反乱も辞さないといったところまで膨れあがっていった五年前、このまま反乱が起これればその隙を突いて近隣諸国から攻め入られ国が滅ぶと——たとえ、父親を弑すことになっても国王を王位から下ろさなければならないと、イーディアルが決断したのだ。

最初に相談を受けた時から、アルベルトは、なにが起ころうとイーディアルに協力すると決めていた。そんなアルベルトの背を押したのは、他でもない、当主である父親だった。

そして、例になく続く災害に、過去の文献を調べ続けていた父親が、フォートレン家当主として内々にイーディアルへと告げたのが、神獣と初代国王との間で交わされた守護の契約についてだった。

フォートレン家に古くから伝わっている書物の中に、神獣自身が、その護る国の人間に敵意を持って害された場合、契約が打ち切られるという記述があったらしい。

神獣は、知能も魔力も幻獣や魔獣に比べ桁違いだと言われている。そんな神獣をどうやって害することができたのかはわからないが、恐らく、今『聖域』に神獣はいないのだろうと父親は告げた。

『うがち過ぎかもしれんが……。神獣の加護が消えている場合、王が魔術によりなんらかの影響を受けている可能性もある』

当初は、その言葉が信じられなかった。だが、同時に納得もした。

国王は、魔力をほとんど持っていない。もし神獣の加護が消えている場合、自力で魔術に対抗する術がないのだ。

人の心を操る魔術は禁術とされており、術式や魔法陣を記述した書物は王城の禁書庫で厳しく管理されている。もし、誰かがそれを国王に対して使っていたら。

イーディアルや長兄とともにその話を聞いたアルベルトは、ぞっとした。一体誰が、そんな——国を滅ぼすような真似をしているのか。

そうして、周囲に悟られぬよう慎重に根回しを続け、貴族や平民に広く味方を増やし、三年前、アルベルト達はイーディアルを筆頭に反乱を起こしたのだ。

それまでの道のりは、かなり厳しいものであった。

イーディアルは、いわゆる後発魔力保持者で、二十歳になった頃に高熱を出した後、突如魔力量が増え魔術を使えるようになった。だがイーディアルは、一部の貴族の魔力偏重を嫌い、魔道具によってその魔力を隠した上で、これまでと同様魔力のない王太子として振る舞い続けた。

そのことを知るのは、アルベルトと長兄、そして生まれた時から傍に仕えている侍従長だけであり、国王すら知らないのは、その頃からイーディアルが父親に対して違和感を持ち始めたからだった。

そんな『魔力なし』のイーディアルを、王太子としてふさわしくないと主張していたのが王弟派の者達だった。

またエフェリアス自身も、イーディアルにとって反乱を起こすための相談を持ちかけられる相手ではなかった。イーディアルとともに国王を諫め、王が民を虐げることに心を痛める様子を見せてはいたが、それが妙に芝居めいて見えていたらしい。

『どちらにせよ、あの方を巻き込めば王弟派が勢いづく。そうなれば、さらに国が乱れかねないからな……』

そう告げたイーディアルは、エフェリアスにも隠し、反乱の計画を立てたのだ。

そして最善の時期を見極め反乱を起こし——だが、王の間に辿り着いて見たものは、自らの胸に剣を突き立て、玉座を血で染め倒れた国王の姿だった。

その衝撃に誰もが動きを止めた刹那、反乱軍の一員として紛れ込んでいた刺客がイーディアルを襲った。だが、万が一のためにとあらかじめ魔術で姿を消し傍に控えていたアルベルトが、イーディアルの殺害を阻んだ。刺客は失敗したと悟った直後、止める間もなく毒により自死を遂げ、差し向けた者を追うことはできなかった。

そうしてイーディアルは、前国王は民を苦しめた責を負い自害したと公布し、反乱に終止符を打ったのだった。

王太子であると同時に反乱の首謀者であるイーディアルが新国王に即位することに、前国王の側近達は激しく抵抗した。だがそれらの抵抗も完全に封じ、イーディアルは国を復興すべくこの三年尽力し続けた。その努力は実り、まだ完全ではないとはいえ、少しずつ国は落ち着きを取り戻してきたのだ。

そんな中で、アルベルト達はイーディアルから事の真相を聞かされることとなった。前国王を搦め捕っていた悪意――。それは、アルベルト達を絶句させるのに十分すぎるものであった。

実のところ、前国王は間一髪で一命を取り留めていた。ただ、意識はなく眠り続けており、目覚める可能性はかなり低いとみられている。対外的には国葬を済ませ、亡くなったものとされているため、その事実を知るのは本当に極々一部の者だけだが。

イーディアルから告げられたのは、治癒の魔術を施された国王が、一度だけ、ほんの一瞬意識を取り戻した時に語ったとされる事実だった。

『父上は、やはり魔術により操られていた。そしてそれを行ったのは――叔父上だ』

そうして、イーディアルがアルベルト達に見せたのは、壊れた魔道具の欠片だった。そこには、ほんのわずかだが、エフェリアスの魔力の残滓があった。

『本体は、恐らく叔父上が回収したのだろう。父上は、私にこれを託し、再び深い眠りについた』

魔道具は、たとえ原形を留めていなくても小さな欠片さえあれば、そこに最後に展開された魔術を辿ることができる。もちろん、それが可能なのは一握りの優秀な魔術師だけだが、イーディアルが極秘に依頼した魔術師団の師団長は、それを解析し、禁術である精神に干渉する魔術であると断定した。

前国王は、自害時にあえてその魔道具を破壊し、欠片を手に入れたのだろう。

心を操られた状態でそれだけのことができたのは、自らの命を賭して魔術に抵抗したがゆえだろうと、師団長は報告したそうだ。

そしてイーディアルは、自らの父親と国を巻き込んだ叔父に対する深い怒りを抑え込みながら、顛末の全てを明らかにすることを誓ったのだ。

「ここ数年は、天候も徐々に安定してきているし、国土全域に張られた結界も辛うじてまだ消滅してはいないから、神獣は国内に留まったままだとは思うが……」

「油断はできませんね。どちらにせよ、神獣の行方を捜しつつ、早く対策を講じておかなければ、またいつあの頃のような事態に陥るかわかりません」

イーディアルと宰相であるロベルトのやりとりに、ふと、意識が引き戻される。

神獣の加護を失った反動がどれほどのものになるかはわからないが、これまでの天候の状況から、フォートレン家当主である父親も、『聖域』にはおらずとも国内に神獣がいるのは間違いないだろうと予測している。

「ああ、ところでアル。お前、最近なにやら面白そうなことをしているらしいな？　新しい神官長が『神殿の幽霊』に興味を示していると一部で噂になっている」

ふと話が一区切りついたところで、イーディアルが国王としてではなく、幼馴染みの顔で楽しげな笑みとともにそう告げた。

「どこからそれを……。いや、いい。わかった」

神殿内部の噂がイーディアルの耳に入ったのであれば、それを報告したのは、ともに潜入している神官か、イーディアルから借りている『人手』だ。

国王には『影』がついている。国王のみに仕える、決して表には出てこない臣下。神官長として神殿に潜りこんでいるアルベルトは、内部調査の『人手』として、その『影』を数人、借りているのだ。

「神殿の幽霊、か。誰が言い出したのかは知らないが、ひどい名前をつけたものだ」

ノアの姿を思い出しきつく眉を顰めたアルベルトに、イーディアルだけでなくリアリット達もわずかに目を見開く。人当たりはいいが、さほど他人に対して興味を抱かないアルベルトが、身内以外のことに対して感情を表したことに驚いたのだろう。

「黒髪に黒い瞳の子供だと聞いたが？」

リアリットの問いに、肯定するように頷く。

「見た目は幼いですが、成人はしているようです。本人が、十七歳くらいだと言っていたので。神殿の畑を一人で管理している者で、黒髪、黒い瞳から『忌み子』として放置されているようです」

「……馬鹿げた偏見だな」

眉間に皺を刻んだイーディアルが、呟く。少なくともこの場に同席している三人は、そういった偏見を持つことはない。それがわかっているため、アルベルトは続けた。

「身体の左側に広範囲の痣があるため、それも遠ざけられている原因のようです。……ただ、本人はあの状況下にあるとは思えないほど、真っ直ぐに育っています。性格も素直ですし、なにより……かなり頭が良い」

「そうなのか？」

驚いた様子のイーディアルに、頷く。リアリットとロベルトも、興味深そうにこちらを見ていた。

「お前がそう言うのなら、よほどだろうね」

「はい。畑仕事に関しては、誰に習ったのか言いたがりませんが、かなり専門的な知識を持っています。収穫した野菜に関しては、王城に納められているものと遜色がないほどです。それに、孤児院での最低限の教育も受けられなかったのか、文字も全く読めませんでしたが、何回か教えただけで、かなりの単語を書けるようになりました。魔術の制御も――使用方法は変わってはいますが、城の魔術師と比べても遜色がないほどの緻密さです」

「ほう……」

リアリットの問いに答えるように告げれば、ロベルトが感心したように声を漏らす。滅多なことでは感情を表に出さない男なのだが、珍しく驚いたような表情をしていた。

「どこかの貴族の子供で、元々ある程度の教育を受けていたという可能性は？」

ロベルトが思案するように告げるのに、軽くかぶりを振る。

「それはないようです。神殿に残されている資料を見たところ、彼が国境近くの村から中央神殿に移ったのは十三年前だと記録がありました。……その頃から孤児院にいたにしては、あの状況に疑問を覚えますが」

最後の言葉は、意識せずとも自然と声が低くなる。

ノアは、畑の管理を始めたのは五年くらい前からだと言っていた。けれど、神殿に来たのは十三年前。では、その空白の八年間はどこで過ごしていたのか。

記録には、孤児院に収容されたことしか書いてはいなかった。だが、孤児院の子供達とノアの状況の落差から、孤児院で育ったとはどうしても思えない。

幼い頃から着ているのだろうことがわかるほどぼろぼろの、大きすぎる服に、全く肉のついていない骨の浮いた身体。一度だけ、ノアが暮らしているという畑近くの小屋の中を見せてもらったが、正（まさ）しく農具小屋で、人が住むような場所ではなかった。私物もほとんどなく、夜は、藁（わら）で編んだ茣蓙（ござ）のようなものにくるまって寝ているようだった。

孤児院を出て神殿で働き始めた者は、使用人棟に住むことが許される。衣服なども支給され、最低限、生活に困ることはない。それは、畑を管理する者も同様なのだ。

食事はどうしているのかと問えば、神殿に納められないほど傷のついた薬草や野菜は好きに食べられると言っていた。逆に言えば、それしかないということだ。あれほど人目につかないようにしているのなら、神殿の食堂を利用してはいないだろうし、食べるものも最低限なのだろう。

神殿でそれとなく畑の話を振ると、皆、一様に言葉が重くなる。そして、かすかに滲む嫌悪感。あの様子から、ノアの神殿での扱いは明らかだった。

ノア自身は、現状に違和感を持つことすらしていない。むしろ、楽しそうに畑の世話をしている。そして、幼い頃からそうだったせいか、人から避けられることを当然のこととして受け入れているようだった。

だからこそ、アルベルトがノアに対してなにかをする度に、驚いたような表情を浮かべるのだ。

(あれは、誰にも、なにも——本当になにも、わずかな期待すらしていない)

唯一、ザフィアという神官の名前だけは出たが、積極的にノアの面倒を見ている様子もないことから、監督役を押しつけられたのだろうと推測できた。

ノアの状況を知った時、手を回し、神殿の使用人として普通の生活ができるよう整えてやろうと思った。だが、ノア自身があんなにも人目を避けているところを目の当たりにすれば――『忌み子』として嫌悪されるなら当然だろうが――却って気の毒とも思え、また、もう少しノアのことを知るためにも現状維持の方がいいだろうと判断したのだ。無論、あの栄養状態をそのままにする気は毛頭なかったが。

ノアは、時々、不思議な単語を口にすることがある。普段話す内容は畑のことばかりだが、野菜の名前や、育て方などを聞いた時、耳慣れない言葉を告げ、すぐに慌てたように言い直すのだ。

野菜の名前などは、知らなかったから自分でつけて呼んでいたと言っていたが、正しく呼んでいるものもあったため、少し不思議に思ったのだ。

（知識があることをあえて隠しているふうでもない。文字も本当に知らないようだったし）

それでもなんとなく、話をしていると、ノアが持っている知識の中から選んで言葉を発しているような印象を受けるのだ。

ノアが自分を騙しているとは思わない。あまり表情は変わらないが、嘘はつけない性質なのだろう。アルベルトに対し、言いたくないことを嘘でごまかすより、話さないという選択をしているのは、わずかに変化する申し訳なさそうな表情でわかった。

「……少し、調べてみますか？」

ロベルトの視線が、イーディアルに向かう。その視線を受け、イーディアルが頷いた。

「ああ。もし外見で迫害されているのなら、それを許すわけにはいかないからな」

「アルベルト。それほど気になっているなら、目の届く範囲に置いておけばどうだ？　神官長なら側仕えとして置いても文句はでまい」

　珍しく他人を気にしている弟に、兄の口調でリアリットが告げる。それに苦笑を返し、そうですね、と頷いた。

「宰相閣下（かっか）が調べて下さった内容で、陛下達が問題ないと判断されれば、そうしたいと思います」

　リアリットのからかい混じりの言葉に反論するでもなく頷いたアルベルトに、三人が三人とも、口端を上げ楽しそうな笑みを浮かべた。

†

　その日は、少し空気の乾燥した夜となった。

　ノアは、暗闇に包まれた小屋の中で、莫蓙にくるまって目を閉じていた。畑仕事で動き回った疲れで、とろとろとした眠気はすぐに襲ってきて、意識が薄れていく。

　日中、春の陽気にしては暖かすぎるほど気温が上がり、畑仕事をしていると汗で髪が湿るほどだった。暗くなる前、近くの井戸で汲んだ水で水浴びをし身体を拭いた時には、ほっと息をついたくらいだ。

（まだ夜になると気温が下がるし、風邪を引かないよう気をつけないと……）

時期的には、急に寒くなる日が来てもおかしくない。濡れたままにならないよう、ぼろ布でしっかり髪を拭き、風の魔術で簡単に乾かしておいたから、寝ている間に気温が下がっても大丈夫だろう。

沈み込みそうな意識の中でぼんやりとそんなことを考えながら、だが次の瞬間には眠りに落ちていた。

「……――。ノア、ノア。起きろ」

どのくらい寝ていたのか、肩を揺さぶられて意識が浮上する。同時に、息苦しさとともに焦げ臭い匂いが鼻につき、勢いよく起き上がった。見れば、暗闇の中で傍らにセレスが膝をつき、厳しい表情でこちらを見ている。

「セレ……、ごほっ！」

セレスの名を呼ぼうとして、煙が肺に入り咳き込む。そしてすぐに、周囲が異様に暑くなっていることに気づく。ごほごほと咳をしながら袖で口元と鼻を覆い辺りを見渡すと、小屋の扉付近が燃えているのが見えた。

「……っ！」

赤々と燃える炎で、小屋の中が照らされている。小屋の隅で寝ていたノアのところまではまだ届いていないが、このままではすぐに火の手が回るだろう。

「あ……」

できるだけ炎から遠ざかるように扉から離れた壁際に移動すると、どうしようかと思案する。小屋から出ようにも、扉にも窓にも近づけない。このままでは、煙と熱さで、もしくは炎にまかれて命を落としてしまう。

「水で、消せるかな……？」

袖で口元と鼻を押さえながらくぐもった声で呟いてみるが、炎はすでに、自分が出せる精一杯の水球を落としても消せないほどに勢いを増している。そう判断した直後、先にやっておくべきことへ目を向けた。自分だけなら、死ぬのは怖くない。

「セレスは、僕から離れれば逃げられる？」

傍らに立ち、炎を睨んでいるセレスに告げれば、不機嫌そうに眉を顰めてこちらを見た。

「なにを言うておる。我は離れる気はないぞ」

「でも、このままじゃ……」

「大丈夫じゃ。もう少し待て。苦しければ、水球を薄く伸ばして自分の周囲に水の壁を作っておれ。……この程度の炎、我が消してもよいが、万が一を考えればあやつにやらせた方が良いからの」

「あやつ？」

セレスの言葉に首を傾げると、我が呼んでおいた、と答えになっていない答えが返ってくる。とりあえず、このまま待っていれば誰かが助けに来てくれるらしい。

「おぬしの魔術でも消せはするだろうが、今は、目立つような大きな魔術は使わぬ方が良い。目をつけられれば、後が面倒じゃからの」

「うん……？」

セレスの言葉を理解できないまま返事をしたので、ついよくわからないといった声になってしまう。

（ああ、もしかして……）

ここで魔術を使って目立つと、魔獣の力が発現したと思われるのかもしれない。そんなことになれば、神殿にも居場所がなくなってしまう。

心の中で納得すると、自分とセレスの前に水球を出し、それを薄く伸ばして周囲に壁を作るイメージをする。魔術で出したものの形を変える時は、頭の中にその形を思い浮かべながらその形を作るよう魔力を流せばできると、前に教えてもらったことがあった。

「ふむ。魔力制御もだいぶ上手くなったな」

自分達の周囲を覆うように水の壁を作ると、全身に感じていた熱がほんの少し和らぐ。それにほっと息をつくと、セレスを横目で見た。

「……でも、なんで、火が？　僕、ちゃんと消したよね……？」

「ああ。何者かが外から火をつけたようだ。今日は眠っておったから、気がつくのが遅れてすまなかった。扉をやられたから、おぬしを怪我なく外に出すには多少火が大きくなりすぎておってな。助けを呼ぶ方を優先した」

「そっか……。ありがとう、ごめんね、セレス」

「礼も謝罪もいらぬ。おぬしのせいではないのだからな。……ああ、そろそろか」

そう言った瞬間、小屋の外で大きな魔力が動くのを感じる。はっとして扉の方に視線をやると、大きな音とともに大量の水が流れ込んできて小屋の扉が崩れた。最も火の手が強かった扉付近はその水で完全に消火され、ほっと息をついて魔術を解除する。

「ノア！　無事か⁉」

自分の名を呼ぶ声とともに、扉の残骸を蹴り完全に取り払ってから、アルベルトが小屋の中へ入ってきた。上質な神官服に泥が跳ねるのも構わず、小屋の隅で座り込んでいたノアの元へ駆け寄ってくれる。

「神官長、様……。あの、すみません……」

「怪我は！」

「あ、りません……」

そう言ってちらりと傍らを見ると、セレスはいつの間にか姿を消していた。服から覗く腕を見ると、濃い痣が見えたため、自分の中に戻ったのだと察した。

「……そうか。良かった。立てるか？」

「はい」

手を差し出され、だがその綺麗な手を汚してしまうのは申し訳なくて、床に手をついて立ち上がる。そうして改めて小屋の中を見ると、随分とひどい有様になっていた。

入口付近は完全に炭化しており、近くに置いてあった籠や農具も全て真っ黒になっている。干していた薬草や壁に掛けていたローブ、長櫃も見事なまでに燃えていた。

（小屋、直せるかな……）

せめて、扉代わりに板がもらえるといいのだけれど。そんなことを思いながら、だがすぐに、火事を起こしてしまったことで処罰される可能性に思い至り肩を落とした。

（追い出されるだけならいいけど……）

火の扱いには十分気をつけるようにと、ここに住むようになった時にザフィアから注意を受けていた。被害の状況にもよるが、火事に対する処罰は厳しく、ひどければ処刑されることもあるらしい。

幸い、ここは神殿の敷地の端で燃え移るようなものもなく、小屋が焼けるだけで済んだが、火事の原因が人為的なものであるという証拠がなにもない以上、自分の火の不始末とされてしまうだろう。

記憶の中にある前世と違って、ここには科学という概念が存在しない。状況証拠だけで十分だった。それに、神殿の下働きに過ぎないノアが、反論を許されるはずもなかった。

淡々とこれからのことを考えながら小屋の中を見つめていると、傍らにいたアルベルトが優しく肩を叩いてくれる。

「小屋が燃えてしまった以上、ここで寝泊まりするわけにもいくまい。外に人が集まってきたようだから、そろそろ行こうか」

「……あの、でも」

そもそも、どうしてこの神殿で最も高い地位にいるはずの神官長が、わざわざ助けに来てくれたのだろうか。セレスが助けを呼んだと言っていたけれど、もしかしてそれがアルベルトだったのだろうか。混乱する頭でぐるぐると考え込んでいると、身体がふわりと浮いた。

「え!?」

驚きのあまり焦って目の前にある布を摑む。それが、アルベルトの神官服であると気づいたのは、その一瞬後のことだった。

「し、神官長様！」

「落ちてしまうから、暴れないように。そのまま歩いては足に傷がつく」

片腕で抱え上げられたノアは、慌てて下りようと身動ぐ。だが、支えるようにもう片方の手を身体に添えられると、ぴきりと硬直した。あまり動いては、真っ白な服を汚してしまう。それに気がつくと、今度は下手に動けなくなってしまい、摑んでいた服からもゆっくりりと手

を離す。

（なんで？　どうして神官長様が……）

混乱が治まらないうちに、人一人抱えているとは思えないほど危なげない足取りで、アルベルトが小屋の外へ出る。すると、小屋の周囲には神官達が集まっており、その中からザフィアが慌てた様子でこちらに駆け寄ってきた。

「神官長！　一体なにが……」

「見た通りだ。夜風に当たろうと散歩をしていたら、火の手が見えてな。幸い、発見が早かったため被害は最小限だが」

ノアに向けるのとは異なる、冷たさを感じさせる声で淡々とそう告げたアルベルトに、そうですか、とザフィアがこちらに視線を向けた。その咎めるような——そして冷たい瞳に、びくりと身体が強張る。

「あれほど、火の扱いには気をつけるようにと……」

「いや。今回のこれは、この者の落ち度ではないようだ。あそこを見てみろ」

ザフィアの声を遮り、アルベルトが視線で示したのは、小屋の入口扉近く——ちょうど窓の下辺りだった。その場所一帯が最もひどく焼けている。

そしてそのまま、アルベルトの視線が、小屋から少し離れた場所に積んだ石の囲いに向けられる。そこは、ノアが竈代わりに使っている場所だった。

「竈に使っただろう火は土をかけて完全に消されているし、燃えた場所からは離れている。あの焼け方は外側から焼かれたものだが、本人が燃えている小屋の中にいたのは、私が確認している。であれば、何者かが小屋に火を放った可能性が高い」

「……――」

驚いたように目を見開いたザフィアは、だが、すぐに表情を戻すとアルベルトに頭を下げた。

「わかりました。騒ぎを起こした者の調査をすぐに行います。その者は、私の方で別の場所へ移します。ノア、下りなさい」

最後の一言を自分に向けられ、ノアは身を固くしつつもアルベルトの腕から下りようとする。だが、それはなぜかアルベルトに抱え直されることで阻まれしまう。

「え、あ……」

「別の場所とは？　どこに移す予定だ？」

「神官長のお許しが頂けるなら、当面は、側仕えとして私のところに移します。使用人棟に置くと、この者の外見を恐れる者との間で、余計な諍いを生みかねませんので」

その言葉に、無意識のうちにびくりと身体が震えてしまう。どうしてかはわからない。だが、なぜかそれは避けたかった。

「あ、あの……っ」

咄嗟に声を出せば、ザフィアとアルベルトの視線がこちらを向く。それに身を縮めながら、どうにか言葉を紡いだ。この場所以外で、一人でいられる場所はもう一つある。

「は、畑もあるので、あの、また地下の部屋に……」

「ノア」

だが、言葉の途中で、ザフィアの声にぴしりと遮られる。口を噤むと、アルベルトが眉根を寄せたのが気配でわかった。どことなく剣呑な雰囲気から、言ってはいけないのだと察し押し黙ると、まあいい、と溜息交じりの声が傍で聞こえた。

「どちらにせよ、出火の原因が明確になっていない以上、唯一その場にいた者が神殿内を動き回れば騒動の元となりかねない。……別の意味でも騒ぎが起こる可能性があるなら、尚更だ」

淡々と告げられた言葉に、ノアは居たたまれなくなり身を竦める。

「この者は、当面、私の目の届く範囲に置いておく。私の居室は別棟で離れているから、神殿内で騒ぎが起きるよりはいいだろう」

「いいえ、神官長にそのような！　もし、万が一のことがあれば……っ」

「万が一？　それは、私が誰だか知った上でのことか？」

神官長になったとはいえ、このような子供に傷をつけられるほど鈍ってはいないが。目を眇めたアルベルトに、ザフィアがはっとして頭を下げる。

「……いえ、そのようなつもりは決して」

「調査の方は任せる。わかったことがあれば、すぐに知らせるように」

「承知しました」

　頭を下げたザフィアを一瞥（いちべつ）したアルベルトが、ノアを抱えたまま踵を返す。周囲には火事に気がついた使用人や神官達が集まってきており、神官長服を着たアルベルトと、その腕に抱えられたノアの姿に、驚くと同時に戸惑いを見せていた。

　アルベルトが進む道を空けながら、困惑と嫌悪を混ぜたようなこちらを窺い見る視線が、肌に刺さる。

　なにも言えず、また動けないまま顔を伏せていると、ふと、優しく背中を叩かれた。

「心配しなくてもいい。視線が気になるなら、しがみついていろ。……話は、部屋についてからな」

「……――」

　先ほどまでの冷たく淡々としたものとは違う、優しい声。それに、安堵と――言い知れぬ胸の痛みを感じながら、ノアは、込み上げそうになるなにかを抑えるように、小さく唇を噛（か）みしめた。

どこをどう歩いたのかもわからないまま、アルベルトに連れられてきたのは、これまで生きてきた中で見たこともないほど広い部屋だった。

前世の記憶の中にあった、ヨーロッパの城の写真を思い浮かべながら、ぽかんと口を開けて周囲を見渡してしまう。

ここは、他の神官達が使っている部屋とは建物自体が異なるらしい。長い階段を上がり部屋に着くまでの間に、この棟には、神官長や神官長補佐が使用する執務室と居室、会議室や応接室の他には、側仕えの居室があるだけだと教えてもらった。

棟に出入りする神官や使用人は限られているから、人目は気にしなくてもいい。そう言われ、戸惑いながらも頷いた。

確かに、夜中にもかかわらず、火事の騒ぎで神殿の中は神官達が行き交っていたが、この建物に入ってからはほとんど見かけなかった。人の視線が少なくなり内心ほっとしたノアを見透かしたように、アルベルトが説明してくれたのだ。

アルベルトに連れられて入った石造りの部屋は、豪奢さはほとんどない、どちらかと言えばすっきりとした実用的な印象だった。二間続きになっており、手前の部屋には椅子とテーブル、奥の部屋にはゆったりとした大きめのソファとテーブルのセットが配置されている。

また、部屋の中には幾つか扉があり、恐らくその向こうにも部屋があるのだろう。

人によっては、神官長という立場の人間の部屋にしては質素すぎると眉を顰めるのかもしれない。だが、今世では教会や地下牢、農具小屋しか見ていないノアにとっては、汚すのを恐れて身動きがとれない程度には十分すぎるほど豪勢な部屋だった。

突然、違う世界に来てしまったかのように硬直してしまったノアを、アルベルトが苦笑しながら下ろしてくれる。そっと、振動すらなく床に足をつけたノアは、同時に部屋に響いた扉をノックする音に、はっと我に返った。応えを返すアルベルトの声と、扉が開かれる音を聞きながら、慌てて床に膝をつき、そのまま平伏する。

ノアが騒ぎを起こしてしまったことに変わりはない。なにかしら、処分は言い渡されるはずだ。

「神官長、戻られましたか。今、外で……――」

部屋に入ってきた神官らしき人の声が、途中で不自然に途切れる。二人分の視線が背中に刺さるのを感じながら、身を縮めるようにしてさらに額を床に押しつけた。

「……ノア。立ちなさい。そんなことはしなくてもいい」

溜息とともに、大きな手がノアの二の腕を摑む。そのまま引き上げられ、持ち上げるようにして立たされてしまう。

「あの、でも……」

「トリス。夜中に悪いが、この子に湯を使わせてやってくれ。使い方がわからないようなら、手伝いもつけてやって欲しい。後、怪我の確認も頼む」

「承知しました。私の部屋の湯殿を使わせますから、神官長もお召し替えを」

ノアの言葉を遮るように、アルベルトが神官の男——トリスに指示を出す。淡々とそれに返事をした細身の男は、ノアに視線を向けると「こちらに来なさい」と告げた。

どうしていいかわからず、男とアルベルトを交互に見ると、アルベルトがふっと小さく笑みを浮かべてノアの髪を撫でる。

「話は後だ。色々あって疲れただろう。まずは、汗を流してきなさい」

戸惑いながらも、だがすぐに、自分の姿を見下ろす。寝る前に水で身体を拭ったものの、先ほどの火事騒ぎであちこちに煤がついて黒くなっている。恐らく、焦げた匂いもついてしまっているだろう。この格好でここにいても、部屋を汚すだけだ。

せめて、見える部分だけでも拭かせてもらおう。そう思い、アルベルトに向けて深く頭を下げた。

「申し訳、ありません。……ありがとう、ございます」

恐る恐るそう言い、顔を伏せたまま神官の後に続く。アルベルトの部屋を出て、下の階に下りると、階段の傍にある部屋の扉を開け促される。

中に入ると、灰色の簡素な神官服を着た男が立っており、こちらをちらりと見た後、トリスに頭を下げた。

「湯は？」

「準備はできております」

男の言葉に、トリスがノアに視線をやり「来なさい」と告げた。

言われるままについていくと、部屋の右手にある扉が開かれる。その向こうは、湯殿になっており、衝立（ついたて）の置かれた手前で服を脱ぐように指示された。

上衣を脱いだ瞬間、わずかにトリスから息を呑む気配がしたが、ぼろぼろの上下を脱いでしまい顔を上げた時には、特に表情も変わっていなかった。その瞳に、嫌悪の色がないのを感じ取り、少しだけ強張った身体から力を抜く。

腕や足、背中などを確認され、足と手に畑仕事でできた傷と軽い火傷（やけど）を見つけると、トリスが小さく詠唱する。

だが直後、ぱちんとなにかが弾（はじ）けるような音がして、トリスが目を見開く。驚いたように見つめられ、なにかしてしまっただろうかとたじろいだ。

「……これまで、治癒の魔術が効かなかったといったことは？」

「え？　……い、いえ。やったことがないので、わかりません……」

そう言い、だがふと、一度だけアルベルトに怪我を治してもらったことを思い出した。

「……あ、あの。前に、神官長様が一度だけかけて下さったことがあって。怪我を治していただきました」

その言葉に、わかりました、と告げたトリスが、湯殿の外で待っていた男を呼ぶ。トリスの側仕えだという男にノアを手伝うよう指示を出すと、再びノアの方を向いた。

「私は、神官長に話があるので、先に神官長の部屋に戻ります。湯を使ったら、そこの者が案内するので先ほどの部屋に来なさい」

「はい。……あ、ありがとうございます」

　腰を折って頭を下げると、あまり神官長をお待たせしないように、とだけ告げトリスが湯殿を出て行く。それと同時に、側仕えの男がノアを衝立の向こうへ連れて行った。

　指示されるまま小さな木の椅子に座ると、身体にお湯がかけられる。拭かせてもらうだけだと思っていたノアは驚き、慌てて側仕えの男に声をかけた。

「あ、あの。身体を拭かせていただけるだけで……」

「拭いただけで汚れが落ちるわけがないでしょう。湯を使ったことは？」

「……――ない、です」

　呆れたように言われ、俯きながら答えると、側仕えの男が眉を顰める。石鹼をつけた綿の布を手渡され、言われるままに身体を洗っていった。

　あっという間に茶色になる泡を流し、次は垢を落としながらしっかりと洗う。三回ほど同じ事を繰り返しお湯をかけて洗ったところで、ようやく合格となった。続けて、少し香りのする液体で髪を洗い――これも三度ほど繰り返した後、渡された香油を髪につけて、浴槽に入るように指示された。

温まったら出てきなさいと言われ、だがどのくらい浸かっていればいいかもわからず、膝を抱えて心の中で五十ほど数えたところで浴槽から出る。

衝立の向こうに行くと、乾いた大きな綿の布を渡され、身体を拭いていく。使った湯殿を片付けなければと思い側仕えに告げると、神官長が待っているのだから急ぎなさいと言われ、慌てて身体と髪を拭いてしまった。

これまで、身体を拭いただけでさっぱりしたと思っていたが、自分が思っていた以上に汚れていたのだろう。身体が軽くなったような気すらした。

「……これでも大きいですね」

渡されたのは、今までずっと着ていた上下ではなく、側仕えが着ているものと同じ灰色の神官服だった。着方を教えてもらいながら袖を通すと、ぶかぶかではあったが、これまで着ていたものよりは身体に合っており動きやすかった。

ノアと同じ年頃の見習い側仕え用の最も小さい古着だったらしいが、痩せている上に身長もあまりないノアの身体には、大きかったようだ。続けて靴下と靴も渡され、爪先（つまさき）の方は余ったものの、紐で縛るタイプの長靴だったため、問題なく履けた。こんなに綺麗な服も、そして靴も、初めて身につけるため、どこか落ち着かない。

「まあいいでしょう。ついてきなさい」

ノアは手触りのいい神官服の胸元を握りながら、側仕えの男についていく。そうして、再び先ほどの部屋に連れて行かれると、側仕えの男が扉を軽く叩いた。直後、トリスが扉を開き、側仕えの後ろに立つノアの姿を見ると軽く頷いた。

「お疲れ様です。片付けは明日で構わないから、今日はもう下がりなさい」

側仕えの男にそう告げたトリスが、視線でノアを促す。それに従い部屋の中に入ると、奥の部屋でソファに座り書類を手にしていたアルベルトが立ち上がった。トリスに連れられるまま近づくと、アルベルトがトリスへ視線をやった。

「トリス、夜中に悪かったな。お前も、もう休んでいい」

「はい。それでは、失礼します」

ノアの隣で頭を下げたトリスが、部屋を出ていく。その後ろ姿に、頭を下げて「ありがとうございました」と告げると、「いえ」と端的な声とともに扉が閉まった。

トリスを見送り、アルベルトの方を見ると、再びソファに座ったアルベルトに手招かれる。緊張に身体を硬くし、速くなる心臓の音を聞きながら、ゆっくりとソファに近づく。

厳しく叱責されるだろうと思っていたのに、なぜか、そんな雰囲気が感じられない。どうしていいのかわからず、指示されるままアルベルトが座るソファの近くに行くと、アルベルトの隣を指差された。

「ここに座りなさい」

「……は、いえ、でも」

こんな立派なソファに、しかも神官長であるアルベルトの近くになど、自分が座っていいとは思えない。混乱と緊張で息苦しさすら覚えた頃、苦笑したアルベルトが「いいから」と再び促してくる。

不意に、今が夜中だということを思い出す。これ以上時間を取らせてしまうとアルベルトの寝る時間がなくなってしまうことに気づき、恐る恐る近づいていった。

ソファにあまり触れないよう、端の方に浅く腰を下ろすと、それでは話がしにくいと言われてしまう。眉を下げながら、アルベルトの隣――一人分空けた場所に座ると、髪に触れるように手が伸びてきた。

「そのまま動かないように。……ああ、目は閉じておいた方がいいかもしれない」

そう言われ、ぎゅっと目を閉じると、髪が温かな風で揺れる。風が止まると同時に目を開き髪を触ると、濡れていた髪が綺麗に乾いていた。続けて手を取られ、掌を上に向けられる。

「火傷も軽そうでよかった。あれだけ燃えていたのに、これだけで済んだのは幸いだ」

そう言いながら短く詠唱すると、身体が温かくなる。じんわりと血が巡るような感覚の後、見ると、掌にあった傷と火傷が消えていた。治癒の魔術だ、と気づいた時には、頭上から確かめるような声が響く。

「……効くようだな」

「……あの。色々と、申し訳ありません。お湯も、服も、傷も……、本当に、ありがとうございます」

　近すぎてアルベルトの顔は見られず、俯きながらもそう呟く。すると、香油でほんの少し柔らかくなったノアの髪を、アルベルトが優しく撫でてくれた。

「全て、神殿で働く者なら普通に与えられているものだ。ノアが感謝する必要はない。むしろ、今までなにもしてやれなくて悪かった」

　そう言われ、慌ててかぶりを振る。そもそも、アルベルトが神殿へ来たのはひと月ほど前のことだ。それに初めて会った時から、神官長という立場にもかかわらず、アルベルトは気安くノアと話し、色々と与えてくれた。

「たくさん、頂きました。火事、も、助けて下さって、本当にありがとうございました」

　無性に胸が痛くなり、なにか塊のようなものが胸の奥から込み上げてくる感覚に、ぐっと唇を噛みしめ息を止めた。そんなノアの様子に、ぽんぽんと軽く頭を叩いたアルベルトが手を引く。

「火事についての心当たりは？」

　その問いに、再びかぶりを振る。

「……火は、夕飯の時に、使いました。けど、消したのはちゃんと確認しました。その後、寝ていて、起きたら燃えていました……」

　信じてもらえないかもしれないが。そう思いながら告げると、だが、返ってきたのは思いもよらぬ言葉だった。

「ああ、大丈夫だ。出火の原因がノアでないことはわかっている」

「え？」

驚いて顔を上げると、間近にあったアルベルトの顔にどきりとする。優しく目を細めたアルベルトが、口端に笑みを浮かべた。

「さっき、小屋のところで言っただろう。ノアが使った火の跡はきちんと始末されていたし、なにより一番燃えていた場所とは距離がある。風に火の粉が乗ったとしても不自然だ。……まあ、ノアに心当たりがないなら気にしなくてもいい。犯人はこちらできちんと捕まえる」

あっさりとそう言ったアルベルトを、言葉が続けられないまま凝視する。

こんなふうに、言ったことをそのまま信じてもらったのは、セレス以外では初めてだった。確かに、アルベルトは出会った時から親切で、ノアが話すことを楽しそうに聞いてくれていたが、火事の現場で自分一人しかいなかったとなれば、疑われて当然だと思っていたのだ。

以前、アルベルトは自分の髪や瞳、そして痣も、気にしないと言ってくれた。そして先ほどのトリスも、ノアの身体を見てもなにも言わなかった。内心ではわからないが、少なくとも、あからさまに嫌悪を向けられていないのだけはわかった。それが、どうにも不思議だったのだ。

「……ど、してですか？」

そんなことを思っていると、つい、ぽろりと口から言葉が零れ落ちてしまう。それに目を見張ったアルベルトが、わずかに眉を顰めた。

「なにがだ？」

「……髪も、瞳も、痣、も。みんな、怖がります」

そう呟くと、ふっと溜息をついたアルベルトが、ノアの手を取る。神官服の袖を捲ると、腕の痣を優しく親指の腹で撫でた。

その瞬間、ぞくりと奇妙な感覚——嫌悪ではなく、むしろくすぐったいようなむず痒いような、どこか甘い痺れが身体を走り、軽く息を呑んだ。

「前に言っただろう。生まれもった髪や瞳の色と、人間性にはなんの関係もない。痣もそうだ。ノアが嘘を言っていないと判断したのは現場の状況からだし、今までノアの周りにいた人間がノアの外見をどう言ったとしても、ノアがそれに負い目を感じる必要はない」

それに、外見で全てを判断する人間ばかりでもない。そう告げたアルベルトが、腕を伸ばしてノアの身体を持ち上げると、横向きに膝の上に乗せた。驚いて身体を硬直させると、後頭部に手が当てられ、アルベルトの肩に顔を当てるようにしてやんわり抱きしめてくれる。

「まだ、出会って間もないが、私はノアが素直で真面目だということを知っている。トリスも、ノアのことは噂で聞いていたようだが、実際に会って礼儀正しいことに驚いていた。これからは、見た目の印象だけで悪く言う者より、きちんとノア自身を見て判断する人間と付き合えばいい」

あやすように、ぽんぽんと軽く背中を叩かれ、声が出せなくなってしまう。胸の痛みがひどくなり、ああ、自分は泣きそうなのだと初めて気がついた。

どんなに痛くても苦しくても、泣いたことはなかった。魔獣の子と呼ばれ遠巻きにされても、存在自体を否定する言葉を投げつけられても、悲しいとは思ったけれどこんなふうに胸が痛くなることはなかった。

(どうしてだろう……)

嬉しいのに。優しい言葉をかけてもらって、初めて誰かに抱きしめてもらって。悲しくないのに──ただただ嬉しくて幸せなだけなのに、瞬きをすれば涙が零れ落ちそうだった。

「……──っ」

強く引き結んだ唇から、かすかに飲み込み切れなかった声が漏れる。一瞬だけ止まった手が、まるで泣くのを許すように、今度は軽く背を撫でてくれた。

「……ノア。堪えなくていい。ここでは、なにも我慢する必要はない」

優しく、そして労るように。耳元でそっと囁かれた声に、堪えていたものが全て押し流されてしまう。頬を涙が伝い、触れた場所から伝わってくる温かさに縋るように、アルベルトの服を握りしめた。

「……っふ、く……」

唇を嚙み、声を殺す。涙が神官服に染みこんでいくけれど、それを考える余裕すらなかった。

自分以外の人間の身体が温かいのだと。ノアは、今日、初めて知った。まるで夢の中でぬるま湯に浸かっているような心地に、ずっとこうしていたいとすら思ってしまう。

「……そんなふうに、歯を食いしばったりするな」

涙を零し続けるノアにかけられた声は、優しく、けれどどこか悲しみを帯びているように聞こえた。

「申し訳ありませんでした……」

アルベルトの膝の上からソファに戻ったノアは、ソファの上で平伏しそうな勢いで頭を下げた。そんなノアの頭を、苦笑したアルベルトがぽんぽんと軽く叩く。

「いいから顔を上げろ。そんな体勢じゃ話ができない」

そう言われ、恐る恐る顔を上げる。ぎこちなく視線を動かして見れば、やはりアルベルトの肩が濡れており、再び頭を下げそうになってしまう。

(神官長様の服を濡らしてしまった……)

普段、ノアが着ているような服とは根本的に質が違う。汚れがきちんと落ちるのか、もし落ちなかったらどうするのか。そんな疑問と恐怖が、ぐるぐると頭の中を巡った。

「こんなの、魔獣の血糊に比べれば汚れたうちにも入らん。気にしなくていい」

ノアが、自分が汚した場所を気にしているのがわかったのだろう。やけに具体的な例を挙げてばっさりと言い切ったアルベルトが、話を変えるように続けた。

「それよりも、これからのことだ。ノア、お前はしばらくここにいてもらう」

「……え？」

一瞬なにを言われたかわからず、思わず聞き返してしまう。それに、アルベルトがもう一度、今度はゆっくりと繰り返した。

「お前は、しばらくここに……この部屋で、一緒に暮らしてもらう」

茫然としながら、「ここで、一緒に」と呟く。

（絶対、無理……）

ただでさえ、アルベルトと二人でいると、今まで感じたことのない感情でいっぱいいっぱいになってしまうのに、一緒に暮らしなどしたら絶対に失礼なことをしてしまう。部屋に連れられて来た時以上の混乱に思考がついていかず、深く考えないまま言葉が零れ落ちた。

「……地下の部屋じゃ、駄目ですか？」

「さっきも言っていたな。地下とは、どこの地下だ？」

眉を顰めたアルベルトの問いに、神殿です、と返す。

「小屋に移るまで、ずっと使わせてもらっていて……。あ、あの、もし小屋が直らなかったら、またあの部屋を使わせてもらえませんか？」

そうして、先ほどの火事で小屋が燃えてしまったことを思い出し、アルベルトの方に身を乗り出すようにして懇願する。神殿の地下なら人も少ないし、畑からもそんなに遠くない。

そう言ったノアに、アルベルトが「まさか……」と唸るように呟きノアの両腕を掴んだ。

「そこで、なにをしていた？」

ゆっくりと、だが強い口調で問われ、そこでようやく、先ほど地下と言いかけてザフィアに止められたことを思い出した。やはり言ってはいけないことだったのか。そう思い俯きながら口を閉ざすと、ノア、ともう一度強く促された。

「……神殿の地下で、掃除や、配膳を」

「孤児院ではなく、神殿の地下で暮らしていたということか？」

「はい。そこに部屋を頂い、て……」

「……――っ」

ぎり、と腕を掴む手に力が込められ、わずかに痛む。思わず身動げば、はっとしたように手から力が抜けた。

「……悪い、痛かったな」

掴んでいた場所を撫でるようにさすられ、いえ、とかぶりを振る。

「あの……」

「地下は駄目だ。しばらくして慣れたら別に部屋を準備するが、当面は、ここにいてもらう。それに、これからは髪や顔を隠す必要も、人目を避ける必要もない」

「え？」

だが、ノアの外見は、良くも悪くも騒ぎのもととなってしまう。

そう思いながら問うようにアルベルトを見ると、ノアの両腕から手を離し、やや強張っていた表情を緩めて微笑みを返してくれる。

「しばらくは、ここで私の側仕えとして仕事をしながら、読み書きや算術、歴史や教養、魔力や魔術について、基本的な勉強をしてもらおうと思っているが、どうだ？」

「勉強……」

また、学ぶことができる。その言葉に目を見張っていると、アルベルトがどこか楽しそうな表情で重ねて問い掛けてくる。

「勉強はしたくないか？」

「……――」

したい、と言ってもいいのだろうか。これまで、なにかを望んだことなどなかった。それが絶対に叶えられないと知っていたから、望む前に諦めていた。

躊躇うように、口を開きかけては閉じる。それを幾度か繰り返していると、ああ、とアルベルトが思い出したように別の部屋に続く扉に視線をやった。

「だいぶ字を覚えたようだから、次に行く時には、絵本を持っていこうと思っていたんだ。ちょうどいい。明日には、こちらに運んでおこうか」

「絵本……」

「ああ。甥や姪が小さい頃読んでいたものを、幾つかもらっておいた。文章を覚えるのに、ちょうどいいと思ってな」

また、本が読める。その誘惑に、迷っていた心は一気に傾いた。

「どうする？　勉強が嫌なら、無理強いはしないが」

その言葉に、いいえ、と言いながら大きく首を横に振った。

「勉強、したい、です。……でも、本当にいいんですか？　もう成人してるのに……」

「構わない。本来、ノアが受けられるはずだったものばかりだ。……まあ、勉強だけにしてやれないのは、申し訳ないが。側仕えがいなくてうるさく言われていたから、そちらも少し手伝ってもらえれば助かる」

「そんな！　幾らでも働きます！　あ、でも、畑が……」

そこで不意に、畑のことを思い出す。アルベルトの側仕えとして仕事をしていたら、畑の面倒が見られないかもしれない。今まで大切に育ててきた野菜や薬草を、枯らしてしまうのは忍びなかった。

「そちらも、無理のない範囲で見てもらえれば助かる。ただ、毎日一人で作業をする必要はない。人手はこちらで準備するから、他の者にも手入れのやり方を教えてやってくれ。育てるものや、育て方は、これまで通りノアの好きにしていい」

「いいんですか……？」

畑を駄目にしなくてもいいとわかり安堵すると同時に、どうしてここまで良くしてくれるのだろうと不思議になる。もしかして、夢を見ているのだろうか。そんなことを思いながら指で頬を摘んで思い切り力を入れると、やっぱり痛かった。

「……どうした？」

突然頬を摘んだノアに、アルベルトが訝しげな顔をする。

「夢かと思って……」

頬に手を当てながら呟くと、ぴたりと動きを止めたアルベルトが口元に拳を当てて顔を逸らした。どうしたのかと首を傾げれば、肩が震えているのが目に入り、笑われているのだと気づく。羞恥に顔を俯かせれば、ふ、と風が起こった気がして顔を上げた。

「そろそろ、話は決まったかの」

「セレス！」

向かい側のソファにセレスが座っているのを見つけ、慌てて立ち上がる。そのままセレスの方に向かおうとして、だがソファテーブルにぶつかりそうになり、足を止めた。

「あ、あの、これは……」

アルベルトとセレスを交互に見遣り、どう説明すればいいのかと口ごもる。今まで決して人前には出てこなかったセレスが、どうして姿を見せたのか。それがわからず、また、アルベルトがどう反応するかが怖くて一歩後退（あとずさ）った。

「ノア、落ち着け。こやつなら問題ない。先ほど、火事のことを伝えるのに、一度姿を見せておる」

「あ、そうなんだ。じゃあ、助けがくるって言ってたのは……」

「こやつのことじゃ。あそこで我が力を使えば、少しばかり面倒なことになりそうだったのでな」

その言葉に首を傾げると、まあよい、とセレスが手招きしてくる。それにちらりとアルベルトを見ると、苦笑したアルベルトと視線が合い、軽く頷かれた。

ソファテーブルを回り込み、セレスの隣に行くと、手を引かれて腰を下ろす。

「さて、話はまとまったようじゃが、おぬしがノアの面倒を見る、ということで間違いないな？」

「はい。私の側仕えとして、ここに。周知されるまではうるさいでしょうから、当面はここで勉強してもらうことになりますが」

「良い。ノアは学ぶことが好きだからの。人間の世界の常識を教えてやってくれ。大体のことは、本を与えておけば自力で覚えるだろうよ」

「セレス……っ」

「なんじゃ。読みたかったのじゃろ？　折角の機会じゃ。好きなだけ強請っておけ」

くく、と楽しげに笑うセレスに、あの、と慌ててアルベルトに頭を下げる。

「すみません。……気にしないでください」

「本が好きなのか？」

驚いたように問われ、ぐ、と言葉に詰まる。嘘でも、好きじゃないとは言えなかった。

「……好き、です」

なんとなく恥ずかしくなり、俯いたまま小さく呟く。すると、少しの沈黙の後、「そうか」という呟きが耳に届いた。

「いずれ、神殿と王城にある図書室に行けるようにしようか。まあ、しばらくは私の蔵書で我慢してくれ」

「え？」

まさか、そこまでしてもらえるとは思わず目を見張る。すると、ノアの反応に意味がわかっていないと思ったのかアルベルトが続けた。

「神官はどちらも立ち入りが許可されているし、その側仕えも同行が可能だ。私や他の神官と一緒であれば図書室へは入れるし、同行者の名前で本も借りられる」

本が足りなくなれば、連れて行こう。そう言われ、ゆるゆると目を見開いた。思わずセレスを見れば、良かったな、と楽しげに目を細めて笑っている。

「……本が、読める」

今世では、無理だと諦めていた。記憶の中に本の内容はたくさん詰まっているけれど、やはり実物を読めるのとは違う。早く字を覚えて、たくさん本が読めるようになりたい。そわそわと逸る気持ちを抑えて、アルベルトに精一杯の感謝を込めて頭を下げた。

「……ありがとうございます」

「礼は不要だ。……セレス殿は、いつもはどのように？」

「我は、普段はノアの中で寝ておるよ。ああ……、一つだけ言うておく。ノアには、あまり人前で大きな魔力は使わせるな。ノアもじゃ。きちんと魔術を習っても、今まで使っていた以上の魔術を人前で使うことはならぬ」

「うん、わかった」

畑仕事以外で、魔術が必要になることなど思いつかない。素直に頷くと、よし、と笑ったセレスが小さな手を伸ばして頭を撫でてくれる。

「承知しました。……それにしても、随分と、仲が良いようで」

ノアとセレスを順に見て、目を細めたアルベルトに、はい、と笑みを浮かべる。アルベルトと一緒にいても、セレスのことを隠さなくていい。その事実が、自分で思っていた以上に嬉しく、自然と頬が緩んだのだ。

「ずっと、一緒にいてくれたので」

にこにこと告げるノアの隣で、セレスが胸を張って言葉を足す。

「ノアは、我の養い子のようなものじゃ」

「見た目は逆のようですが」

「うるさい。この程度の大きさの方が楽なんじゃ。それに、愛らしいじゃろう」

「……愛らしい」

棒読みで続けたアルベルトに、なんじゃ、とセレスが目を眇める。

そんな二人のやりとりを眺めていると、仲の良い兄弟げんかを見ているようで、つい笑みを零してしまう。くすくすと笑うノアの姿に、二人の会話がぴたりと止まる。

「……——？」

それを不思議に思って二人を見ると、アルベルトが優しく目を細めた。セレスもまたどこか満足そうで、首を傾げる。

「よい。おぬしは、そうやって笑っておれ」

「ああ、そうだな。……そうやって笑っているのが、一番良い」

しみじみと二人揃って言われたそれに、なんとなく恥ずかしく、けれど幸せな気持ちになりながら、ノアは困ったように眉を下げて笑うのだった。

†

　ゆらり、と淡く白い光が揺れる。

　神殿内の別棟。居室から上階にある執務室へと移動し、執務机の前に腰を下ろしたアルベルトは、先ほどまでの出来事を思い返しながら溜息をついた。

『それ』が起こったのは、数時間前――既に夜も更け、夕方までに終わらなかった仕事を片付けていた時のこと。こうやって執務机の前に座り、上がってきた予算書に承認印を押した時のことだった。

　何者かが強制的にこの執務室内に『入ってくる』感覚に、傍に置いてある剣を手に立ち上がったのだ。

　アルベルトの居室とこの執務室の中には、常に、魔力による入室制限、かつ、盗聴、魔力漏洩防止の結界を張っている。アルベルトより魔力量の多い者、もしくは、アルベルトが許可した者しか入れないようになっているはずのそこに、無理矢理『入ってくる』者がいれば、警戒するのは当然のことだ。

　しかも、その入室方法が、正面からではなく魔術で『転移』してくるとなれば、なおさらだった。

剣を抜き、床に浮かんだ淡い銀色の光を放つ魔法陣の上に姿を現した人影に剣先を向ける。

だが、その人影がきちんとした像を結んだ瞬間、アルベルトはぴたりと動きを止めた。

そこにいたのは、六歳ほどの——アルベルト達とは異なる形の神官服を身に纏った、子供だった。だが、その黒銀の髪と薄空色の瞳、そして——背中に生えた黒銀の翼を見た瞬間、本能的に剣を納め、すぐに魔法陣の前へと移動した。その場で片膝をつき、頭を垂れる。

『ほう。さすがフォートレン家の者、といったところか。よい、今は急ぐ。頭を上げよ』

感心したように呟いた子供は、やや急いた様子でアルベルトに頭を上げさせる。その言葉とともに顔を上げると、子供がすっと腕を上げてある方向を指差した。

『小屋に火が放たれた。ノアを逃がそうにも、火がついた場所が悪い。小屋を見張る者がいる故、我の力は使えぬ。疾く(と)あの子を助けよ』

『……っ！』

その一言に目を見張り、すぐに立ち上がる。そんなアルベルトの姿に軽く頷くと、続けた。

『我は先に戻る。話は後じゃ。ノアを頼む』

そう告げたと同時に子供の姿は消え、アルベルトは急ぎ足で部屋を出た。隣にある神官長補佐の執務室で仕事をしていたトリスに、少し外に出る旨を告げた後、人目がなくなったところで駆け出した。

幸い、中にいたノアには大きな怪我はなかった。セレスに言われ、水魔術で壁を作り身を守っていたらしい。間に合って良かったと、心からそう思う。

（それにしても……）

ノアのことについては、ロベルトが調べると言っていた。まさに明日、その報告を聞く予定になっていたのだが、まさか神殿に来てからずっと地下牢に押し込められていたとは思わなかった。

神殿の地下牢は、魔力を持つ犯罪者専用の牢獄だ。魔力封じの手枷（てかせ）、足枷をつけられ、収容される。ノアは、中央神殿に移されてからずっと、あの小屋に移動するまで、地下牢で寝起きし、牢番の神官の下で働かされていたのだろう。

孤児院に入れられなかったどころか、人目につかない場所に押し込められた挙げ句、いいように使われていたのだ。それを決めたのが前神官長なのか、副神官長なのかはわからないが、腹立たしいことこの上なかった。

「どういうつもりで……」

机の上で拳を握り、低く唸るように呟けば、ゆらり、と再びランプの光が揺れた。ランプの中央にはめ込まれた魔石には、アルベルトの魔力が込められている。それが、何者かの魔力に干渉されて『揺れて』いるのだ。

同時に、執務室の床に小さな魔法陣が浮かび上がる。立ち上がったアルベルトは、机を回り込み、魔法陣の前に片膝をついた。

再びそこに像を結んだ子供の姿——セレスに、頭を下げる。

「形式張った挨拶は不要じゃ。ノアが寝ている間にさっさと話を済ませるぞ」

座れ、と顎で傍らに置いてあるソファを示される。そちらに移動して腰を下ろせば、セレスが向かい側に座った。

「神獣——セレス様、ですね」

「いかにも。今は、ノアの中におる。当然のことじゃが、他言無用じゃ」

「私は、貴方を捜す任を負っています。陛下——イーディアル様に報告することをお許し頂けませんか？」

国王であるイーディアル、宰相のロベルト、宰相補佐のリアリットには最低限報告しておかなければ、いざという時に協力が得られない。そう告げると、少しの間考えた後、頷いた。

「今名の挙がった者と、フォートレン家の者で、そなたが必要だと思った者には報告を許そう。ただし、最低限に」

「承知しました」

「ノアは、恐らく見張られておる。我が力を貸しすぎれば、魔力によって感知されやすくなるのでな、あまり手が出せぬのじゃ。我の代わりに、ノアを護れ」

「護ります。……必ず」

そう応えたアルベルトに、セレスが目を細める。同時に、セレスから殺気とも思えるほどの魔力が感じられ、ぐっと息を呑んだ。

「その言葉、違えるなよ。あの子になにかあれば、我は躊躇わずこの国を離れる。我をこの国へと繋いでいるのはあの子供だと言うことを、努々忘れるな」

「はっ」

　再び頭を下げたアルベルトに、ふっとセレスの魔力が四散する。表情を緩め、それまでの緊張感漂う態度を投げ捨てたセレスが、ソファの背に深く身を預けて四肢を投げ出した。その様子に目を見張ると同時に苦笑したアルベルトもまた、緊張を解いた。

「ノアの事情は？」

「おおよそのところは、察しました。明日、宰相の調査結果を聞く予定になっておりましたが、まさか、地下牢にいたとは……」

「我が、あの子の中に入ったのは、十年ほど前のことじゃ。『聖域』に入ってきた者に魔力を封じられ、首を落とされた。その時点で、初代国王と結んだ契約は切れたのでな。国を離れる予定じゃったが……予想以上に魔力を持って行かれたゆえ、少しあの子の中で眠らせてもらうことにしたんじゃ」

「どうして、ノアに？」

「あの子の魔力は、我に最も近く、魔力量も桁違いじゃ。多すぎて、幼い身体を食い潰すほどにはな」

その言葉に息を呑む。たまにいるのだ。生まれつき魔力量が多く——だが、それゆえにそれを上手く制御できないまま、自身の身体が耐えきれずに死に至る者が。

「……——では」

「我も、回復が必要だったゆえ、余分な魔力を分けてもらっておる。それだけじゃ」

恐らく、ノアの場合、セレスが中に入り回復のために魔力を吸収していることで、魔力制御の代わりになっているのだろう。セレスがノアを見つけたのは、どちらにとっても運がよかったということになる。

「ああ、それと……。あれは、我かフォートレン家の魔力以外は弾くようになっておる。気をつけておいてくれ」

「ああ……。トリスの治癒魔術が弾かれたのは、そのせいですか。ですが、なぜ？」

「我も、眠りについていたためはっきりとは覚えておらぬが……。我があの子の中に入った頃、何者かの手によって、精神に干渉する魔術をかけられそうになっておった。それゆえ、本能的に宿主を護るため、他の者の魔力を弾くようになったのじゃ」

「精神に干渉する魔術……」

「厄介なものよ。ノアの中から見ておったが、神殿は昔に比べ随分と様変わりしたようじゃの。『聖域』に流される魔力も、フォートレン家の者がいなくなってからは、微々たるものとなった。それゆえ、我も結界を維持するのに必要な魔力を補充できず、遅れをとってしまった」

淡々とそう告げられ、アルベルトは歯噛みしつつも「申し訳ありません」と頭を下げる。今のこの状況を作ったのは、この国の人間。つまりは、自業自得だった。

「よい。今は、ノアを護れ。それで帳消しじゃ」

「はい。……セレス様、十年前、貴方を害した人間が誰かは覚えておられますか？」

それは、アルベルト達の最大の疑問だった。誰が、どうやって神獣を害したのか。だがその問いに返ってきたのは、セレスの厳しい表情だった。

「すまぬな。我は、魔力がないものをほとんど感じ取れぬ。ゆえに、その姿を認識することができなかったのじゃ」

だが同時に、魔力がない者は神獣に触れることすらできない。そのため、セレス自身、どうやって相手が自分の魔力を封じ首を落としたのか、明言はできないというのだ。

「だが、魔力封じの道具が使われたことだけは確かじゃ。しかも、相当量減っていたとはいえ、我の魔力を封じられるほどのな」

「……――」

その言葉に、不気味さを感じる。今、世の中に出回っている魔道具で、それだけの効果を出せるものはないはずだ。魔道具の効果は、作った者の技術と、使用するものの魔力量で決まる。魔力を感じさせず、それだけの効力を発揮する魔道具を扱う。それがどのような者か、見当もつかなかった。

「気をつけよ。ノアの中に我がいることに確信を持たれれば、ノアの身が危うい」

「わかっています。……当面は、人前に出すことで、ノアの周囲の目を増やします。人の耳目があれば、少なくとも平素は迂闊に手を出せないでしょう」

アルベルトの言葉に頷いたセレスが、ただ、とわずかに目を伏せる。

「このまま、ノアを狙わせ続けるわけにもいかぬ。最悪の場合、我を餌にしておびき寄せることも考えねばならぬやもしれぬ。その場合、ノアも危険に晒してしまうことにはなるが」

「それは……っ」

「もちろん、最終手段じゃ。その時は、おぬしらが責任を持ってノアを助けよ」

それに、あの子はそう弱くはない。そう言ったセレスが、ふと顔を上げる。

「ノアが目を覚ましそうじゃな……。アルベルト、我のことはセレスで良い。不敬は問わぬ。それから、手を出せ」

言われるまま右手を差し出せば、セレスがアルベルトの手の甲に指を当てる。セレスの指先から小さな魔法陣が浮かび上がり、それが手の甲に吸い込まれていった。

直後、肌に小さな黒い痣――翼のような模様が浮かび上がり、やがてゆっくりと消えていった。

「万が一の時のために、我の力の一部を与えておく。おぬしがおる場所であれば、我が転移できる」

「ありがとうございます」

「……ノアを、傷つけるなよ」

その一言とともに、ふっとセレスの姿が消える。同時に、アルベルトも深い溜息とともに身体から力を抜いた。ソファの背に身を預け、目を閉じる。

「さて、どう報告するかな……」

明日は、大変な一日になりそうだ。ぼやくようにそう心の中で呟きながら、アルベルトは再び深く息を吐き出すのだった。


「ノア、いるか？」

軽く扉をノックし開くと、アルベルトは自身の居室へ足を踏み入れる。足音を立てぬよう静かに入ったのは、そこにあるだろう光景に予想がついたからだ。

扉を閉めて見れば、案の定、奥の部屋のソファに腰を下ろしたノアが、膝の上に置いた絵本に視線を落としている。ひどく楽しげなその様子に、アルベルトは思わず頬を緩めた。

肩につくほどに伸ばされていた髪は、今朝、トリスの側仕えの手によって頬やうなじに少しかかる程度でさっぱりと綺麗に整えられた。瞳を完全に隠していた前髪も、少し長めではあるが瞼にかかるくらいまでに切られている。今まで、自分でナイフを使って適当に切っていたと聞いた時には唖然としたものだ。

水浴び程度しかできずごわごわしていた手触りも、昨夜、何度も洗い香油を塗り込んだことで、傷みはひどそうではあるがさらりとしたものに変わっている。

汚れでくすんでいた肌も、綺麗にしてしまえば、毎日外で畑仕事をしていたとは思えないほど白い。やや大きめの側仕えの服から覗く手や、頬辺りに見える黒い痣との対比がさらに鮮やかになっているが、それも肌に刻まれた模様のようで気味の悪さは微塵もなかった。

今はまだ、痩せ細った痛々しさの方が強いが、健康的な生活を送り人並みに肉がつけば、すぐに人の目を惹きつけるようになるだろう。元々、顔立ちは人並み以上に整っているのだ。その上、忌み子と言われる黒髪と黒い瞳が、ノアの持つ独特な雰囲気——繊細さと儚さ、そして全てを見通すような静けさを、さらに引き立てている。

テーブルの上には、絵本と、子供向けの童話が数冊置かれている。元々、文字を覚えたノアの教材用にと実家から取り寄せていたものを、今朝、ノアに渡しておいたのだ。

その時の、ノアの驚いたような——けれど、ひどく嬉しげな様子は印象的だった。

『ありがとうございます……!』

これまでで一番元気な声を出したノアに、思わず笑ってしまったほどだ。

だが、そんなノアの様子に、一点だけアルベルトは疑問を持っていた。

（あの子が、『本』をどこで知ったのか……）

つい先ほどまで王城に行っていたアルベルトは、イーディアル達に昨夜の出来事を全て報告した。神獣であるセレスが見つかったことに関しては、皆、一様に安堵しており、セレスの存在は極秘とした上でノアの身を護ることで意見は一致した。

そうして、そのノアの調査を行っていたロベルトからもたらされた報告は、セレスとノアの口からすでに聞いていたとはいえ、相当に胸の悪くなるような話だった。

『孤児院に入れられず、地下牢に押し込まれていたとは……』

なんの罪もない子供に、最低限の環境すら与えず、神殿の中でも危険だとされる地下牢に押し込められていた。それだけで、ノアの扱いが相当にひどいものだったことがわかる。

報告を聞いたイーディアル達も皆眉を顰め、だが、それでもアルベルトから語られるノアの姿に驚嘆していた。

『そのような環境で、そこまで真っ直ぐに育っているのか』

だが同時に、それらの報告は、ノアが本に接する機会など一度もなかっただろうことをより強固に裏付けた。そのため、本が好きだというノアの言葉に違和感を持たないわけにはいかなかった。

ノアが嘘をついているとは思えない。だからこそ、余計に不思議だった。

（セレスがノアに話したのか……？）

可能性としては、それが一番高い。とはいえ、それらは単純な疑問であり、真実がどうであれアルベルトがノアに対して悪感情を抱くことはないだろうと思えた。

（あんな顔をされればな……）

本を前にした時の、本当に嬉しそうな――幸せそうな笑顔。

憧れていた宝物を目にした時のようなその表情は、後ろめたいことを隠しているものではなかった。だからこそ、いずれわかる時がくればいいと思うに留めたのだ。

『神獣に護れと言われるほどの者なら、王城で預かった方が安全じゃないか？　リアリットの部屋がある場所なら、立ち入れる人間も限られるし、多少警備を厚くしても目立たないだろう』

イーディアルにそう言われ、だがそれにはかぶりを振った。ノアを自分の傍から離す気はないし、王城の方が神殿以上に不特定多数の人間が多い。

『状況によっては考えますが、しばらくは私の側仕えとして近くに置きたいと思います。陛下達に目通りさせるにしても、側仕えであれば連れてきても目立たないでしょうから』

そうして、セレスから告げられた条件を踏まえ、ノアの処遇をはじめ今後の方針について先ほどまで話し合ってきたのだ。

当面、ノアはアルベルト預かりとなることとなった。そしてセレスからもたらされた情報をもとに、十年前の事件を洗い直す――神獣をも害することができる魔道具を作れる者、そして禁術を持ち出し使用できる者を捜す――ことを決めた。

ノアに関しては、セレスに話した通り、側仕えの仕事をさせながら少しずつ人目に触れさせるつもりでいる。実際のところ、ノア自身と接したことがないせいで、噂に尾ひれをつけ忌避してきた部分が大きいのだ。

今朝、昨日ノアの世話を任せたトリスやその側仕えに話を聞いたが、二人とも、大人しく、そして人の手をかけさせないようにと気を遣うノアの姿に好意的だった。同時に、実際のノアの姿やこれまでの噂から、自分達が思っていた以上にノアがひどい状況にあったのだろうということを察し、心を痛めていたのだ。

全員が全員ではないだろうが、恐らく、ノアに対する反応は二極化するはずだ。そして、アルベルトの側仕えになれば、あからさまにノアを批判し害することができるものは少なくなる。

ある意味、ノアを餌にして神殿内の状況を動かそうとしているようなものだ。火事の件といい、ノアが狙われている可能性がある以上、隠された場所にいるよりも人目に晒しておいた方がいいという理由があるとはいえ、罪悪感は拭いきれなかった。

（人を疑うことを知らない子供を、騙しているようなものだな……）

とはいえ、ノアの他者に対する認識が、この機会に少しでも変わってくれればと思うのも本当だった。

自分を見た目で判断しない人間がいること。自分が、そういった者達だけを選べばいいのだということを、知って欲しい。

そうでなければ――恐らく、ノアは自分の命を惜しまない。

ノアの瞳には、絶望すら越えてしまった諦観が滲んでいる。自分の命に、一切の重きを置いていない。たとえなにかがあっても、生きようとあがくことなく、諦めてしまうだろう。

それがわかった。

あの火事の時も、ノアは、逃げられないとわかった途端、真っ先にセレスを逃がそうとしたという。怯えるでも、泣くでも、騒ぐでもなく。ただ淡々と、自身の目の前にやってきた死を受け入れようとしていたらしい。

その話をセレスから告げられた時、アルベルトはぞっとした。戦いの中で真っ先に命を落とすのは、自分の命を諦めている者だ。ノアはきっと、生まれてから一度も、自分自身に対し価値を見いだせていないのだろう。

だからこそ、わからせてやりたいと強く思った。

ただひたすらに甘やかして、甘えることを覚えさせて、執着するものを作ってやりたい。

そしていつか……――。

「ア、ルベルト、様？」

驚いたような声に我に返ると、向かい側に座ったノアが大きな目を見開いてこちらを見ていた。試しにノアが気がつくまで座っていようとソファに腰を下ろしてから、随分と考え込んでいたらしい。

「ああ、読み終わったのか？」

膝の上の絵本が閉じられており、小さく笑う。すると、こくりと頷いたノアが慌てて絵本をテーブルの上に置いた。

「すみません、気がつかなくて……」

ノアに、アルベルトと呼ぶようにと言ったのは、ほんの思いつきだった。神官長としてではなく、アルベルトとしてノアに認識して欲しい。ふと、そう思ったのだ。仕事上でも、側仕えであれば仕える者の名を呼ぶことを許される。

「いや。今日は部屋から出ないようにと言ったのは私だからな。不自由をさせてすまない」

「いえ！　たくさん本を読ませていただけて、嬉しいです」

慌てて手を振ったノアに、そういえば、と重ねられた本に視線をやる。

「もう、これだけ読めるようになったのか？」

「はい。文章を作って書くのはまだ難しいですけど、読むのはなんとか」

勉強になります。そう言ってにこりと微笑んだノアに、アルベルトは内心で驚嘆する。

ついひと月ほど前までは、読み書きが全くできなかったのに、ノアは驚くべきスピードで色々なことを吸収していく。

「面白いものはあったか？」

ノアに渡した本の中には、アルベルトが幼い頃に読んだことがあるものも混ざっている。純粋に、ノアがどういった本を好むかに興味があった。

「はい！　全部面白かったですが……。特に、この竜のお話が面白かったです」

左側に積んであった本の山の中から、一冊の絵本を取り出す。それは、アルベルトもよく知る、この国の古い伝説――神獣と人間に関して描かれた話だった。

「竜は、本当にいるんですか？」

「伝説として語られるくらいには少ないが、存在はする」

「そうなんですね……」

アルベルトも、昔、その話が好きでよく読んでいた。些細な共通点ではあるが、自身が好んでいたものが選ばれたのが嬉しく、自然と笑みが浮かんだ。そうして、本の内容について細かな質問に答えていると、不意にノアが、膝の上に置いた絵本をそっと撫でた。

「力を持つ者と持たざる者。綺麗事だけでは済まない、どうしようもない理不尽さが描かれているのに、種族が違っても、たとえ言葉が通じなくても、真摯に向き合えば信頼関係は築けるっていうところがいいなあと……。たとえ綺麗事でも、全部がそうじゃなくても、わかり合える出会いはあると思うので」

そうして呟かれたのは、まさにこの絵本の教訓だった。絵本や子供向けの童話は、楽しむためのものである一方で、子供達に様々な価値観を教えるための教材でもある。ただ、普通に読むだけでは、なかなかそれに気づくところまでは至らない。

それを、ようやく文字が読めるようになったノアは、正しく理解していた。ただ読むだけではなく、きちんと考えながら読んでいる証だが、それでもその理解力には舌を巻く。

（不思議な子だ……）

一般的な常識といった部分については、なにも教えられてこなかったのが納得できるほど知らないのに、驚くほどの知識や知性を窺わせる部分もある。

どのくらい、なにを知っているのか。それをノア自身に聞いてみたい気もしたが、萎縮させ、楽しげに話すその姿が見られなくなるかもしれないと思うと、実際にその問いを言葉にすることはできなかった。

そして絵本についての話が一段落したところで、本題――今後についての話を持ち出す。

「ああ、それでだが、ノアの今後について上にも話を通してきた。これからノアは、私の側仕えとして仕事をしながら、勉強をしてもらう」

そう告げると、膝の上で手を握ったノアが背筋を伸ばす。

「……はい。ありがとうございます」

頭を下げたノアに、いいから、と告げて頭を上げさせた。

「側仕えの仕事は、昨日会ったトリスの側仕えに教育を頼んである。とはいえ、私は基本的に身の回りのことは自分でやるから、仕事はそう多くない。今はそれより、勉強を優先してくれ。教師は、トリスに頼んである」

「はい」

「こちらも、上とトリスには承諾を得ている。トリスは厳しいが、優秀な神官長補佐だ。わからないことは、なんでも聞けばいい。もちろん、私にもな」

「……あの。トリス様のお仕事は、大丈夫でしょうか？」

どこか不安そうにそう尋ねてきたノアに、大丈夫だと微笑む。

「ちょうどトリスにやってもらっていた仕事が一区切りついたところだから、問題ない。また忙しくなったら、仕事を優先してもらうだろうが」

そうして、朝と昼に数刻、トリスの手が空いた時間を勉強時間に充てることとし、その他の時間はアルベルトの側仕えとして働くことを決めた。一つ一つに生真面目に頷いていたノアは、頑張ります、と意気込みを伝えるように膝の上で拳を握りしめていた。

「そう気負わずとも、時間は十分にある。好きなことから楽しんで学んでいきなさい」

この調子では、無理をしてでも早く覚えようとしそうだ。そう思いながら念のために、釘を刺しておこうと続けた。

「……一応、言っておくが。万が一、無理をして体調を崩すようなことがあれば、数日読書を禁止するからな。ちなみに、セレスがいるから隠そうとしても無駄だ」

「……――」

目を眇めて告げると、すっとノアの視線が横に逸れる。なかなか返事をしようとしないノアに、確かめるように名を呼ぶと、ゆっくりと視線がこちらへ戻ってきた。唇を引き結び、頑張りたい気持ちと読書は禁止されたくないという気持ちの狭間で葛藤しているのが手に取るようにわかる表情に、思わず笑いを零してしまう。

「……っくく、はははは っ! ノア、そんな顔をしても、罰は変えないからな。本が読めなくなるのが嫌なら、頑張りすぎないことだ」

「……――はい」

そうして頷いたノアの声は、渋々といって差し障りのないものだった。

†

「ノア!」

乾いた洗濯物の籠を抱えたノアは、後ろからかけられた声に足を止めて振り返る。

そして、早足でこちらに向かってきている青年の姿を認め、首を傾げた。

「ニール。どうしたの?」

「いや、もう昼だろう? ちょうど厨房に食事を受け取りに行こうと思ったら、ノアがいたから。一緒に行かないかなと思ったんだけど、まだ無理みたいだな」

小柄で、ノアとさほど背丈の変わらない青年——ニールは、一年ほど前に神殿に入った、神官見習いだ。男爵家の次男だそうで、将来のことを考えて成人になると同時に神官になることを決めたのだという。

年齢もノアと変わらず、この神殿でできた、初めての同年代の知り合いだった。

ノアがアルベルトの側仕えとなって、ひと月ほどが過ぎていた。

最初の十日ほどは、トリスの側仕えから仕事の内容ややり方を教えてもらったり、トリスから一般的な常識や神殿のこと、神殿内での決まりなどを中心に教えてもらっていた。そして、トリスからひとまず合格が出たところで、本格的にアルベルトの側仕えとして働くことになったのだ。

とはいえ、アルベルトは自分で言っていた通り、身の回りのことは大抵自分でやってしまう。そのため、ノアがやっているのは、アルベルトが留守の間の部屋の片付けや、休憩時間にお茶を淹れたり、食事を運んだりといった程度の簡単な仕事ばかりだった。

ただ、ノア一人で神殿内を歩き回る必要も出てきたため、それについては慣れるまでに時間がかかってしまった。

初めだけ、アルベルトが案内がてらにと一緒に歩いてくれ、そのせいかノアに対して直接なにかを言ってくる者はいなかった。それ以後も、数回目まではトリスの側仕えが一緒にいてくれて、神殿内の造りを大体覚えたところでノア一人で動くようになったのだ。

そうして、ノアが一人で出歩くようになってからの周囲の反応は、様々だった。すでにアルベルトの側仕えとして周知されていることもあって、面と向かって悪し様に言ってくる者はいない。ただ、やはり髪や瞳の色、そして痣のせいもあって遠巻きにする者がほとんどだった。時折聞こえてくる声は、どうして『忌み子』が——という不快混じりのもので、それに関してはノア自身仕方がないと思っていた。

人の価値観はそう簡単に変わるものではない。なおかつ、今まで決して人前に出てこなかった不吉な存在が、当然のように神殿内を歩き回り始めたら、不安になるのも仕方がない。

ただ一方で、アルベルトやトリス、その側仕えのように、ノアの容姿を全く気にしない者がいることも、初めて知った。今声をかけてきたニールもその一人で、他にも数人、神官や神官見習い、使用人でノアを見かけたら声をかけてくれる人々がいる。

そのことが、自分でも思った以上に嬉しかったのだ。

「ごめんなさい。まだ、他の仕事も残ってるから」

「そっか。あ、そうだ。ノア、次の休みはいつ？」

「えっと……一応、三日後、かな」

「なら、間に合うな。明日から街で花祭りやってるから、行けそうなら行ってみるといい。賑やかだし、市場には他の国からの行商人もたくさん来てるから、珍しいと思うよ」

「他の国から……」

その言葉に、ニールが頷く。

「普段、あまり見かけないものとかも売ってるし。残念ながら俺は、昨日休みだったから行けないんだけど」

残念そうに肩を落とすニールに、苦笑しながら首を傾げた。

「うん、ありがとう。でも、側仕えは一人では街に行けないから……」

「それなら、主である神官――ノアの場合は、神官長様のお遣いとかだったら、一人でも外に出られるから聞いてみな。っと、そろそろ行かないと。じゃあな」

手を振って去って行くニールを見送り、洗濯籠を持ち直すと再び別棟に向かい歩いて行く。

「花祭りか……」

小さく呟いたそれに、だが、すぐに無理かなと内心で呟いた。神殿の中には少しずつ慣れてきたけれど、さすがにまだ、外に出る勇気はない。ローブを借りて隠して行ってもいいが、万が一の時に怯えながら行っても、きっと楽しくないだろう。

(いつか、アルベルト様と一緒に行けたり……は、しないかな)

ほんの少し贅沢な望みを思い浮かべ、すぐに自分の中で打ち消し自嘲する。さすがにそれは、過ぎた望みというものだろう。

アルベルトと出会ってから、たくさんのものを与えてもらって、随分贅沢になってしまった。今、この手にあるものは全て、一時の夢のようなものだ。甘えすぎないように。頼りすぎないように。いつ、この手を離れてもいいように。そう言い聞かせておかなければ、夢が覚めた時に耐えきれる自信がなかった。

前世でも、今世でも、気がつけば一人だったのだ。自分の人生は、そういうものだと心の奥に刻みつけられている。

「……――っ！」

突如、正面の曲がり角から姿を現した神官が、ノアの姿に気づかずぶつかってくる。

両手で抱えていた洗濯籠を落とさないように、そしてその場から避けるようにふらつきながらも数歩後退すると、足を止めこちらを睨んだ神官が吐き捨てるように告げた。

「……ちっ。魔獣崩れが堂々と」

舌打ちとともに、床に落ちた数枚の書類を視線で示す。

「拾え」

命じる言葉に、ノアは反論することなくその場に膝をつき洗濯籠を床に置く。そうして、神官の足下に落ちた書類を中を見ないよう裏返しながら拾うと、膝をついたまま顔を伏せて差し出した。ひったくるように書類を取った神官が、続けて命じる。

「その汚らわしい顔を上げるな」

言われるままその場に平伏すると、後頭部を靴で踏まれ、床に擦（こす）りつけられた額に痛みが走る。けれどそのまま声一つあげないノアに鼻を鳴らすと、その場を去って行った。

「全く、神官長はなにを考えてあのような下賤の者を……」

ぶつぶつと呟かれる不満に満ちた声が聞こえなくなった頃、ノアはゆっくりと顔を上げた。

ここは、中級神官から上級神官までの執務室や居室がある東側の棟だ。白地に黒の模様が入った神官服は上級神官のもの。アルベルトの執務室や居室がある別棟に行くには、この棟にある回廊を通っていなかければならないのだ。できるだけ目立たぬよう、裏口から入り人目のないところを通っていたのが仇になってしまった。

アルベルトの側仕えという立場上、人目のある場所で露骨にノアを排除しようとする者はいないが、逆に言えば、人気がないところでノアに対する不快感を隠さない神官はそれなりにいる。

最初は、これまでと同じ、ノアの髪色や瞳、痣のせいだろうと思っていたが、神官達が時折漏らす言葉の端々から、アルベルトに対する反発もあるのだと察せられた。

どうしてかはわからないが、一部の神官はアルベルトのことを嫌っていて、そのアルベルトが側仕えとして『忌み子』を神殿に引き入れたことで、さらに不満を強めているのだと感じたのだ。

（……洗濯物、落とさなくてよかった）

立ち上がり、借りている側仕えの服や床に擦りつけられた額を軽くはたいて汚れを落とす。

アルベルトやトリスはめざとく、ノアの服装に不自然なところがあるとすぐに質問攻めにされるのだ。

今の出来事はもちろん、ノアが一人でいた時に起こったことを、アルベルト達に言う気はなかった。今のような出来事は、ノアにとって当たり前のことであり、報告するほどのことでもないからだ。

「……迷惑、かけてるよね」

自分が側仕えとなったから、アルベルトの評判が落ちているのは確かだった。神殿内を歩くようになり、それをひしひしと感じたノアは、何度か今までの小屋か地下に戻らせてくれないかと願い出ていた。だがそれらは全て、アルベルトによって一蹴されてしまった。

溜息を押し殺しながら別棟に入り、入口前で警備をしている神殿騎士に頭を下げると、石造りの階段を上がる。そして、アルベルトの居室の前で扉を開けるため洗濯籠を床に置いたところで、横合いから声がかけられた。

「ああ、ノア。お帰りなさい」

左手から白地に黒い模様が入った神官服を身に纏ったトリスが、食事の載ったワゴンを押してやってくる。

「トリス様！　申し訳ありません、遅くなりました」

腰を折り深く頭を下げると、トリスがほんの少し目元を和(なご)ませる。

「遅くはないですよ。ちょうど神官長も一段落したところですから、貴方も昼食にしなさい」

「お手伝いします！」

部屋の扉を開け、ワゴンを押すトリスを先に通す。再び洗濯籠を抱えてその後に続くと、扉を閉めて、奥の寝室に洗濯籠を運んだ。

ノアがアルベルトに引き取られてから、トリスは仕事の合間に教師としてノアに様々なことを教えてくれている。

最初は、常に淡々としており表情が変わらないトリスに、ザフィアに近い印象を持ってしまっていたのだが、話すうちにトリスが優しい人だというのがわかった。なかなか正面から人の顔を見ることができないノアに、なにも悪いことをしていないのなら、俯く必要はないと何度も言ってくれた。

『人は、知らないものを恐れる生き物です。人前では、きちんと顔を上げていなさい。そして、話す時は相手の目を見るのです』

これまで言われてきたこととは真逆のそれに、いいのだろうかと首を傾げてしまった。けれど確かに、神殿でわずかながらも人と話すようになって『思っていたより普通だった』と言われたことが幾度かあったのも事実だ。

もちろん、そうすることで余計にノアに対し不快感を持った人々もいたが、そういう人間は放っておけば良いと、冷えた笑顔でそう言っていた。

「ノア。午後は、昼食後に二刻ほど魔術理論の授業を入れますので、そのつもりで」

「はい！」

ワゴンに載せた料理をテーブルに並べるトリスを手伝いながら、ノアは嬉しさに笑みを浮かべ頷く。トリスの授業はどれも楽しいが、魔術理論やこの世界の歴史は前世の知識にはないもので、特に興味深いのだ。

今日の料理は、三人分。アルベルトとノア、そしてトリスのものだ。アルベルトの部屋で暮らすようになってから、朝食と夕食はアルベルトと二人で、昼食は時間が合えばそこにトリスが加わるのが定番となっていた。

ちなみに、別棟で出される料理は、専用の厨房でアルベルトが伯爵家から連れてきた料理人が作っているのだという。そのことに驚いていると、トリスが毒物への対策だと教えてくれた。

『神官長ともなれば、その地位を狙う者が少なからず出てきますからね』

確かに、前世での知識でも、権力争いなどで命が狙われる、といったことは表に出ないだけで実際にあり得ることだった。物語などでも、歴史ものやミステリー、ファンタジーといった各ジャンルで、そういったことが描かれていた。

（今のこの世界自体が、前世でいうファンタジーになるんだろうけど。本当にあるんだなあ）

神官長という立場には、人を害しても手に入れたいと思うほどの魅力があるのだろうか。

不思議に思いそう問うと、トリスが驚いたような困惑するような、なんとも言えない不思議な表情をしていたが。

「トリス様、そういえば、花祭りというのはなにをするお祭りなのですか？」

「ああ、そういえば、そんな時期ですね。誰かに教えてもらったんですか？」

「はい。さっき、ニールが。明日からだと」

皿を並べ終わったトリスに問うと、ああ、と思い当たったように苦笑した。

「お遣いで街に下りる機会の多い下級神官や神官見習い達の間では、今、その話題で持ちきりでしょうからね」

行くことはできなくとも、今世での祭りの内容には興味があった。前世では、神様を祀ったり、豊穣や健康といった色々なことを願うものだったが、ここも同じなのだろうか。

「花祭りは、元々、この国を護ってくださる神獣に感謝を示すために始められた儀式のようなものです」

「神獣に……」

花祭りは時間帯により呼び名が変わるらしい。朝から夕方に行われるのが『明けの花』、そして夕方から深夜に行われるのが『宵の花』。

『明けの花』では、神殿や教会で神獣に感謝の花を捧げ、『宵の花』では、昼に捧げた花を川に流す。そうやって、神獣の力が籠もった花を国中に巡らせることで、結界の力を安定させる儀式なのだと教えてくれた。

「今でこそ、他国からの商人が祭りに合わせてやって来るので、娯楽の意味合いが強まっていますが。この国にとっては、大切なものです」

「神獣って、凄いんですね……」

その言葉に、トリスが「そうですね」と頷く。神獣というものが本当にいるのかすらわからなかったのだが、実際にこの国が護られているというのなら、実在するのだろう。

「魔獣と神獣は、どう違うんですか？」

いまいち理解していなかったそれを問えば、全く違いますよと苦笑された。

「神獣は、片手で足りるほどしか現存していないと言われ、人がその姿を見ることは無きに等しいと言われています。稀少ではありますが、それよりももう少し数が多いのが幻獣。そして、最も多いのが魔獣です」

そして、神獣と幻獣、そして魔獣の最大の違いは知能の高さだという。

「神獣は、最も高い知能と魔力を持つと言われています。人の言葉を解し、国を覆う結界を張ることができるほどに、魔力も抜きん出ている」

「……そう、なんですね」

一瞬、セレスのことを思い出すが、違うだろうなと内心で呟く。神獣ほど強い力を持っているのなら、自分の中で休む必要などないはずだ。

「幻獣は、神獣には劣りますが、人の言葉や意志を解すものが多いです。相性がいい場合は、その姿を見せることもあります。そして魔獣は、知能は幻獣達に及ばず、本能のまま動き人間を害するものが多いです。時折、高い知能を持った個体も出現しますが、そういった魔獣は国の騎士団が討伐に赴きます」

「魔獣は……必ず、討伐されるのですか？」

やはり、魔獣の中にもセレスのようなものは時々いるのだろう。だがセレスは、決して討伐されなければならないような魔獣ではない。不安になりながらも問うと、いいえ、とトリスがわずかに首を横に振った。

「討伐するのは、人里に踏み入る可能性のある危険な魔獣だけです。一つの生き物だけを極端に減少させるのはよくないこととされています」

その言葉に、ほっと肩の力を抜く。食物連鎖の概念は、この世界でもあるのだな。そう思いながら、頷いた。

「畑でも……、野菜を食べるからと全滅させてしまうと、今度は、その虫に捕食されていた別の虫が増えてしまいます」

「……ええ。それと同じことです。ノアは、理解が早いですね」

トリスに褒められ、嬉しさにくすぐったくなり頬が緩む。と、同時に、部屋の扉が開きアルベルトが姿を見せた。

「神官長、お疲れ様です。昼食の準備が整いました」

「アルベルト様、お疲れ様です」

トリスと一緒に慌てて頭を下げると、挨拶はいい、と言ってアルベルトがこちらに近づいてくる。

「二人とも、待たせたな」

そう言ってアルベルトが席に着くと、トリスがその向かい側に、ノアがアルベルトの隣に座る。アルベルトと二人で食べる時は向かい合わせに座るのだが、三人の時はなぜかいつもこの配置だった。

テーブルの上には、今日の昼食が一揃い並んでいる。本来は側仕えが給仕をするものらしいが、アルベルトが必要ないと告げ、この形式になっていた。

昼食は、通常、朝食より少し多く、夕食よりは少なめ、といったところだ。

今日は、鶏肉のソテーにポトフ、ライ麦のパン、デザートに柘榴(ざくろ)に似た赤い実の果物が皿に盛られていた。鶏肉のソテーにかかっているのはバターソースだが、レモンの風味となっており、さっぱりとした味に仕上がっていた。

これまで、屑野菜のスープしか食べてこなかったノアの胃は、当初、こういった料理をほとんど受け付けなかった。かといって、残してしまうという選択もできず、無理矢理食べようとして吐きそうになったところでアルベルトに止められたのだ。

『無理をするな。残しても、私や厨房の者が食べるから気にしなくていい』

そんなことがあってしばらくは、ノアの食事だけ量が少なく胃に優しいものが続いた。そうして徐々に固形物が増えていき、今では、アルベルト達の三分の一の量にしてもらっているが、同じ内容のものを食べられるようになってきている。

それぞれに食前の祈りの挨拶を終え、カトラリーを手に取る。これも、木匙しか使ったことのなかったノアにとっては難問だった。前世の知識でなんとなく使い方はわかっていたが、実際にやろうとすると身体がついていかないのだ。

アルベルトとトリスが根気よく教えてくれて、まだ綺麗にとまではいかないが、どうにか零さないように食べることができるようになっていた。

鶏肉を一口サイズに切り、ゆっくりと口に運ぶ。皮がパリッと音を立て、次いで、バターの濃厚さとレモンの爽やかな風味が口の中に広がった。

(美味しい……)

ゆっくりと味わって食べながら、ノアはほんのひと月ほど前――この部屋に引き取られた時のことを思い出す。

小屋が燃えた日の翌日、ノアはアルベルトの寝台の上で目が覚めた。

アルベルトに、寝台は一つしかないため当分の間は一緒に寝ることになると言われ、そんな恐れ多いことはできないと必死に抵抗した。自分はここの床でも十分すぎるほどだと。

けれど、そんなノアの抵抗を一蹴するように寝台に押し込まれ、枕元に座ったセレスに見張られているうちに眠ってしまっていた。

目が覚めた時、隣にアルベルトが寝ていた形跡はあったものの、すでにその姿はなかった。

セレスはノアの中に入り眠っているらしく、出てくる気配はない。誰もいない部屋で途方に暮れていると、アルベルトが食事を運んで戻ってきたのだ。

『ああ、起きたか。ちょうどよかった。朝食を持ってきたから、食べようか』

そうして、当然のようにアルベルトはノアと一緒に朝食を取ってくれた。しかも、それ以降、アルベルトは毎食欠かさずノアと食卓を共にする。

多分それは、アルベルトがノアの言葉を覚えていてくれたからだ。

誰かと一緒に、ご飯を食べてみたい……——。

やりたいことはないかと聞かれ、本を読むこと以外に、もう一つだけやってみたかったことと。ノアの中に誰かと一緒に食事をした記憶はなく、初めての経験だった。

そして、誰かと一緒に食べる食事は、空腹だけでなく心をも満たすのだと知った。

(あったかい……。幸せって、こういうのを言うのかな……)

最初に、アルベルトと向かい合って座り、温かなポタージュスープを飲んだ時。

『……ノア？』

気がつかないうちに、ノアの瞳からは涙が零れていた。

どうしてなのか、自分でもよくわからなかった。これまで泣いたことなどなかったのに、アルベルトに出会ってから、何度も胸が痛くなり気がつけば涙が零れてしまう。

嬉しい。悲しい。寂しい。嬉しい。

自分でもよくわからない感情が、身体の中を駆け巡る。それが自分でも抑えきれなくなり、涙となって溢れ出ているようだった。

そして、アルベルトはそんなノアに優しい眼差し(まなざし)を向けただけで、なにを言うこともなくそっとしておいてくれた。

ほんの少ししょっぱかったけれど、生きてきた中で一番美味しい食事だった。

「そういえば、先ほどノアと花祭りのことを話していたんですよ」

アルベルトとトリスが午後の段取りを話し合っている間、ぼんやりとひと月前のことを思い浮かべていると、話が一段落したタイミングで、不意にトリスが告げた。突然自分の名前が出てきて驚いていると、「そうなのか?」と隣に座るアルベルトが視線を向けてきた。

「は、はい。ニールに、明日からだって聞いて……」

「ニール……ああ、神官見習いの。ノアは、花祭りのことは知らなかったのか?」

そんな問いに素直にこくりと頷く。この中央神殿に移ってきて、街の様子を聞いたのは初めてだったのだ。

「そうか。明日……いや、明後日なら……」

「明後日の宵なら調整できますよ」

正面を向き、なにかを思い出すようにぶつぶつと呟き始めたアルベルトに、トリスが告げる。それに頷いたアルベルトが、カトラリーを置き再びノアの方を向いた。

「明後日の夜、行ってみるか？」

「え？」

「昼間は時間が取れないから、宵の花だけになってしまうが。一緒に行かないか？」

「え⁉」

最初は聞き間違いかと思い、だがすぐに続けられた言葉に、持っていたナイフとフォークを取り落としそうになってしまう。慌ててそれらを皿にかけて置くと、眉を下げた。

「……――」

行ってみたい。その一言は、だが、すぐに喉の奥で消えていく。街に出て、もしこの姿を見られてしまったら、きっと騒ぎになる。それだけでなく、アルベルトにこれ以上の迷惑はかけられない。そう思い、目を伏せてかぶりを振ろうとした。

「人目が気になって楽しめないのなら、見た目をごまかす魔術をかけておけばいい。それに、もしなにかあっても私が護る」

「……っ！」

隣から手が伸びてくると、さらりと髪を撫でてくれる。目に入りそうになった前髪を指で少し避け、そのまま大きな掌が頬へと下りてくる。見上げたアルベルトの目は、ひどく優しく細められており――愛しい者を見るようなその瞳に、どきりと胸が高鳴った。

（……――なに？）

今まで感じたことのない熱に、胸がざわめく。けれどそれはすぐに、頬に当てられた手がさらに動きノアの柔らかな頬を指で摘まれたことで霧散した。

「……アルベルト、様？」

むに、と片頬を軽く摘まれ、困惑して眉を下げる。すると、くくっと楽しげに笑ったアルベルトが、少し意地悪な笑みに変えた。

「返事は？」

行きたくない、とは嘘でも言いたくなかった。どうしていいかわからず、助けを求めるようにちらりとトリスを見ると、我関せずといったふうに食事を続けている。

「おい、なんでそこでトリスを見る？」

「日頃からの信頼関係の賜物かと」

眉を顰めたアルベルトが、頬から手を離してトリスの方を見る。と、ノアの視線は看過しているのに、さらっとした口調でトリスが答えた。

「ノア、トリスより私の方が信頼できるよな？」

「え、え？」

突然、こちらを向いたアルベルトにそう問われ、困惑したまま固まってしまう。「できるよな?」と再度問い掛けられ、反射的にこくりと頷き、だが、トリスのことも信頼はしているため困った心情そのままに眉を下げて首を傾けた。

「……お二人とも、凄く、良くしてくださってます」

「神官長。子供じゃないんですから、張り合わないでください。……ノア、いいから、自分の望みを口にしてみなさい。正直に言っても、誰も、怒りも失望もしませんよ」

そう淡々と、けれど優しく促され、俯く。

言っても、いいのだろうか。我儘(わがまま)だと言われないだろうか。

そんな不安がわき上がってくるものの、トリスの言葉に背中を押されるようにしてアルベルトを見上げた。

「行きたい、です。……アルベルト様と、一緒に」

その答えに返ってきたのは、よし、という声と、真っ直ぐにこちらへ向けられたどこか嬉しそうな笑顔だった。

「……――っ」

日が落ち、周囲が闇に包まれ始めた頃、人目につかないよう別棟の裏口から外に出たノアは、アルベルトに連れられ、なんの紋も入っていない馬車に乗ると、ここに来てから初めて神殿の外へ出た。

馬車から降りたノアの目に映ったのは、神殿内とは比較にならないほどの数の人。夜にもかかわらず、街並みは等間隔に並べられた魔道具のランプによって煌々と照らされている。

ざわざわとした騒がしさは、前世の知識の中にはあったが、実際に音と感覚を伴ってただ中に立たされると圧倒的の一言だった。

終始行き交う人並みに視線が定まらず、ふらりとよろけた身体が、背後から支えられる。安定感のある揺るぎない存在に安堵すると同時に、それが誰かを思い出して慌てて体勢を立て直した。

「すみません……っ」

小声で謝りながら、背後に向かって頭を下げる。ずれそうになるフードを両手で引き下ろすと、フードの上から軽く手が乗せられた。

「気にするな。――……と、フードを取っても大丈夫にしてやろう。こういう細かい魔術は、魔術師団に所属している下の兄上――次兄の方が得意なんだが……まあ、街に出ている間くらいなら俺の魔術でも保つだろう」

そう苦笑しつつ、アルベルトがノアに掌を向け短く詠唱した。その直後、一瞬だけふわりとした感覚が顔を撫で、だがすぐに元の状態へと戻る。

ぺたぺたと顔を触ってみたが、特に変わった感触もなく不思議そうな顔をしていたノアに、アルベルトが教えてくれた。

「周囲から見える髪と瞳の色を変えただけだ。他は変わっていない」

言いながら、ノアが押さえていたフードを事も無げに下ろす。神殿では隠さずに歩くことにだいぶ慣れてきたが、こうも人目の多い場所で顔を晒すのは、まだ不安だった。

「今は、茶色の髪と瞳になっているから、心配しなくてもいい」

そう言ったアルベルトの声は、どこか苦笑交じりだった。背後を見上げると、指でノアの髪を摘まれ、痛みのない程度に軽く引かれた。

「俺は、普段の方が好きなんだがな。ノアが、人目を気にして祭りを楽しめないようじゃ、来た意味がない」

「ありがとう……ございます」

普段の方が好き。そう言われ、なんとなく恥ずかしくなり、目を伏せる。顔が熱い気がするのは、気のせいだろうか。昼間よりも少し冷たい夜風が冷やしてくれないだろうかと思いつつ、掌を頬に当てた。

今のノアの外見は、幻覚魔術により変わっている、らしい。

「……こんな魔術があるんですね」

「光と空間の魔術の応用だな。実際の色が変わっているわけじゃないが、周囲からは異なっ

て見えるというだけだ」

「……光と空間。屈折率を調整して見える色を変えているとか、かな」

「ん？」

興味深さから、無意識のうちに前世の知識に照らし合わせて呟いたノアに、アルベルトが不思議そうな顔をする。それに慌ててなんでもないですと手を振った。

（危ない……。またやっちゃうところだった）

魔力や魔術の基本的な使い方はセレスに習っていたが、あくまでも実技面だけであり、系統立てた理論などはほとんど知らなかった。だが、トリスに基礎から習い始めると、それが、前世の知識にあった『科学』に通じるものがあり、元々好きだった魔術がさらに楽しくなったのだ。

——そうして、つい夢中になり、魔術と科学的な反応を絡めた質問をしてトリスを唖然とさせてしまったことが、幾度かあった。

こちらに科学の概念がないことは、すでに理解している。気をつけなければと自重しているのだが、前世の知識になかった魔術を学ぶのが楽しくて、つい忘れてしまうのだ。

「服も、大きさが合って良かった。新しいものを準備できなくて悪かったな」

「とんでもないです！　貸して頂けただけで、本当にありがたいです。このケープも、嬉しいです……」

私物を一切持っていないノアの衣装は、アルベルトが揃えてくれた。急に決まった外出だったため、アルベルトの甥が数年前に着ていたという服を貸してくれたのだ。とはいえ、その甥はノアよりも四歳ほど年下で、さらに数年前に着ていた服と言うのだから、体格差は推して知るべしだ。

ほんの少し緩めのシンプルなシャツとベスト、細身のズボンと編み上げの長靴。そして、手触りのいい薄手のフード付きケープ。――このケープだけは、アルベルトから『これはノア専用だ』と言って贈ってもらったのだ。

アルベルトも、街に下りるのは慣れているのか、シンプルなシャツとズボン、編上靴といった格好で、さらにいつもと違うのは剣を腰に帯いていることだった。アルベルトが神官長となる前は、城の魔術騎士団にいたことは教えてもらっていた。アルベルトの居室にも武具を保管している部屋があり、だが危ないから触らないようにと言われ、一度も間近で剣を見たことはなかった。

いつもとは違う雰囲気に、ついじっと見つめてしまったのは内緒だ。ちなみに、今、アルベルトの髪――後ろの伸ばされている部分は三つ編みで結われている。もちろん、やったのはノアだ。

アルベルトの側仕えとなって一ヶ月、ノアの朝の仕事の一つとなったのは、アルベルトの髪を梳かして結うことだった。さらさらとした銀色の髪は手触りも良く、だが、その長さからアルベルトが鬱陶しそうにしていることが多々あった。

そこで、トリスの側仕えに相談し、邪魔にならない方法を教えてもらったのだ。

それまで後ろで大雑把に結ぶだけだったのを三つ編みにするだけでも、多少鬱陶しさは軽減されたらしい。それから毎日、アルベルトはノアに頼むようになったのだ。

ちなみにそれは、ノアにとって楽しみの一つでもあった。

（言葉遣いも、少し違うし……）

神殿にいる時のアルベルトは、トリス達よりはざっくばらんな話し方をしてくれるが、一人称も『私』で、もう少し丁寧な印象がある。だが、今は本来の姿に戻っているのか、もっと砕けた話し方だった。

普段と違う姿と状況に、落ち着かない気分を味わっていると、アルベルトに手を取られる。

「さて、行くか」

右手を大きな掌に握られ、手を繋いで歩き始める。そのことに焦っていると、迷子防止だと楽しげな様子で笑われた。

「宵でも人出は多い。はぐれると厄介だからな」

「ありがとう……ございます」

温かな手の感触にどきどきしながら、小さく呟く。そうして周囲を見ると、確かに、誰もノアの方へと視線を向けていなかった。神殿の中で動き回るようになっても、常にあったどことなく遠巻きにするような視線が、全く感じられない。それがひどく不思議だった。

（本当に、誰も気にしていない）

そのことに安堵し、ようやく周囲を見る余裕が出てくる。花祭りの名の通り、明るく照らされた街並みには、様々な花が飾られており、ひどく華やかになっていた。

赤、白、紫、黄色。様々な色や種類の花が建物や扉前に飾られる中、一つだけ妙に目を引くものがあった。

「黒い……花？」

扉に飾られている小さな円形のリース。そこに使われているのは薔薇（ばら）やパンジー、カラー、百合と種類は様々だが、全て黒――もしくは限りなく黒に近い紫の花だった。

「花祭りで祈りを捧げる花で、黒いものは特別だと決まっているんだ」

ノアの呟きを聞き取ったアルベルトが、その視線を追うようにして教えてくれる。ただ、その声にわずかな痛み――そして、憤（いきどお）りを感じているような色が混じっていたことに、花に気を取られたノアは気がつかなかった。

「そうなんですね」

どうしてなのだろう。そう思ったものの、直後目に入ったものに意識を奪われる。

「わあ……」

街の中心部を流れる川。王都の外まで続くその川には、ほのかに光を帯びた色とりどりの花が流されている。

その光景は圧倒的なほどに美しく、ノアは思わず立ち止まって見入ってしまう。

「綺麗(きれい)だろう?」

その言葉にこくりと頷(うなず)き、無意識のうちに繋いでいる手に力を込めた。

「祭りでは神聖な色として扱っているのに、矛盾しているな……」

握り返された手とともにぼそりと呟かれた声は、だが小さすぎてノアの耳には届かない。

だが、なんとなくアルベルトの雰囲気が変わった気がして、隣を見上げた。

「アルベルト様?」

「……——。祭りをゆっくり見て回る前に、祈りを捧げてしまおう」

おいで、と促され手を引かれるまま川の方へ向かう。そうして、川にかかる街で最も大きな橋のたもとで花を配っている神官から一つずつ花を受け取った。服の色から下級神官だとわかったが、どの神官も神官長であるアルベルトには気づいていないようだった。もちろん、ノアのことにも。

不思議そうな顔をして神官達を見ていたのか、アルベルトが小さく笑う。

「中央神殿の下級神官の一部は、街の神殿や近隣の村の教会に派遣されている。花祭りに出ている神官はほとんどがそういった者達だから、顔を知っている者はいないだろう」

「そうなんですね」

確かに、それならば納得もいく。基本的に平民は、街や村に建てられた神殿や教会で祈る。そういった人達は、神官長が変わったという話を聞いてはいても、実際に顔を見る機会はないのだろう。

受け取った花を潰さないよう掌の上に乗せ、アルベルトとともに川縁へ下りていく。川に落ちないよう臨時で作られた柵の内側にしゃがむと、隣に片膝をついたアルベルトが掌の上の花を指差した。

「まずは、俺がやってみるから見ているといい。……魔力がある者は、ほんの少し花に魔力を流すんだ」

「は、はい」

そうして見ていると、アルベルトの手の上にある花がぼんやりと光り始める。そうして、その花を柵の内側からそっと指を浸すようにして水の上に置く手前で止めた。

「やってごらん」

促されるまま、ほんの少し魔力を花に流す。すると、同じように花が光り始め、慌てて花を水の上に置いた。

「あ……」

川の流れに合わせて、ノアとアルベルトの花がゆっくりと流れていく。ぼんやりと光りながら寄り添うように流れていくそれを見ていると、アルベルトが耳元で囁いた。

「流れている花に願い事を伝えると、神獣が叶えてくれるそうだ」

そう言われ、願い事、と小さく呟いた。

胸の前で手を組み、そっと目を閉じる。

(アルベルト様と、少しでも長く一緒にいられますように……)

叶わない願いだということはわかっている。だから、前世での神頼みのような気持ちでそっと願った。と、その瞬間、腕の痣が一瞬熱くなったような気がして目を開いた。

「セレス……?」

シャツを軽く捲ってみるが、痣に変化はない。気のせいだったかな、と思い首を傾げると、アルベルトが立ち上がった。少し腰を屈めてしゃがんだままのノアに手を差し出してくれる。

「さて、じゃあ街の中を見て回るか。昼間よりは店も少なくなっているが、遅くまでやっている露店もあるからな」

「は、はい!」

街に来るのも初めてだったが、店を見て回るのも初めてだ。楽しみと緊張でどきどきしながらアルベルトの手を取ると、最初に出会った時のように、ふっと持ち上げるようにして立たせてくれた。そうして、くすりと目を細めて笑う。

「ノアは、相変わらず軽いな。もう少し食べられるようにならないと」

「た、たくさん食べています。トリス様も、授業の後でお菓子を下さいますし……」

「ん？」

「あと、時々、トリス様の側仕えの方が休憩のお茶に誘って下さるので。ここに来てから、凄く食べていて……」

「……ノア」

「え？　は、はい」

つい力が入り拳を握りつつ訴えていると、ぽんと両肩にアルベルトの手が置かれる。わずかに力のかけられたそれにアルベルトを見上げると、そこには、若干迫力の滲んだ笑みがあった。

「アルベルト様？」

「随分、トリス達と仲良くなったようだな」

「仲良く……は、わからないですが、凄く良くして頂いています。トリス様の授業はとてもわかりやすいですし、授業中や仕事中に気になった些細なことを質問しても、優しく教えて下さいます。僕は、この世界の常識がよくわかってないから……」

焦りながら言い募ったため『この世界』という言葉を無意識のうちに零してしまう。その瞬間、アルベルトがほんのわずか目を細めたことにノアは気がつかなかった。

「そうか。トリス達と話すのは楽しいか？」

「はい！」

折角、アルベルトが自分のためにトリス達に頼んだことで、忙しい中、時間を作ってくれているのだ。みんな親切で優しく、これで、アルベルトがいない時間は少し寂しいなどと言ったら、罰が当たってしまう。

（もっと、アルベルト様のお手伝いができるようになりたい……）

目下のノアの目標はそれだった。今は、ノアがあまりにものを知らなすぎるため、アルベルトが部屋にいる時の細々した用事や、留守中の掃除くらいしか役に立てていない。

一方で、衣食住のみならず、教師としてトリスをつけてくれたり、今世では諦めていた本まで揃えてくれた。この恩は絶対に返さなければと思うと同時に、もう少しだけアルベルトの近くにいられる時間を増やしたい——そんな欲まで出てしまったのだ。

（こんなことを言ったら、困らせるだけだけど）

そんなことを考えていると、「そう」という呟きが頭上から落ちてきた。その声が少し怒っているようにも聞こえて、ぎくりと身が竦む。

「……いや、ノアが楽しいならよかった」

ふっとかすかに息をついたアルベルトの雰囲気が、普段のものに戻る。だが、両肩から手が離れていった瞬間、ノアは思わず目の前にあったアルベルトの服を摑んでしまっていた。

「あの、アルベルト、様……？」

どうしよう。嫌われてしまったかもしれない。どきどきと嫌なふうに心臓が速くなり、胸が痛くなる。目元が熱くなり、だが、それらを堪えるようにこくりと息を呑むとアルベルトを見上げた。

すると、一瞬目を見張ったアルベルトが舌打ちしそうな表情で眉間に皺を刻み、ノアの身体を引き寄せる。

「……——っ」

身体を包む温かさに、息が止まる。大きな身体に包まれるように抱きしめられたノアは、驚きと困惑で目を見張った。次いで、先ほどまでとは違う感覚で鼓動が速くなり、身体中が熱を持つのがわかった。

「アルベルト、様？」

思わず縋るように、両手でアルベルトの服を握る。そして喘ぐように名を呼ぶと、はっとしたようにほんの少し腕の力が緩んだ。

「……悪い。ノアに怒ったわけじゃないから、怯えなくていい」

「え……？」

「……少し、面白くなかっただけだ」

ぽつりと呟かれたそれにはっとし、慌てて身体を離そうとする。

だが、ノアの背に回されたアルベルトの腕が解けることはなく、ますます困惑が深まった。

「すみません、僕、皆さんが優しいからって調子に乗って……」

「違う。……俺もノアとゆっくり話したいが、時間が取れていないだろう。だから少し、面白くなかっただけだ」

再び告げられたそれに、え、と声が漏れる。抱きしめられたまま見上げると、目を逸らしわずかに照れくさそうにしたアルベルトの顔があった。

(アルベルト様も、話したいって思ってくれていた？)

その言葉に、じわじわと嬉しさがわき上がってくる。思い上がってはいけない。勘違いかもしれない。そう思いつつも、伝えるだけならと思い切って口を開いた。

「あの、僕も……。少し、寂しくて。アルベルト様と、もっと、お話し、したかったです」

アルベルトが忙しいのは十分にわかっている。ノアのために最大限時間を作ってくれているのも、トリス達に聞くまでもなく知っている。だから、これを言うのは我儘だ。そう思いつつ、夜、仕事の残りを片付けるため書斎の方へ戻っていくアルベルトを見送りながら寂しいと思うのも本当だった。

(寂しいなんて、思ったことなかったのに)

一人でいることが普通だった。人と関わって嫌われるよりも一人でいた方が穏やかに過ごせていた。セレスが一緒にいてくれたから、それで満足していた。

だが、アルベルトと一緒にいるようになって、ノアの心に欲が生まれた。

「ごめんなさい。我儘を言って……」

窺うように、自然と上目遣いになったノアがアルベルトを見ると、一瞬目が合った後、顔を背けたアルベルトがなぜか片手で自身の目元を覆った。

「アルベルト様？」

気分が悪くなったのだろうか。アルベルトの腕の中で慌てたノアに、だが「いや」と呟いたアルベルトがふっと息を吐く。直後、ひょいと身体が浮き上がり、気がつけば抱き上げられていた。

「え⁉」

アルベルトの顔が間近にあり慌ててしまう。下りようとするが、身体を抱える腕はびくともせず、頬にアルベルトの顔が寄せられた。柔らかく温かな感触が頬に当たり、すぐに離れていく。

「……——っ！」

頬に口づけられたのだと気がついた時には、全身が燃えるように熱くなっていた。アルベルトの唇（くちびる）が触れた場所を両手で押さえると、目の前にはひどく嬉しそうに微笑（ほほえ）むアルベルトの顔があった。

「ノアが寂しいと思ってくれるのなら、遠慮なく甘やかさせてもらおう」

「え？」

にっ、と笑みを浮かべたアルベルトに、ノアは混乱しつつも反射的に問い返す。

今でも十分甘やかしてもらっている。

そう言おうとした言葉は、だが、楽しげに続くアルベルトの声に遮られた。

「ノアには、やり過ぎくらいがちょうどいいのかもしれないな」

そうして、ノアがその言葉の意味を知るのは、祭りから帰ってすぐのことだった。


「あの。……アルベルト様？」

「んー？」

落ち着かなさと戸惑いをそのまま声に乗せて名を呼ぶと、書類に集中しているのだろう、若干間延びした声が返ってくる。

アルベルトの居室。そのソファの上で座りながら、アルベルトは幾つか持ち帰った書類の続きを読み、ノアは膝の上に本を置いていた。それはいい。それはいいのだが、その体勢が問題だった。

「邪魔になるので、下ろして頂けると……」

「邪魔じゃないから、構わない」

恐る恐る告げたそれに、今度はやけにきっぱりとした答えが返ってきた上に拒否されてしまう。ノアは、再び押し黙り大人しく膝の上の本を開いた。

ちなみに、今現在、ノアはアルベルトの膝の上に横抱きの状態で乗せられている。なにがどうしてこうなっているのかはわからないが、あの祭りの日から、アルベルトは部屋にいる時、よくこうやってノアを膝の上に乗せるようになったのだ。

このやりとりも、すでに何度も繰り返されている。手招かれて隣に座ると、決まったようにひょいと乗せられてしまうのだ。

仕事の邪魔になるからと何度も下りようとしたが、がっちり抱え込まれてしまって身動きがとれない。その上、その体勢のまま本当に書類に集中してしまうため、迂闊に動けなくなり、結果、アルベルトの仕事が一段落つくまでこのままになるのだった。

今でも、とりあえず言ってはみるが、状況が変わらなければ大人しく本を読むことにしている。

(なんで急に……)

きっかけは、祭りの日だったとは思う。あの日、確かにアルベルトはノアのことを甘やかすとは言っていた。だが、まさかこんな事態になるとは思わなかったし、なにが理由でアルベルトがそう言ったのかも、いまいちわかっていなかったのだ。

仕事の書類の中身を見てはいけないだろうと、本に視線を落とす。いつもならばすぐに夢中になり周囲など気にならなくなるのに、アルベルトのことを考えると駄目だった。

というか、この体勢で集中しろという方が無理な話である。

それでも、身動ぎして邪魔をしないよう意識を本の方に向けていると、ふと、アルベルトが持っていた書類を机の上に置いた。

「どうした。眠いならもう寝るか？」

「いえ！　あ、お仕事、きりがいいならお茶淹れましょうか」

ふと見ると、テーブルの上に置いてあった書類は、全て位置が変わっている。ということは、持ってきていた分は全て見終わったということだ。

「いや、いい。それより、今日は畑に行ったんだろう？　どうだった」

ノアの柔らかな髪を指で梳きながら、アルベルトが問う。その感触にくすぐったさを覚えながらも、久々にした畑仕事のことを思い出し、笑みが浮かんだ。

「はい。綺麗に手入れして下さっていたので、たくさん収穫できました。薬草も増えていましたし。あ、トマトに支柱も立ててきたんですが、自分でやるよりずっと早くて丈夫で」

思いついたことを次々に口にすると、そうか、とアルベルトが優しく笑う。

「できるだけ詳しい者を探したつもりだが、その様子なら間違いはなかったみたいだな」

「はい。何人か交代で畑を見てくださっていて。野菜も綺麗だって褒めて頂けました」

これまでノアが一人で管理していた畑は、使用人と神官の中から数人、知識と経験がある者を探し出して交代で任せるようになったとアルベルトから聞いていた。

当初は全員、ノアのせいか畑仕事を拒絶していたそうだが、アルベルトに言われて年間を通して植えているものや手入れの方法などを一通り書き出した書類を見せると、幾人かが興味を示したそうだ。

そうして、自分達が普段食べている野菜の中にノアが作ったものが多数あると聞き、また実際に畑を見て、興味を示した者達全てが受けてくれたらしい。

「一人だと、どうしても手作業になる部分に時間がかかっていましたし。畑を見てくださる方が増えてよかったです」

「そうか」

「はい！」

元気よく頷いたところで、アルベルトがノアを抱えたまま立ち上がる。え、と呟くと、そのまま隣にある寝室へと向かった。

「外で仕事をしていたなら、疲れているだろう。今日はもう休め」

「あ、でも、アルベルト様の仕事は……」

「今日の分は終わりだ」

その一言にほっとし肩から力を抜く。寝室の扉を開け、シーツを捲った寝台の上にノアを横たえて下ろしたアルベルトは、その隣に腰を下ろした。

「神殿の中で、なにか変わったことは？」

「いえ、特にはなにも……」

ふと、いつもよりなんとなく多かった気がする視線と、ひそひそとなにかが囁かれていた声を思い出したが、いつものことではあったため、かぶりを振った。

「ならいい。なにか言われたり、されたりしたら……――そうでなくとも、気になることがあったらすぐに教えてくれ」

まるで子供を褒めるように頭を撫でてくれるアルベルトに、はい、とはにかむ。ここに来た時から、アルベルトはいつも日に一度はこうして変わったことがなかったか聞いてくれる。誰かに気にかけてもらえている。そう思えるだけで、幸せだった。

「ありがとうございます、アルベルト様」

ふにゃり、と、嬉しさのあまり、ついしまりのない顔で笑ってしまう。すると、頭を撫でていた手がぴたりと止まり、次いで、アルベルトの顔がこちらに近づいてきた。入浴前に解いた髪が肩から零れ、さらりとノアにかかる。

「……――っ」

顔に影が落ちた瞬間、額に押し当てられる温かな感触。ちゅっと軽い音を立てて離れて行くそれに、顔を赤くしながらノアは視線をうろつかせた。

「おやすみ、ノア」

指が、赤くなった頬を優しく撫でていく。どきどきと高鳴る鼓動は、優しい指の感触で徐々に落ち着いていき、身体から力が抜けていった。

そうして、おやすみなさい、と呟きながら目を閉じた瞬間、今度は頬に柔らかなものが触れた気がした。

†

その日は、朝からほんの少し肌寒く、ノアは、神殿の中を歩きながら、まだ新しい灰色の側仕えの服の上からそっと腕をさすった。

花祭りに行った数日後、手配していたものがようやく出来たと言ってアルベルトから渡されたのは、幾つかの真新しい服だった。その中には、仕事の際に着る側仕え用の服も、三着ほど入っていた。今までは、他の側仕えの最もサイズの小さい古着——身体に合わなくなり着なくなっていたものを譲り受け、教えてもらいながら簡単に袖や丈を詰めて着ていたのだ。

本来、側仕えが仕事で使うものは、主である神官が与えられた予算の中から準備することになっている。だが、ノアは暫定的にアルベルトの側仕えとして置いてもらっているだけなので、譲り受けた古着で——それまで着ていたものに比べたら、古着とはいえ質も良く、段違いに着心地もよかったため——十分だと思っていたのだ。

そのため、神殿のアルベルトの居室にフォートレン家の使用人だという人々が来て大量の服を運び込んできた時、一体なにが起こったのかと思い邪魔にならないよう部屋の隅、壁際に張り付くようにして立っていた。

だが、一緒に部屋に入ってきたアルベルトに問う視線を向ければ、一通り着てみるといいと言われ、腕を引かれながら使用人達の中に放り込まれてしまった。

そうして着せてもらった服は、どれもノアの身体にぴったりのもので。幾つかは補正するからと言われ針や糸で詰められ、ノアはなにがなんだかわからないうちに二十着以上着替えさせられていた。

側仕え用の服に始まり、部屋着のやや簡素な——だが柔らかな着心地のシャツやズボン。夜着用のゆったりめの上衣と下衣。外に出掛ける時用の少しだけ装飾の凝ったシャツやベスト。さらには、着る機会があるのかすらわからない豪華な衣装まで。

混乱するままに全てに袖を通し終えた時、気がつけば、くらくらする頭でアルベルトに抱えられて座っていた。

最初の方こそ、自分のような者が明らかに上質とわかるそれらを着て汚してしまってはと必死に抵抗していたが、淡々とだがてきぱきと仕事をこなす使用人や、衣装屋だろう人達の勢いには勝てなかった。

そうして、それら全てが翌日アルベルトの衣装部屋に収められているのを改めて見た時、ノアは茫然と立ち尽くしたのだ。

『本当は、ここに来てすぐに準備するつもりだったんだが、一気に全てやると疲れるだろうし落ち着いてからにしようとトリスと話していてな。遅くなって悪かった』

苦笑しながらそう言われ、ノアは必死にかぶりを振ることしかできなかった。

こんな贅沢をしてしまっていいのだろうか。頭の中はそれでいっぱいだった。

だが、動揺を通り越して冷や汗をかいていたノアを見透かしたように、アルベルトから揃えたものはきちんと着るようにと念を押されてしまえば、ありがとうございますと素直に受け取る以外道はなかった。

後で気がついたことだが、ここに来てから食事の量が少しずつ増えているため、ノアの体型は徐々に変わってきていた。落ち着いたらというのが、ノアの身体のことだと気づいた時、アルベルト達の優しさに新しい服を抱きしめて少しだけ泣いてしまった。

自分の身体にきちんと合った服は、着心地もそうだが、動きやすさが段違いだ。側仕えの服の袖の部分を見ながら、ノアは、幾度目になるかわからない笑みを零す。

「もっともっと、頑張って働かないと……」

与えてもらったものには到底及ばないが、少しでもアルベルトの役に立ちたい。そう思いながら、心のうちで気合いを入れる。少し前から、トリスの授業も随分進んだからと、仕事も少し増やしてもらった。アルベルトとトリスが仕事をしている執務室で、書類や、過去の資料を整理したりしているのだ。

もちろん、それらはノアが見ても問題ない書類だと言われている。

最初に、執務室内で見てはいけない場所やものを聞いた際、そういったものは魔術鍵のかかった場所に分けて入れており、許可のない者は見られないようにしているから問題ないと言われ、安堵した。

もしなにかあった時、他の人達から見て最も疑わしいのはノアだろう。そうなった際、迷惑がかかるのはアルベルトだ。前世の知識でも『セキュリティ』の観点は明確に存在しており、それを元にアルベルト達に尋ねたのだ。

書類整理などは、前世、通っていた大学の単発アルバイトで何度かやっていたことがあり、今世でも似たようなことができるのだと思うと楽しかった。

神殿の他の部署から回されてきた書類の中で、ノアのところにくるのは、アルベルトやトリスが決裁した後のものだ。それらをノアやトリスの側仕えで手分けして各部署に戻していくため、部署や提出者によって仕分けをしていく。

部署、起案者、重要度。そういったもので順番に並べていき、起案者の区切りがわかりやすいよう、不要になった紙の切れ端で細長い紐（ひも）を作り、人の名前が変わる部分に挟んでいく。

当初は、付箋のようにメモを書類に貼り付けようかと思ったが、万が一蠟（ろう）を剥（は）がす時に紙が破れてはと思い、こちらの形式にした。

そうして部署ごとに箱を作り入れておけば、配る際に渡しやすく間違いもなくなる。以前、神殿内の食材などの在庫管理を担当している部署に書類を持っていった際、部署内で書類を配るのに手間取っていたのを見て考えたのだ。

順番に整理する手間だけで、他はあまり手がかからないようにしたのは、トリス達の負担を増やさないためだ。今は時間のある自分がやっているからいいが、忙しい他の誰かがやらないといけなくなった時、手の込んだことをしていたらやらされる方が大変だ。

ちなみに、ノアが部署ごとの箱を作って置いてもいいか尋ねた時点で、やりたいことを察してくれたトリスが、決裁後の書類は部署ごとに各箱に入れてくれるようになった。おかげで、時間短縮にもなっている。

さらにトリスから、どういった箱が使いやすいか聞かれ、前世の知識の中にあった書類収納ケース——一段ごとはさほど高さのないボックスを重ねて何段も置いたような棚——を簡単に絵を描いて説明したら、数日後にはそれがアルベルトの執務室に置かれていて驚いた。

(もう、二ヶ月か……。早いなあ)

楽しい時間は、あっという間に過ぎる。アルベルトに出会ってから三ヶ月——側仕えとして引き取られてから二ヶ月が過ぎていた。いつまで続くかわからない生活ではあるため、また元のように一人で暮らしていくための覚悟はきちんとできている。ただ、アルベルトの傍にいられるうちは、できるだけ役に立ちたかった。

今度一人になったら、寂しいだろうな。ついそんなことを考えてしまい、内心で苦笑する。寂しい、という感情は、アルベルト達に教えてもらった。時折、夜中にノアの中から出てきてはアルベルトと張り合うような言い合いをして消えるセレスも、ノアと二人でいた時よりもどことなく楽しそうだった。

ほんの少し前まで、忌み子と言われみんなから避けられていた。その時は、自分がこんな時間を持てるとは、想像もしていなかった。

「……——だろ」

トリスから頼まれた書類を配り終えた後、別棟に戻っていると、誰かの話し声がしてぴたりと足を止める。こそこそと交わされる会話に、自分が出ていってはいけないような気がして、どうしようかと周囲を見回した。

他の道があればそちらから行きたいが、生憎、一本道で他に出口もない。

「……いや、だが。本当に魔獣の力を持ってるって噂だ。お前、時々あいつと話してるだろ。気をつけた方がいい」

「話っていっても、挨拶くらいだし……。あの痣は確かに不気味だが、本人は……」

どうしようかと迷っているうちに、二人の会話の内容が自分であることに気づく。盗み聞きしてしまっている状況に、引き返そうと思うが、足が動かなかった。

「どこでとばっちりをくうかわからないぞ。気に入らないことをすれば、なにかされるかもしれないし。神官長も、どうしてあんなのを……」

「……逆に、傍に置いて監視している、とか？」

「なら、地下牢にでも入れておけばいい話だろ。幾らあのフォートレン家の人間だからって、魔術騎士団だった人が神官長って、おかしくないか？」

そこまで聞こえたところで、別の足音が聞こえてくる。その音にはっと我に返り、音を立てないように元来た道を引き返した。途中にあった、神殿の外に続く回廊に入り、畑の方へ走る。

「……どうしよう」

自分のせいで、アルベルトまで謂(いわ)れのない疑いをかけられてしまっている。

焦るままに畑に向かい、人気(ひとけ)のない木の陰に座り込む。長衣の裾(すそ)が地面についているのも忘れて、腕の痣を撫でた。

魔獣がついているのは、本当のことだ。

だが、セレスは決して人を傷つけるような魔獣ではない。だからこそ、アルベルトもセレスのことを知っても一緒にいることを許してくれているのだ。

けれど、自分が傍にいるせいでアルベルトの神官長としての立場が悪くなるのは絶対に嫌だった。

もし、セレスのことが他の人にばれてしまったら……。

元々ノアが住んでいた農具小屋は、あれから作り直して新しくなっている。もう一度あそこか――地下の部屋に戻してもらえるようにアルベルトに頼もう。

そう思い、ならば少しでも早いほうがいいと、ノアは人目につかないよう別棟の方へ駆け出した。

「アルベルト様が……？」

だが、別棟に戻ったノアにもたらされたのは、アルベルトが数日不在にするという報せだった。居室でアルベルトの帰りを待っていたノアのもとに来たのはトリスで、王城より急な仕事の依頼が入りそちらへ向かったのだという。

「五日ほど留守にするそうです。ノアが執務室を出た後すぐに報せが来て、声をかけられずにすまない、と言っていました」

「あ、いえ……。あの、じゃあ仕事は？」

「アルベルト様が不在の間は、休暇とします。ここで一人で過ごすのが退屈なら、私の側仕えの部屋に来ていても構いませんよ」

「いえ、そんなご迷惑は……。あの！　元々いたところに戻して頂くことは……できませんか？」

そう問えば、トリスがわずかに目を見張る。

「元々いたところ、とは、畑の小屋ですか？」

「は、はい。もしくは、地下でも……」

「どちらも許可できません。なにより、貴方の処遇はアルベルト様の管轄です。私の一存では決められませんから」

「……はい。申し訳ありません」

俯いて頭を下げると、仕方がなさそうに苦笑したトリスがノアの頭を軽く撫でてくれる。

「ここに来て、ずっと働きづめだったでしょう。少しゆっくりしなさい。ああ、アルベルト様から、一人で危ない場所や人の少ない場所にはいかないように、と伝言です」

「……ありがとうございます」

部屋を後にするトリスを見送り、溜息をつく。

これからどうすればいいのか。今は、そのことで頭がいっぱいだった。

それに、アルベルトが不在だというのに、仕事もせずここに居座るのは違う気がした。

側仕えとしての仕事がないのなら、畑仕事をしておこう。あそこなら、常時人がいるわけでもないし、ノアが端の方にいるくらいなら許してもらえるだろう。

「ザフィア様に頼めば、あそこに戻してもらえるかな……」

そう思うものの、現在の上役であるアルベルトに黙って頼むわけにもいかず、ひとまずあまり人前に出ないようにだけ気をつけようと心に決めた。

黙って出ると心配をかけるため、トリスの側仕えに畑仕事をしてくると伝える。花祭りの日にもらったケープは汚したくなかったため、できるだけ人の少ない場所を通りながら、畑の方へ向かった。

それでも、どうしても人とすれ違うことがあり、そういう時は大抵遠巻きにこそこそとなにかを囁かれていた。恐らく、先ほど聞いた噂のことだろう。今まで普通に挨拶してくれていた人も、慌てて視線を逸らすようにして立ち去っていった。

慣れているとはいえ、ここ二ヶ月ほどで周囲の雰囲気も少し変わってきていたため、以前よりも胸が痛む。なにより、自分がいることでアルベルトの評価に傷をつけているのではないかと思うと、焦燥が募った。

「あ、ノア。お疲れ。仕事か？」

俯きながら早足で神殿の中を歩いていると、正面から小柄な青年が声をかけてくる。聞き慣れた声に顔を上げると、神官見習いのニールがこちらに手を振って近づいてきていた。

「ニール。あの……」

「ん？　なにかあった？」

つい逃げそうになる足を、どうにかその場に留める。自分とは話さない方がいい。そう言おうと思った声を、ニールが首を傾げて遮った。

「ううん。あ、畑の様子を見に……」

視線をうろつかせながらそう言うと、「ああ！」とニールが笑う。

「そういえば、畑の面倒、ノアが見てたんだってな。今日は時間ないけど、今度一緒に連れて行ってよ。邪魔にならないようにするから」

「え？　あ、うん……」

ちらちらとこちらを見る周囲の視線もものともせず、あっけらかんと言うニールに、戸惑いながらも頷く。その横を、時々顔を合わせる神官が通り過ぎかけ、ノアとニールの姿に「やあ」と軽く手を上げ挨拶してくれた。そして「二人とも、仕事中ならおしゃべりもほどほどに」と注意して立ち去っていく。

ニール達は、先ほど聞いた噂を知らないのだろうか。そう思っていると、不意に、正面に立っていたニールが苦笑して肩を軽く叩いてきた。そうして、声を抑えて告げる。

「変な噂は、気にしなくていいからな」

「……っ！」

「ノアのこと知らないやつらが、好き勝手言ってるだけだ」

「……でも、アル……神官長様に、ご迷惑が」

「あー、まあでもそれは、神官長様がなんとかしてくださるって」

歯切れの悪いそれに、やはりアルベルトのことも悪く言われているのだと確信し、胸元の服を握る。唇を噛んで俯いたノアに、ニールが気の毒そうな視線を向けてきた。

「気になるなら、他の神官様のところにつけてもらうとか、言ってみれば？　確か、元々はザフィア様の下にいたんだろ？　言えば、そっちの側仕えにしてもらえるんじゃないか？」

「うん……。そうだね。話してみる」

神殿内にいる限り、噂は消えないだろう。ニールや先ほどの神官みたいに、噂を気にせず話しかけてくれる人はいるが、無用な騒ぎは起こしたくなかった。やはり、アルベルトが戻ってきたらきちんと頼もう。

そう心に決め、ニールと別れたノアは、その場から逃げ出すように畑の方へ駆け出すのだった。

†

森の奥で、轟音が響く。周囲の木々がなぎ倒され、土埃が舞う中、アルベルトはわずかに目を細めて正面を見据えていた。

身につけているのは、濃紺の騎士服。魔術騎士団の制服であるそれは、つい数ヶ月前まで日常的に着ていたものだ。そして右手には、大振りの片手剣。淡い光を放つそれを軽々と片手で持ち上げ、右横に払う。その瞬間、少し離れた場所で、再び轟音と断末魔のような悲鳴が上がった。

「副団長、やりすぎ、やりすぎですー。加減しないと森がなくなりますー」

耳元で聞こえてきたどこか呑気な声に、うるさい、と返して再び正面に剣を構える。

「今現在、副団長はお前で、俺はただの臨時団員だ。いいからさっさと片付けて帰るぞ」

周囲の音にかき消されそうなその呟きは、だが、きちんと相手には届いている。魔術騎士団の団員達は、任務の際、常に通信魔術で責任者と連絡が取れるようにしているのだ。

つまり、アルベルトが剣を構えながら今話しているのは、今回の討伐任務の責任者である現副団長——アルベルトの後任である青年だった。

「はいはい。先輩まで引っ張り出すことになったのは申し訳ないですが、人手が足りないんで勘弁してください。あ、左三十度、防御結界お願いします」

声と同時に、指定された場所に詠唱なしで防御のための結界魔術を展開する。新人団員が魔獣に襲われそうになったのだろう。直後、なにかが結界に弾かれる音が響いた。

二日前、神殿で仕事をしていたアルベルトの元にやって来たのは、イーディアルの侍従だった。届けられた書面には、国王の勅命が書かれてあった。曰く、隣国との国境近くの森に討伐対象となっている大型魔獣が数体出現したため、魔術騎士団に同行するように、と。

ついでに、例の調査もよろしく頼む。そう告げられ、脳内で素早く必要な日数を弾きだし——つい顔馴染みの侍従を睨んでしまったのは勘弁して欲しい。

本来ならば、神殿に籍を置く時点で騎士団は除籍になる。だが、アルベルトが騎士団を抜ける状況自体が突然でかつ異例のことだったため、団長がイーディアルに直談判し臨時団員として籍を残すという形に落ち着いた、という体裁を取っていた。

実際は、臨時神官長であるアルベルトが、全てが解決した際、滞りなく魔術騎士団に戻れるようにとの配慮だった。

剣に硬化魔術をかけ、同時に足下へ風魔術を展開する。全てを詠唱なしの一瞬で終わらせると、右手の剣を握りその場を駆け出す。土埃の向こうに見えた魔獣の影——大型の竜に似た形態のそれはワイバーンで、ユベリア王国では滅多に見ないものだ。

それが、二体。同時に、別方面の国境近くで同じように討伐対象の魔獣が現れたらしく、人手を分散せざるを得なかったというわけだ。

王国の中でも、特に魔獣討伐は魔術騎士団の任務になることが多い。魔術も剣術も、どちらも規定以上に扱えることが入団条件のため、魔獣に対して最も有効な戦力なのだ。

風魔術でスピードを上げ、地に倒れ伏したワイバーンへと走る。空を飛ばせると厄介なため、姿を見せた時点で空間魔術を応用し、ワイバーンの周囲の空間を歪(ゆが)め地面に落としておいた。それが、先ほどの轟音の原因だった。

ノアが見れば、空間魔術を使い、ワイバーンへかかる重力を上げて地面に落としたのだと理解しただろう。

先手を打たれ地面でもがくワイバーンの近くで、風魔術を強めて飛び上がる。そのままスピードを乗せて降下し、首筋に剣を突き立てた。地面に縫い付けた状態でワイバーンの身体に降り立つと、首筋のある一点に掌を向けて光魔術を放つ。

「グア……ッ！」

短い断末魔とともに、ワイバーンが力なく息絶えた。魔獣は、体内の核を壊せば確実に倒すことができる。一方、それができなければ、絶命寸前の状態でも動くのだ。

「討伐完了。もう一匹は？」

通信魔術で副団長である青年に報告すると、落ち着いた声が返ってくる。

「大丈夫そうです。ていうか、ワイバーン瞬殺って、先輩の魔術制御と威力、相変わらずえげつないっすねえ」

「我が家では出来損ないだがな。多少手先が器用なだけだ」

「……多少器用で無詠唱魔術の同時展開連発されたら、魔術師団の立場ないっすよ。もちろん、あそこの団長クラス除いて」

「お前だって、無詠唱魔術は、訓練して出来るようにしただろう。……少し鈍ってるんじゃないか？　俺一人抜けたくらいじゃ大して変わらないはずだ」

「いやいやいや。先輩の穴を埋めるのは、中堅団員総出でも難しいですって。お、そろそろ終わりますかね」

直後、再び土埃が上がり、周囲に静けさが戻る。ワイバーンと、一緒に姿を見せていた中級魔獣、どちらも討伐が完了したらしい。

「全魔獣、討伐完了。各自、討伐対象の解体、及び周辺の警戒に当たれ」

副団長の声とともに、団員達が一斉に動き出す。アルベルトも、足下のワイバーンから剣を引き抜くと、そのまま剣を横に一振りし首を落とした。

「後は任せた。俺は、このまま別任務に当たる。予定通り、王都に戻る前に合流する手筈に してておいてくれ」

「了解です。お気をつけて」

通信魔術を解除し剣を鞘に戻すと、ワイバーンから飛び降りる。地面に着地する直前、転移魔術で討伐用に構えた野営地まで戻ると、タイミング良く馬を引いて現れた顔馴染みの団員に片手を上げ、愛馬と荷物を受け取った。

ローブを被り、軍馬である黒馬に跨がると、そのまま野営地を離れる。目的地はここから半日ほどの距離にある街で、とある男の調査が目的だった。

期限は、王都に戻るまでの三日間。アルベルトと愛馬だけであれば、転移魔術で王都近くまで移動できるため、ぎりぎりまで調査の時間に充てることが可能だ。

(行ったことのある街ならばよかったんだが……)

転移魔術は、自身が実際に足を運んだ場所にしか移動できない。王都付近の街であれば、魔術騎士団の任務等で大体行っているが、国境近くとなればそうもいかなかった。

そこで、近くまで来るこの討伐への参加がちょうどいい目眩ましになったというわけだ。

一部の者は、アルベルトが慰留されいまだ魔術騎士団に籍を残していることを知っている。

さらに、今回は討伐対象の魔獣が上級ランクであったことから、アルベルトが駆り出されても不自然ではないという恰好の条件が揃っていた。

休憩を挟まずひたすら馬を走らせ、予定よりも早め――街の門が閉まる寸前に目的地へ到着することができた。目立たぬよう街に着く前に騎士団の服は着替えており、厩のある宿屋を見つけると宿泊の手配を済ませてしまう。

そうして荷物を置くと、夜の闇に紛れるようにして街の片隅――貧民街の方へ足を向けた。

「さて、一体なにが出てくるやら」

今回イーディアルより命じられた調査は、この街にいる魔道具師の男についてだった。

十年ほど前まで王都でとある男が魔道具店を営んでいたが、ある日突然、この国境近くの街へと移った。その腕の良さから貴族の顧客も多かったのだが、怪我を理由に魔道具師を辞め、故郷へ帰ると言って王都を去ったそうだ。

今現在、この街にいるのはその弟子を名乗る男だった。魔道具師としての腕は確かだが、通常の魔道具師としてではなく――闇ギルドに所属しているという。

まずは、闇ギルドに行って面会の手筈を整えるか。

最悪、実力行使になったとしても、アルベルトであれば危険は少ない。そのための人選でもあった。

フォートレン伯爵家の中では、落ちこぼれの三男ではあるが、研鑽を積み重ね、単独での戦力という意味では、家の名に泥を塗らない程度の実力はつけたと思っている。

『アルベルト様の魔力は、すごく綺麗で――えと、澄んでいて、気持ちがいいです』

ふと、どこか恥ずかしそうな声が脳裏に蘇る。その声に、我知らず頬を緩めていた。

ノアは、不思議なことに、人が発する魔力を感じることができるようだった。恐らく、セレスが言っていたノアの魔力量の多さゆえのことだろう。保有する魔力が多い人間には、極稀にあることだと文献で読んだことがある。

どういうふうに感じるのかを聞いてみたが、本人にもよくわかっていないらしい。しばらく考えた末に返ってきたのは、空気のようなもの、という答えだった。

（早く帰って顔を見たい）

腕の中に閉じ込めた時の、ほっそりとした頼りなげな身体の感触を思い出せば、無性に身体が疼く。会って、抱きしめて、柔らかな頬にキスを落として。腕に抱いて眠りたい。

離れていると、焦燥が募る。危ない目に遭っていないか。寂しがってはいないか。

仕方がないこととはいえ、声をかけることもできずに五日も離れなければならなくなったのは、痛恨の極みだ。

出てくる前に、せめて一度抱きしめたかった。そう思いながら、物寂しさを感じる拳を軽く握りしめる。帰ったら、思う存分甘やかそう。この腕の中から出ていくことすら考えられなくなるほどに。

（いつか、全てをもらい受ける）

心も、身体も。

最初は、庇護する存在として見ていた——幼さすら感じていた相手だったが、自身が置かれた過酷な状況を恨むことも嘆くこともせず、ただ真っ直ぐに努力する姿を見て、目が離せなくなった。

心の底から、笑う姿を見てみたい。

そう思った時から、きっと、惹かれていたのだろう。あの無垢な存在を、誰にも渡したくないと思う程度には。

そのためにはまず、ノアの身の安全を確保するところから始めなければならない。

意識を闇に戻し、ふっと息を吐く。

「ここが当たりならば、……——生きているといいが」

その小さな呟きは、不吉な色を帯び、夜の闇へと消えていくのだった。

†

五日後の夜、畑から戻り隅々まで部屋の掃除をしていると、扉の開く音が耳に届いた。

慌てて振り返ると、少し疲れた様子のアルベルトの姿が視界に入り、だが神官長服ではなく、最初に会った時に着ていた紺色の騎士服を身につけていることにノアは目を見張った。

「おかえりなさい、お疲れ様です」

深々と頭を下げて迎えると、ノアを見たアルベルトが表情を緩める。襟元(えりもと)に指を入れて緩めると、深々と溜息をついて、腰に帯いていた剣を外し奥の部屋にあるソファへと腰を下ろした。

「ただいま。急に留守にして悪かったな。変わったことはなかったか？」

「はい」

幾分顔色の良くない様子に、帰ってきたらすぐにでも頼もうと思っていた言葉が、喉(のど)の奥で止まってしまう。おいで、と手を差し出され、躊躇(ためら)いながらも近づくと、ひょいと身体が抱え上げられた。

「あー、癒される」

「ア、アルベルト様……っ」

背中をアルベルトに預けるようにして膝の上に乗せられ、肩に顔を埋(うず)められる。そのまま深々と溜息をついたアルベルトに、慌てて膝から下りようとした。

「待った。もう少しこのまま。魔獣討伐やらなにやらでこき使われてたから、ノアの顔見たら力が抜けた……」

「え、魔獣討伐？　アルベルト様、お怪我は？」

討伐対象となる魔獣は、危険性が高いものが多い。以前そうトリスに教えてもらっていたため心配になり振り返ろうとするが、腹に回ったアルベルトの腕に阻まれて振り返れない。

「ああ、いや。討伐自体はすぐに終わったから、怪我もない。心配するな」

くすくすと笑いながら言われ、ほっとする。そのまま少しの間じっとしていると、もう一度息を吐いたアルベルトがノアを隣に下ろしてくれた。

「ノアは、元気にしていたか？　なにをしていた？」

優しく瞳を細めて聞いてくれるそれに、言葉が詰まる。そうして、ほんの少し後ろめたさを感じながら、目を伏せた。

「畑仕事を……。薬草の植え替えをしたり……」

「そうか。本は、読んでいなかったのか？」

「えっと……」

珍しい、といったアルベルトの声に、咄嗟に答えられなくなってしまう。それでなくとも嘘をつくのは苦手で、黙ってしまうよりはと正直に答えた。

「お留守の時にお部屋を使わせて頂くのは、申し訳なくて……」

それでも、夜だけは、トリスが確認に来ていたため部屋に戻っていたが。もしそれがなかったら、新しくなった農具小屋で寝起きしていただろう。

「なんだ。俺が許しているんだから、そんなことを気にする必要はない」

そう言ったアルベルトに、ノアは膝の上で握った拳を見つめながら言葉を続けた。

「あの、アルベルト様。やっぱり、僕を畑の管理に戻してもらえないでしょうか。これ以上、ご迷惑をおかけするのは……」

「……誰かに、なにか言われたか？」

思い切って告げたそれに、だが、一瞬言葉を止めたアルベルトが、いつもより低い声を返す。それに、ふるふるとかぶりを振り、ただ、と続けた。

「セレスのことが、噂になってるみたいで。僕は、セレスが人を傷つけたりはしないってわかってますが、みんな、魔獣は怖いだろうし。それに、僕が側仕えだと、アルベルト様の評判に傷が……」

言いながら、セレスに謝るように腕の痣を撫でる。すると、わずかに黙り込んだアルベルトが、ノアの両肩に手を乗せた。そうしてやや強引に身体をアルベルトの方に向けさせる。

「噂は放っておけばいい。あれは、セレスのことなどではないし、ノアが悪いわけでもない。それに、俺の評判については……今はまだ話せないが、神官達が悪く言うのは、ノアのせいではなく、こちらの問題だから気にしなくていい」

「でも、アルベルト様、きちんとお仕事なさっているのに……っ」

「ノアがそう思ってくれているだけで十分だ。それに悪いが、俺のことに関しては、目的があって噂を広めるのをあえて放置している部分もある」

「あえて……？」

「そこに関しては、悪いがまだ話せなくてな」

仕事上のこともあるのだろう。そう思い頷くが、今の神殿内の雰囲気を思い出し顔を俯けた。

「……――でも、やっぱり、神殿の中の雰囲気を悪くするのは、嫌なんです。僕がいなくてそれで済むのなら……」

「ノア」

肩を摑む手に力が入り、上向かされる。真っ直ぐこちらを射貫くように見つめるアルベルトに、こくりと息を吞んだ。鋭い眼差しには、かすかな怒りが滲んでおり、怒らせてしまったのだとわかる。

「……――」

「自分がいなくなればいい、という考えは止めろ。それは、ノアのことを大切に想っている俺やトリスに対する侮辱だ」

「……っ！」

はっきりと、一言ずつ言い聞かせるように言われ、目を見開く。

「……いや、俺達だけじゃない。お前の中にいるセレスにとっても、だ」

「あ……」

大切だ、と。その言葉に、身動きが取れなくなってしまう。自分に価値などない。そう思って生きてきた。だから、いつどうなっても、辛くもないし悲しくもない。仕方がない。そう思えていたのに。

震える身体で、ゆっくりとかぶりを振る。知りたくない。その先を知ってしまえば、ノアはもう一人では生きていけなくなってしまう。

「……や、嫌だ……」

「嫌でも聞いてもらう。ノア、俺は、お前のことが大切なんだ。素直で、本がなによりも好きで、真面目で、頑固な、そんなノアのことが……好きだ」

「……っ、ふ、……――っ」

息苦しさが増し、泣いてはいけないと思うのに、涙が溢れて止まらない。自分のことを見てくれて、自分のことを大切だと――好きだと言ってくれた人など、今まで誰もいなかった。

前世でも――言ってもらったことは、多分、ない。

「俺の傍で、ずっと笑っていて欲しい。誰に文句を言われようが、職権濫用だと言われようが、手離す気はない。……わかったな？」

「で、でも！　僕は……っ、僕のことは、なにを言われても、いい、けど……っ！　でも、アルベルト様のことだけは、悪く言われたくな……――っ‼」

涙で歪んだ視界の中で、必死に顔を上げ、アルベルトの方を見つめながら訴える。

だが、全てを言い切る前、その声は唇を塞がれ遮られた。焦点が合わせられないほど近くにアルベルトの顔があり、唇に温かな感触があることで、自分がキスされているのだと遅れて理解した。

「……——っ」

驚きで涙は止まり、だが、目の端に溜まった涙が瞬きとともに零れ落ちる。ゆっくりと離れていった唇が、軽く目尻に押しつけられ、流れた涙を拭ってくれた。

「あ……」

「……ノア、ノア?」

茫然としているノアの名を呼びながら、アルベルトが濡れた頬や額に口づけを降らせる。

はっと我に返った時、一気に顔が赤くなったのが自分でもわかった。唇を手で押さえると、その手の甲に再びアルベルトが口づける。

「……嫌だったか?」

こつん、と額を合わせて問われる。それに咄嗟にかぶりを振ると、そうか、と嬉しそうな声が返ってきた。

「あの、アルベルト様……」

どうして、キスをしたのか。そう問おうとした唇が、再びアルベルトのもので塞がれる。

温かく濡れた感触に、息をすることもできず、強く瞼を閉じた。

それ以上深くはならない口づけは、何度か繰り返され、ゆっくりと離れていく。どきどきと心臓が口から飛び出てしまいそうなほど速くなった鼓動に、ノアは先ほどの涙とは違う——羞恥で潤んでしまった瞳をアルベルトへ向けた。そんなノアに、一瞬アルベルトが怯むような気配を感じさせるが、すぐに意地の悪い笑みを浮かべた。

「また、ここから離れると言い出したら、言えなくなるまでキスするからな」

「え……っ」

「わかったな?」

「で、でも……」

「わかったな?」

にこやかに、だが絶対に反論は許さないといった声で告げたアルベルトに、ノアは、口ごもったまま、熱の引かない顔を俯けることしかできなかった。

†

王城内。国王執務室の中で、国王であるイーディアルが手にしていた報告書を執務机の上に放り出した。用紙一枚に簡潔に書かれたそれは、イーディアルの影が探った、とある噂についての情報だった。

机の前に立っていたアルベルトは、その書類を手に取ると、ざっと目を通して眉間に皺を刻む。

「バートン公爵家（こうしゃくけ）……。現国王派の筆頭、ですか」

「前国王派の筆頭だった、が正しいな。家格の関係でそのままこちらの派閥の筆頭にはなっているが」

アルベルトの言葉に、イーディアルが肩を竦めて答える。基本的に、前国王派だった家はほとんどがイーディアルの下にそのまま つくことを選んだが、実のところ、イーディアルが本当に信用しているのはその中のごく一部だけだ。

「その公爵家が、例の噂に関わっている、と？」

「まあ公爵自身というより、その息子（むすこ）がな。あそこの三男が、噂の出所の一人のようだ」

「その噂の内容を、そいつに渡したのが誰か、ということですか」

「そういうことだ。今は泳がせているが、接触がなければ内密に捕らえて吐かせるさ」

「噂の出所は、前王弟派かと思っていましたが……」

アルベルトが呟くと、背後からリアリットが「大元はそちらだろう」と答えを返す。部屋の中央に置かれた会議用の机で、宰相（さいしょう）のロベルトと書類を広げながら、さらに続ける。

「こちらの派閥も、一枚岩じゃないということだ。正直、三分の一は前王弟派と繋がっていると思っていた方がいい」

　そして残り三分の一は、情勢次第ですぐに鞍替えするだろうな。そう続けたリアリットに、アルベルトはさらに嫌そうに顔を顰めた。

「……面倒な世界だ」

「だからって面倒がってばかりいたら、大切なものは護れないよ」

　くすりと笑ったイーディアルに、わかっている、と顔を逸らしながら答える。

　ある噂。それは、今現在、神殿内で広がっているノアに関するものだ。それは、ノアが神殿に入ってしばらくしてから徐々に流れ始め、ついに本人の耳にまで入ってしまった。

　その内容や噂の広まり方が、ノアの髪や瞳、痣といった外見的な要因があるとはいえ、いささか不自然に思え、念のためにとイーディアルの影に情報収集を頼んでいたのだ。

「あの子の噂を前王弟派が流す理由……。と、考えたら、あちらもノアの存在を疑っていると思った方がいいだろうね」

「……――」

　執務机に肘をつき、手の甲に顎を乗せてイーディアルが呟く。その瞳は、目に見えないなにかを睨みつけており、冷たい光を宿していた。

「ですが、なぜ」

「あの子はずっと、あちらの手の中にいた。意図的に一人にされていたのが、忌み子だからではなく、あの子の中にあるものを確認するため、だったら？」

　以前、セレスが言っていた。昔、一度、ノアの中にセレスが入ったことで痣ができた際、流行病（はやりやまい）を疑われ閉じ込めるために魔力封じの道具をつけられそうになった、と。その際、同時に精神干渉系の魔術を使われそうになり、それをセレスが弾いた。以降、あらゆる魔力を——正確には神獣の守護役であったフォートレン家の人間の魔力以外は——弾くようになったことで、神獣との繋がりを疑われた可能性は、確かにある。

　神獣の魔力を封じるほどの魔道具を使える者。それだけの知識がある者が、前王弟派の中にいるとすると、ノアに目をつけてもおかしくはなかった。

「ノアは、セレスのことを魔獣だと思っています。それに関しては、事態が収拾するまで訂正するつもりはありません。……逆に、知らない方がいいでしょう」

「それがいいだろうね。本人が知らない方が、周囲に知られる危険性も少ない」

　アルベルトの言葉に、リアリットが頷く。

「あの子の警護を何人か増やしておこうか。神官は難しいから、見習いと使用人——後はトリスの側仕えに紛れ込ませておこう」

　そう言ったイーディアルに、アルベルトが軽く頭を下げる。そして、そんな三人の会話を聞いていたロベルトが、読んでいた書類から顔を上げた。

「ならば、そろそろこちらへ移した方がいいのでは？　一人で移すのが不安ならば、当面、王城での業務を増やしてアルベルトごとこちらに来ればいいでしょう」

「そうだな。どうする、アル？」

にっと楽しげに笑ったイーディアルに、アルベルトは眉を顰める。

「今はまだ、神殿から動かす方が相手を刺激するでしょう。例の魔道具師の件もありますし」

「ああ……。行方は追っているが、望みは薄いな」

先日、魔術騎士団の討伐に乗じて会いに行った魔道具師の男は、闇ギルドに渡りをつけたもののアルベルトが接触する直前に姿を消していた。男は、少し前から不審な男から依頼を受けていたらしく、その辺りの情報を闇ギルドから買うことはできた。

今は、イーディアルの影が、男の行方を追っているところだった。

「それに、本人がトリス達にも懐いているので。知った顔が傍にいる方が安心かと」

「そういえば、そのトリスが相変わらず珍しいほどべた褒めしていたが、随分有能らしいな？」

「ええ。簡単な仕事から手伝ってもらうようにしていますが、些細なことで仕事を効率的にしてくれています」

「へえ？」

興味深そうに先を促したイーディアルと、こちらを見ているリアリット、ロベルトにノアの仕事ぶりを説明する。書類整理一つにしても、渡された方が効率よく探せるように工夫しており、過去の資料なども内容や年代によって見やすく分けられている。

正直、アルベルトもトリスも、最初は戦力としてさほど期待はしていなかった。ノアに仕事を与えることで、本人が居場所を見つけられればいいと思っていたのだ。

だが実際のところ、ほんの少し手間をかけることで逆に無駄がなくなる方法を提示し、トリスを驚かせていた。その最たるものが、書類の整理棚だろう。今は、未決裁用と決裁用でそれぞれ棚を作り、どの部署の書類がどこにあるかが一目でわかるようになっている。

そしてまた、過去の資料も、紙をまとめておくだけでなく、内容ごとに束にして穴を空けて紐を通し本のようにして綴っておき、分類ごとに揃えて置くことで探す手間が減っている。

「算術なんかは、教えてすぐに覚えた上に計算が正確なので、仕事に慣れたら手伝ってもらいたいと言っていました」

「……それは、本当に少し前まで放置されていたのか？」

訝しげなイーディアルに、アルベルトはつい苦笑してしまう。アルベルト自身、ノアの吸収の早さには驚いているのだ。

「それは確かです。読み書きや算術、歴史や教養なんかも、教えるまでは、全く知らない状態でしたから。ただまあ、本人にやる気がありますし、本を読むのがとにかく好きなので、覚えるのは早いようです」

「それほど理解力が高いのなら、今までの状況が本当に勿体ないですね」

ロベルトの言葉に、頷いてみせる。

「アル」

「……はい」

楽しげなイーディアルの声に、嫌な予感しかしないと内心で呟きながら目を眇める。すると、やはり思った通りの言葉が返ってきた。

「いい加減、独り占めしてないで連れて来い。これは、国王命令だ」

他人に興味のないアルベルトが、珍しく執着し大切にしている存在に会ってみたい。

そんな内心が透けて見えるイーディアルの笑顔に、アルベルトは拒絶できない代わりに盛大に顔を顰めるのだった。

†

「ノア？　そのままだとお茶が零れるぞ？」

不意に声を掛けられ我に返ると、手に持ったカップから紅茶が零れそうになる。慌てて持ち直しテーブルの上に置くと、ノアはほっと息をついた。だがすぐに、声の主に気がついて顔を上げる。

「ア、アルベルト様！　お疲れ様です！」

神官長服で部屋に入ってきたアルベルトは、一人テーブルにつき食事をしていたノアの傍にやってくると、ふっと微笑み頭を撫でてくれる。

「ああ、ただいま。昼食は食べ終わったか？」

「はい。今、ちょうど食べ終わったところです」

「とんでもないです。僕は一人でも大丈夫ですから」

ふるふるとかぶりを振ると、そうか、とアルベルトがどことなく寂しそうな表情で笑う。

「俺は、ノアと一緒に食べたかったが」

「……っ」

唇を指でなぞられ、かっと顔に血が上る。羞恥に唇を引き結ぶと、どきどきする鼓動を聞きながら、俯いた。

「……た、食べられる時は、一緒が、いい、です……っ」

無理はさせたくないけれど、一緒に食べられる時間は大切なのだと伝えたくて、一生懸命言葉を押し出す。すると、ふっと頭上で笑う気配がし、顎に当てられた手に顔を上げられた。

「ん……」

上から影が落ちてきて、柔らかなもので唇を塞がれる。ぺろりと舌先で唇を撫でられ、びくりと身体が跳ねた。

「っ！」

「ああ、甘いな」

唇を離したアルベルトが、ぺろりと自身の唇を舐める。今日の昼食はパンケーキに蜂蜜をかけたものだったため、その甘さだろう。

「……――うう」

椅子の上でがちがちに固まってしまったノアに、アルベルトが楽しげに笑う。そして、思い出したように続けた。

「そういえば、王城に行く日が決まった」

「あ、はい！」

「三日後の午後だ。悪いが、俺は朝から城に行っているから、着替えはトリスに頼んである。行く前には迎えに戻って来る」

「はい。……が、頑張ります」

「大丈夫だ。ノアはいつも通りにしていればいい」

緊張でより一層ぎこちなくなった動きに、アルベルトが笑みを深める。だが、王城で国王に引き合わされると言われ、緊張するなという方が無理だった。

「公式なものではなく、あくまでも私的な面会だから、礼儀も最低限で構わない。ノアのことは話してあるし、失敗しても不敬と言われるようなことは絶対にないから安心していい」

あっけらかんと言うアルベルトに、ほんの少し緊張が和らぐ。トリスから基本的な作法は教えてもらったとはいえ、実践できるかどうかは別の話だ。多少の失敗には目を瞑（つぶ）ってもらえるのなら、どうにか頑張ろうと思えた。

（トリス様に、もう一度教えてもらっておこう……）

心の中でそう呟きつつ、席を立つ。

「アルベルト様、お茶を淹れましょうか？」

「いや、悪いがすぐに仕事に戻る。疲れたから、ノアの顔を見たくてな」

「……っ、う、ありがとう、ございます？」

どう答えていいかわからず、途切れ途切れにそう呟くと、頭の上に軽くキスが落ちてくる。そうしてすぐに離れると、じゃあな、と言ってアルベルトが部屋を後にした。

「……——ううう」

恥ずかしさのあまり、その場にしゃがみこむ。膝を抱えてその中に顔を埋めると、しばらく唸（うな）り続けた。

（恥ずかしい！）

先日の一件以来、アルベルトの態度がさらに甘いものになっていた。優しく微笑みかけられるだけでも恥ずかしくてまともに顔が見られないというのに、先ほどのように口づけられてしまうと、どうしていいのかわからなくなってしまう。

（このままでいいのかな……）

アルベルトに大切だと言ってもらってから、結局、ノアは出ていくことができずに側仕えとして世話になったままでいる。

神殿内で聞いた噂——ノアが魔獣の力を持っている、といったものから、ノアの意に沿わぬことをするとその力で害される、といったものまで——は、アルベルトが礼拝時に、偏見により特定の者を貶める行為は神獣に仕える者として恥ずべき事であると、広く伝えてくれたとトリスに聞いた。

勿体ないと思うほど助けてもらっているのに、自分は、迷惑をかけるばかりでなにも返すことができない。そのことが申し訳なかった。

（でも……）

一方で、離れたくないというのも、本当の気持ちだった。

我儘になっているのはわかっている。けれど、大切だと——好きだと告げられた時、ノアは自分の中にあった見知らぬ感情に初めて名前がついた気がした。

傍にいて、触れられて、口づけられて。それら全てが嬉しくて、どきどきして、恥ずかしくて逃げ出したいのにもっとして欲しくて。一緒にいられない時間が、寂しくて。

好き、という感情がどういうものか。前世での知識として言葉の意味はわかっていたが、誰かに対して良い人だなと思う以上の感覚はよくわからなかった。

幾ら記憶の中にある物語を反芻しても理解できなかった心の動きが、今は、実感を伴って理解することができる。

多分、いいことばかりではないのだろう。嬉しいと――離れたくないと思う分だけ、離れなければならなくなった時、そしてアルベルトに嫌われてしまった時の恐怖が増してしまう。

（アルベルト様のことが……好き）

絶対に失いたくない――大切な人。

自分の中で、その気持ちが明確になればなるほど、怖くてなにも言えなくなってしまう。なにより、ただの孤児であり身分もなにも持たない自分が、貴族であり神官長でもあるアルベルトにこの気持ちを伝えることなど、できるはずもなかった。

自分の欲に負けて離れることすらできないでいるのに、これ以上の迷惑をアルベルトにかけるわけにはいかない。

（それに、あの言葉はアルベルト様の優しさかもしれないし……）

ノアの居場所を作ってくれるために――後ろめたさをなくすために、言ってくれたのかもしれない。甘やかしてくれるあの態度も、子供にするような気持ちなのかもしれない。

そう思えば、余計に自分のこの気持ちを、言葉にしてしまってはいけない気がするのだ。

「……なにをしておる、そんなところで」

呆（あき）れたような声に顔を上げると、正面に立ったセレスがこちらを見下ろしていた。

「セレス……」

「そんなところでしゃがみこんだまま、なにをしておる」

慌てて立ち上がると、あはは、と苦笑する。

「ごめん、ちょっと考え事をしてて。珍しいね、セレスがお昼に起きてくるの」

「ここなら、我が外に出ても問題ないからの。目が覚めたらおぬしがしゃがみこんで微動だにしなくなったから、様子を見に来たのじゃ」

「……ごめんなさい」

どうやら、心配をかけてしまったらしい。肩を落として謝ると、ふっとセレスが笑った。

「まあよい。それより、城に行くようじゃの。気をつけるようにな」

「うん。ええと、セレスのことは、話してあるって言われたけど……」

「ああ。その時に会うだろう人間には、話してもよいと言うてあるからな。我は出られぬが、心配はせずともよい」

「わかった」

頷くと、セレスが目を細める。手招かれて再びその場にしゃがむと、指先でぴんと額を弾かれた。

「痛い……」

額を押さえて眉を下げると、セレスが胸を張って告げた。

「なにを、そんな不安そうな顔をしておる。堂々としておれ。おぬしが考え込んでもろくな事にはならぬのだから、深く考えずにやりたいようにやればよい」

「あれ、もしかして、なんかひどいこと言われてる……？」

首を傾げると、ひどいものかとセレスが鼻を鳴らす。

「いらぬことを考えるな、と言うておるのじゃ。まあ、これ以上は癪じゃから言わぬがな」

よくわからずに、傾げた首を戻せずにいると、セレスがさっさと話を切り上げてノアの中に戻ってしまう。結局よくわからなかったが、多分、元気づけてくれたのだとは思う。

「……できることから、頑張ろう」

せめて、ここにいる間は、アルベルトの力になれるように。そう心の中で呟きながら、ノアは立ち上がると、自分を鼓舞するように「よし」と拳を握るのだった。


見たこともないような豪奢な部屋の中で、ノアは、緊張で全身を硬直させたままソファに腰を下ろしていた。

王城の、国王執務室にほど近い応接室。主に上級貴族の対応に使われるというそこに、アルベルトとともに登城したノアは通されていた。神殿のアルベルトの部屋よりもさらに広々とした部屋に、壊してしまったら一生働いても返せそうにない豪華な調度品が品良く並べられている。

正面には、一目で身分が高いとわかる上質な衣装を身に纏った男性。金色の髪のその人が、ユベリア王国の現国王——イーディアル・フォン・ユベリア。覚悟していたとはいえ、本人を目の前にするとノアの頭の中は真っ白になった。

その右斜め前の一人がけのソファに座るのが、宰相であるロベルト・ゼルディアス。そして、イーディアルを挟みその逆側に座るのが、アルベルトの兄であり宰相補佐の、リアリット・アイン・フォートレン。

三人を前に、ノアは、平伏と言っていいほど深く頭を下げることしかできなかった。トリスに教えてもらっていた礼儀作法も、頭からは綺麗に抜けてしまっている。

なかなか顔を上げられないまま、無意識のうちに隣にいるアルベルトの傍に身を寄せていると、大丈夫だと苦笑され軽く背中を叩かれた。

「取って食われたりしないから、力を抜いていい」

「は、はい……。いえ……」

なんと答えればいいかもわからず、どうにか言葉を押し出す。

(というか、なんでこんなことに……)

国王に引き合わされる、とは聞いていた。だが、ノアの中のイメージでは、前世の知識から引っ張り出した謁見の間のようなところで平伏したまま言葉をかけられるといった程度のもので、こんな——まるで客人をもてなすような対応は想像もしていなかったのだ。

だからなおさら、どう対応していいのかわからなくなってしまった。

「そんなに緊張する必要はない。ノア、顔を上げなさい」

身分が低い者は、許しがあるまで相手の顔を正面から見てはいけない。どうにかその教えを思い出していたノアは、この部屋に入ってからずっと顔を伏せたままだった。正面に座るこの場で最も地位の高い人物——イーディアルにそう言われ、そろそろと顔を上げる。

とはいえ、正直、ずっと俯いていたかったと思ったのは秘密だ。

軽く肩につくくらいまで伸ばされた金色の髪と、翠色(みどりいろ)の瞳を持つイーディアルは、アルベルトに比べれば全体的に細身な印象であるが、引き締まった身体はきちんと鍛えられていることがわかる。

「アルベルトから紹介があったが、私がこの国の王、イーディアルだ。そちらが、宰相のロベルトで、向こうが宰相補佐のリアリット。この場は私的なものとし、なにを言っても不敬には問わないから、気楽に話すといい」

「ありがとう、ございます」

座ったままではあるが、もう一度深々と頭を下げて、顔を上げる。

「さて。今日来てもらったのは、君と少し話をしてみたかったからだ。中央神殿に来てからのことを、簡単にで構わないから、話してもらえるか?」

そう促され、迷うようにアルベルトをちらりと見ると、軽く頷かれる。それに背を押されるように、幼い頃神殿に引き取られてからのことをざっと話し始めた。

引き取られてしばらくは、神殿の地下牢で仕事をしていたこと。六歳の頃に、高熱を出して痣が浮かんだこと。流行病かもしれず、一度、魔力封じをつけられそうになったが、なぜかそれがなくなったこと。畑仕事をするようになってからは、色々な野菜を育てるのが楽しかったこと。

それらを淡々と順を追って話していると、合間にセレスのことを問われる。隠す必要はないとあらかじめセレス自身に言われていたため、自身の身体にある痣がセレスに起因することや、魔力や魔術の使い方、一般的な知識などはセレスに習ったことを話していった。

「後、色んな昔話をしてもらって。それが、凄く面白かったので。いつも楽しかったです」

セレスは魔獣だけれど、決して人を傷つけたりはしない。多分、神殿での噂はここにいる全員が知っているのだろう。そう思い、セレスを庇うようにそう続ければ、イーディアル達がほんのわずか、苦笑するように表情を変えた気がした。

「大丈夫だ。君の中にいるセレスという存在が、他者を傷つけるような存在ではないということは、アルベルトからも聞いている。そうでなければ、アルが君を私に会わせることはしないからね」

ほんの少し和らげた口調で、最後の言葉を告げたイーディアルに、アルベルトを見る。

「これでも、一応国王だからな。危険があるかもしれない人間を、おいそれと会わせることはしない。だから、大丈夫だ」

「一応は余計だ、アル」

二人の気安い口調に驚いていると、幼い頃からの遊び相手——いわゆる幼馴染みなのだと教えてもらった。アルベルトの小さい頃の話なら幾らでもあるぞ、というイーディアルにアルベルトが嫌そうに眉を顰め、初めて見る表情に目を見張った。

（大丈夫、なのかな……）

アルベルトが、ここにいる人達を信頼しているのなら、きっとセレスのことを悪く扱うことはない。そう思うと、強張っていた身体から少しだけ力が抜けた。

「ノアは本を読むのが好きだと聞いているが、今はどんなものを読んでいるんだ？」

イーディアルの問いに、再び背筋を伸ばして答える。

「……い、今は、トリス様からの課題で、建国史と経済史、各国の文化比較の本を読んでいます。それから休憩中に、アルベルト様からお借りしている物語を……」

「待て。建国史？　経済史に文化比較？　あいつは子供になにを読ませている」

慌てた様子のイーディアルに首を傾げると、隣に座るアルベルトが苦笑した。

「陛下、ノアは成人していると言ったでしょう」

自分が幼く見えるのは否定できないのだろう。一応そう口添えしてくれつつ、続けた。

「ある程度読めるようになった時点で、本人に、なにを読みたいか聞いたら、農作物関連の本があれば、と。ひとまず神殿の図書室にある本を渡していたら――それを見たトリスが授業目標を一気に上げました」

「……そうか。大変そうだな」

いささか同情的な視線を向けられ、ノアの方が慌ててしまう。

「あ、い、いえ。あの。お借りした本はどれも面白いですし、トリス様の授業はわかりやすいので、楽しいです」

膝の上で拳を握って答えると、イーディアルが「そうか」と楽しそうに目を細める。

「そういえば、神殿の畑を一人で管理していたと言っていたな。農作業に魔術を使うのは初めて聞いたが、どうして使ってみようと思った？」

「……――作業をするのに力が足りなかったのと、魔術の練習にちょうどよかった、ので。セレスに魔術を教えてもらった時に、土を耕したり、水をやったり、野菜を収穫するのに使えたら作業が楽になるかな、と思いました」

「神殿で、魔術をそこに使おうと思う人間はいないだろうなあ」

苦笑したイーディアルに、なんとなくやってはいけないことがバレてしまった気分で身を縮める。だが、アルベルトが再び軽く背中を叩いてくれたので、ふっと力を抜いた。

「農作業で魔術を行使した場合、野菜の生育に影響はあるのでしょうか」

何事かを考えるようにそう告げたのはリアリットで、ノアは、首を傾げた。

「セレスからは、特にないと言われました。あ、でも、土魔術で畑を耕した時、割と深くまで耕せましたし、土の中に空気を多く含ませることができたので、作物にとっては良いかもしれません。根張りでは、土壌の酸素が大切ですし……。後、土と治癒の混合魔術を使えば、植物の生長を早められるそうですが、その後にしばらく作物が育ちにくくなるのでよほどのことがない限りやめた方がいいとは教えてもらいました。多分、土の中の栄養を一気に使ってしまって、土地が枯れてしまうのだと思います。どのみち、治癒の魔術が使えないので、試したことはないのですが……」

「……――」

思い当たったことを一気に話し、はっと我に返ると、全員の視線がこちらを向いていることに気づく。どこか茫然とした様子のそれに硬直したノアは、すみませんと言いながら再び身を縮めた。

「いや、まあ、畑仕事が好きなのはよくわかった。というか、混合魔術についてまで知識があるのか？　そういえば、魔術属性が治癒以外全て適性があるらしいな？」

興味津々(しんしん)といった様子のイーディアルの視線がアルベルトに向き、それを肯定するようにアルベルトが頷く。

「神殿で調べましたが、間違いありません。セレスの影響ではないとのことで、元々、魔術の素養は高かったようです」

「へえ。……なあ、アル」

「駄目ですよ」

「まだなにも言っていないだろう」

「言わなくてもわかります。ノアは、私の側仕えです」

「優秀な人材を独り占めするのはよくないぞ」

「どの口がそれを言いますか」

　ぽんぽんと言い合うイーディアルとアルベルトに、だが、なんの話をしているのかよくわからず、そろそろとアルベルトを見上げる。そんなノアの視線に気づいたアルベルトは、気にしなくていいと優しく笑ってくれた。

「……お前も、そんな笑い方ができるようになったんだな」

　苦笑とともにそう告げたイーディアルに、表情を戻したアルベルトが「余計なお世話です」と淡々と告げる。

「そうか。だが、魔術での解決方法を探すのも手だな。王都から最も離れた北側や西側が特に、天災の影響が抜け切れていないせいか、なかなか作物が育たず食糧不足が深刻だ」

　一部は他国からの輸入に頼っているが、自国の自給率の問題はできる限り早く解決したい。そう呟いたイーディアルに、そういえば、と、あることを思い出す。

「西側は、海に近い場所ですよね。一度、大きく地面が揺れたことがあって、海の水が周辺一帯に入ってきた、と教えて頂きました。しばらく長雨も続いたと」

その言葉に、その場にいる全員が頷く。

地震による津波。台風や長雨。それにより引き起こされた塩害。海に近い地域なら塩害の知識はあるだろうが、いまだに作物が育たないというのなら、塩を多く含んだ土地をそのまま使っている可能性はあった。見当違いかもしれないとは思いつつ、迷いながら口を開く。

「……――違うかもしれないのですが。土の中に塩が溜まりすぎて、作物が育たないことはあります。海の塩が流れてきた場合は、水で土地を洗い流せば、また育てられると思います」

「洗い流す？」

リアリットの問いに、軽く頷く。

「畑の土にしばらく水を撒いて、できればその水は海に流します。それで、土壌の塩分は薄まります。併せて耕耘すると、多分、かなり違うのではないかと思います。人の手でやるのは難しいですが、水魔術なら可能かな……と」

塩分濃度、といった過去の知識による言葉を使わないよう、気をつけながら話す。

「……リアリット」

「すぐに確認します」

イーディアルの声に、リアリットが即答する。とりあえず、誰からも一蹴されなかったことにほっとしつつ、そういえば、と首を傾げた。

「この国で、この野菜はここの地域のものが美味しい、というのはあるのでしょうか？」

「ん？」

「寒冷地でも、あえて雪の中で育てて甘みを増したりする野菜や、涼しい気候で美味しく育つ野菜はあります。その地域の特産品のような形で美味しさを重視して育てたら、少し値が上がっても購入する人はいるんじゃないのかなって……思ったん、です、が」

ユベリア王国は国内の気候が常に安定していたせいか、似たような作物を育てている地域が大半を占める。そのため、農作物に関しては、地域ごとの特産物といったものはあまりないようだった。

（元々、美味しさを重視するみたいな育て方自体が少ない、のかな）

他国の農作物も、地域により種類は違うが、育て方自体はさほど変わらないようだった。そのため、気候や地域によって作るものに違いはあれど、特色といえるほどのものが見つからなかったのだ。この世界で、化学肥料や農機具などが発達していないせいもあるのかもしれない。

（品種改良とかも、さすがにないだろうし……。美味しい野菜を作れば、売れると思うんだけどなあ）

特に、貴族などが購入層になれば、原価が上がり多少野菜の価格が上がったとしても、宣伝方法次第では利益は十分に出るはずだ。量がとれなくても、質次第で付加価値も上げられる。

それだけに頼ることはもちろんできないだろうが、収入源の一つになるのではないだろうか。

ぼんやりとそんなことを考えていたら、最後の方はいつの間にか口走ってしまっていたらしい。はっと我に返ると、全員が食い入るようにこちらを見ており、ソファの背凭れに身体を押しつけるようにして退いた。

「す、すみません……っ！」

慌てて頭を下げると、いや、と呟いたイーディアルが軽く溜息をつく。

「……勿体ない」

「なんと言おうと駄目ですよ」

「意見をもらうくらいは構わないだろう」

「私も同席します」

「まあ、それならいい」

再び交わされるイーディアルとアルベルトの会話に、よくわからないが怒られることはないようだとほっと息をつくと、それまで黙っていたロベルトが口を開いた。

「その知識を、どこから得たか……は、話せますか？」

その問いに、ぎくりと身体を強張らせたノアは、ゆっくりと視線を彷徨わせる。嘘はつきたくない。けれど、まともに説明しても信じてはもらえないだろう。

「……――」

「ノア……」

促すようなアルベルトの声に、ふっと息を吐く。そうして、罪悪感を覚えつつもほんの少しだけ事実を変えて話そうと決める。

そうして、信じてもらえないかもしれませんが、と前置きしてゆっくりと口を開いた。

「……セレスが僕の中に来た時から、度々――ここうとは違う、全く別の世界の夢を見ることがありました。僕が、その世界で生きている夢で……、その夢の中で得た知識も、あります。後は、セレスと話していて思いついたりしたことです……」

大部分をセレスに押しつけてしまい、ごめんなさいと謝るように腕の痣を撫でる。撫でた部分がほんの少し温かくなった気がして、もう一度心の中でごめんなさいと告げると、隣から大きな掌が頭を撫でてくれた。

「そんな顔をしなくてもいい」

優しい声に、つい涙腺が緩みそうになってしまう。アルベルトは信じてくれている。それがわかり、唇を噛んでこくりと頷いた。

「まあ……、私達の理解の及ばぬことがあっても、おかしくはないでしょうからね」

問いを投げかけてきたロベルトすらそう言い、逆にノアの方が驚いてしまう。セレスの存在は、それほどまでに不思議なものなのだろうか。そう思いながら、再び腕の痣を撫でた。

「ノア。思いついたことは、基本的に、ここにいる人間とトリス以外には、絶対に話さないように。お前自身に価値が見出されれば、それだけ狙われやすくなる」

「……？　はい」

自分の価値とはどういうことだろうか。そう思いつつも、イーディアルの注意には大人しく頷く。元々、人と話すのは得意ではない。今ここでこうして話すことができているのは、隣にアルベルトがいてくれるからだ。それ以外の場所で、余計なことを言ってしまえば、再び奇異の目で見られることはわかりきっていた。

「まあ、トリスの気持ちもわかった。これは、目標を上げざるを得ない」

「ノアは賢いですからね」

「お前が自慢してどうする」

ふふん、と言いたげなアルベルトの声に、イーディアルが呆れた表情で目を細める。見れば、リアリットとロベルトも似たような表情だった。

「それで……、っと」

外から扉が叩かれる音に、イーディアルが言いかけた言葉を止める。入れ、という言葉とともにイーディアルの侍従が入ってくると、イーディアルの傍に寄り耳打ちした。

「……――ノア、念のためにこれをつけておきなさい」

イーディアルが目配せすると同時に、リアリットが懐からなにかを出し、アルベルトに渡す。アルベルトに手を取られ、つけられたのは、簡素な装飾の腕輪だった。

「外部からの魔力探知をごまかすためのものだ。気休めにしかならんと思うが、なにもないよりはマシだろう」

アルベルトから簡単に説明されたそれに頷き、腕輪を緩めの袖の中に隠す。アルベルトに促され立ち上がると、王城内を歩く時に目立たないようにと用意され着てきていたローブを再び着せられる。頭にフードを被せ、顔を隠してしまうと、なにか言われるまで被ったまま頭を下げて顔を伏せておくようにと囁かれた。

恐らく、誰かが来るのだろう。イーディアル以外の全員が立ち上がり、入口に向かい軽く礼をするように軽く頭を下げる。突如部屋の中に漂った緊迫感にこくりと息を呑むと、一度侍従が出ていき、再び部屋の扉が開いた。

「イーディアル、邪魔をして済まないな」

「いえ。叔父上、なにか急用でも？」

入ってきたのは、声から察するに壮年の男性で、イーディアルの『叔父』という言葉にノアは一瞬身を固くした。以前、トリスにこの国の王族のことも教えてもらっており、入ってきたのが前王弟殿下なのだと――だからこその、全員のこの対応なのだと理解した。

「いや、なに。お前が興味深い客人を招いていると、小耳に挟んだのだ。ちょうど、明日の会議の件でお前に意見を聞きたいこともあったのでな。寄らせてもらった」

「そうでしたか」

柔らかな声で話す男性に、イーディアルが、先ほどまでとは違う——鷹揚さを感じさせる、だがどこか淡々とした声で返した。恐らく、国王としてのイーディアルはこちらなのだろう。険悪な雰囲気は感じられない。なのに、なぜだろう。ノアは、ひどく落ち着かない心地になった。

「それで、客人というのはそちらかな」

自分の方に視線が向けられたのがわかる。アルベルトの陰に隠れるようになってはいるが、あちらからは見えているのだろう。一瞬、身体が竦んでしまったが、それ以上動くのはどうにか堪えた。

「はい。客人というより、私が話を聞くために呼んだのです。今は、現神官長の側仕えとして働いていますが、神殿側のこの者への対応に疑問がありましたので、参考のため」

「そうか。ただ、王の前で顔を隠したままというのはいかがなものか」

「叔父上、それについては、そこまでで。少し見た目が変わっており、見苦しくないようにと本人が希望し、私が許しました」

最後の一言を強調し、イーディアルがノアを庇ってくれる。どうすればいいのかわからず、顔を伏せたままでいると、わずかな沈黙の後、声がした。

「そこの者、顔を上げなさい」

言い方は柔らかいが、断固として拒否は許さぬ声に、ゆっくりと顔を上げる。目は伏せたまま、だが、ほんの一瞬だけちらりと正面を見ると、そこには金色の髪の、長身の男性が立っていた。アルベルトより幾らか大柄で、声と同様、表情にも厳しさは感じられない。

前王弟殿下――エフェリアス・ゼス・ユベリア。その名前を思い出したと同時に、エフェリアスの目がわずかに細められた。それだけで、ぞくりと背筋に悪寒が走り、後退り（あとずさ）そうになってしまう。

服の下に隠した腕輪が、ほんのわずか熱を持っている。魔道具が起動している証（あかし）に、ノアは内心で戸惑った。

（どうして……？）

先ほどのアルベルトの言葉が本当なら、エフェリアスがノアの魔力を調べようとしていることになる。困惑しつつも、視線を感じ動揺を押し殺す。

「ほう、確かに珍しいな。魔獣の血を引く証……か。この容姿なら、神殿の者が恐れるのも無理はないかもしれぬ」

「黒髪や黒い瞳が魔獣の血によるものなど、言いがかりでしかありませんよ」

目を細めたまま、面白いものを見つけたというように口端を上げたエフェリアスの言葉を、イーディアルが窘（たしな）める。ノアは、二人の会話を聞きながら、先ほどから感じる違和感に目を伏せたまま時が過ぎるのを待った。

（なんだろう。この魔力、どこかで……）

ノアは、昔から、相手の魔力をぼんやりとながら感じることができる。個人個人、感じられる魔力の質——種類、といった方がいいだろうか——は異なる。また、リアリットやアルベルトのように血縁者だと、感じられる魔力は似ていることが多い。

その中で、エフェリアスから感じる魔力に、どこか覚えのあるものが混ざっている気がしたのだ。

（気のせいかな……）

これだけの人数がいるため、余計に混ざってしまっているのかもしれない。そんなことを考えていると、二人の会話が途切れ、今日の面会はここまでということになった。

「それでは、失礼致します」

イーディアルとエフェリアスの二人に深く腰を折って頭を下げると、アルベルトに促されて部屋を出る。ロベルトは二人の話に加わるらしく、リアリットだけが後に続いた。

扉が閉まったところで、緊張が緩みほっと息をつく。アルベルトの手が背に当てられたまま促されるように足を進めると、あ、と声を漏らし慌てて腕から腕輪を外そうとした。

「あの、これ……」

だが、その手は隣から伸びてきた大きな掌に止められる。思わず顔を上げれば、その手は、ノアの隣――アルベルトとは反対側に並んで歩いていたリアリットのものだった。

「それは、しばらくの間、そのままつけていなさい。魔道具への魔力補給の方法は、アルベルトに教えてもらうといい」

思わず反対側を振り返りアルベルトを見ると、小さく頷かれる。それを確認し、リアリットに視線を戻したノアは、微笑みながら頭を下げた。よくわからないが、多分、これはさっきノアを『なにか』から助けてくれたのだろう。その懸念が去っていないから、リアリット達はこれを渡してくれたのだと、さすがのノアにもわかった。

「ありがとうございます」

感謝を込めてそう告げれば、ああ、と優しい――どこかアルベルトに似た声が耳に届く。同時に、ぽんぽんと軽く頭を叩かれ、その感触についくすりと笑みを零してしまった。

（ああ、アルベルト様に似てる……）

顔立ちも、どちらかと言えばリアリットの方が落ち着いた印象ではあるが、両親のどちらかに似ているのだろう、じっくり見れば、目元の辺りが二人ともよく似ていた。

兄弟なんだなあ、と一人でほのぼのしていると、リアリットがどこか怪訝そうな顔でこちらを見ているのに気づく。反対側を見ると、アルベルトは面白くなさそうな表情で、失礼だっただろうかと焦ってしまう。

「あの、お二人とも、似ているなと思ってしまって……。申し訳ありません」

気を悪くさせてしまっただろうかと、しょんぼりしながら肩を落とす。すると、なぜか同時に両側からかすかな笑い声が聞こえてきた。

「これは、お前が可愛(かわい)がるのもわかるね」

「そうでしょう。苛(いじ)めないで下さいよ」

「それはお前次第かな。まあ、頑張りなさい」

そうして、ちらりとリアリットがアルベルトに視線を移すと、アルベルトが軽く頷いた。無言のうちに二人の間で意思疎通が図られたようだったが、ノアにそれを察することはできない。ただ、促されるまま足を進めた。

やがて、リアリットの先導で下の階まで下り庭を抜けると、人気のない建物へ入っていく。面会も終わったため、神殿に戻るとばかり思っていたノアは、不思議に思いローブの下から周囲を見渡した。

辿(たど)り着いたのは、先ほどの応接室があった場所よりも少し簡素な作りの部屋だった。簡素とはいえ、神殿のアルベルトの居室よりも広く、部屋数も多そうだったが。

三人で部屋に入ると、扉の方からわずかに魔力の気配がする。アルベルトの魔力に似たそれは、リアリットのものだ。

「さて。この部屋の中なら、他に話が漏れることはない。楽にしなさい」

そう言ったリアリットが、ソファに座るよう勧める。アルベルトとともに柔らかなそれに腰を下ろすと、タイミングを計ったかのように、侍従がテーブルの上に紅茶を並べた。

三人の前に紅茶が出されると同時に、リアリットが片手を上げる。と、部屋の中にいた侍従と使用人達が全員出ていった。

「兄上、話とは？」

三人だけになると同時に、アルベルトが促す。それに、ゆったりとした動作で紅茶のカップを手に取り口に運んだリアリットが、表情を変えずに告げた。

「お前は反対するだろうが、ノアに、現状と今後のことを伝えておこうと思ってね」

「それは……っ！」

「相手が相手だ。幾らお前が傍にいても、守り切れるものではない。それに、ノアの存在は我々にとっても諸刃（もろは）の剣（つるぎ）だ」

その言葉に、びくりと肩が震えてしまう。あまり良い意味ではないのだろう。それだけはわかった。そして、そんなノアの様子が伝わったのか、労（いたわ）るようにアルベルトが背中を撫でてくれる。その温かさに勇気をもらい、膝の上で拳を握りしめた。

「……――あの、僕が聞いておいた方がいいことでしたら、教えてください。知らないせいで、皆さんにご迷惑をおかけすることだけは、したくないので」

そう告げると、こちらを見たリアリットがわずかに目を細める。その表情は、先ほどよりもほんの少し柔らかく、彼もまた自分を労ってくれていることがわかった。

「ノア……」

アルベルトの心配そうな声に、大丈夫だと告げるように、にこりと笑ってみせる。

「アルベルト様には、たくさん助けて頂きました。だからこそ、僕にできることがあるのなら、やらせて頂きたいです」

それは、アルベルトに助けてもらった時から変わらずにあるノアの中の信念。大切な人だからこそ、自分にできることはやりたかった。

「アル。情報は力だ。知っていた方がいいことと、知らない方がいいこと、どちらもある。与えるものを間違えるな」

ぴしりとしたリアリットの声に、アルベルトが眉を顰める。だが、それに反論する言葉が見つからないといった様子で、深々と溜息をついた。

「……承知しました」

そうしてリアリットから語られたのは、今現在、ノアが置かれている状況だった。

「今、私達は、ある人物が犯した罪についての調査をしている。その内容に関しては、知らない方がいいだろう。だがその人物に関わる者達に、ノアと――君の中にいるセレスが狙われるかもしれない、という可能性がある」

「僕と、セレスが……」

「人と異なる力を持つ者を、自らの目的のために利用しようとする人間は、どこにでもいるものだ」

「……はい」

淡々としたリアリットの声に、ノアもまた落ち着いて返事をする。怖くなかったわけではない。ただ、実感は薄かった。

「あの、それで僕はなにをすれば……」

「なにも」

「え？」

「ノアは、今まで通り過ごしていればいい。ただ……――」

「兄上」

なにかを続けようとしたリアリットの声を、アルベルトの強い声が遮る。ちらりとアルベルトを見たリアリットが、わずかに目を伏せ、苦笑した。

「できるだけ、一人にならないように気をつけなさい。そういう可能性があるということを頭に入れて行動すればいい」

「はい……」

恐らく、リアリットはなにか別のことを言いかけたのだろう。それだけは、ノアにもなんとなく感じ取ることができた。

（囮……）

もし、その罪を犯した人物達がノアとセレスを狙っているのだとして、ノアが攫われることで犯人達をあぶり出すことができるかもしれない。

元々、取るに足らない身だ。たとえなにがあったとしても、自分がアルベルト達の役に立てるのであれば本望だった。

「……ノア」

そんなノアに、リアリットが声をかける。ふ、とそちらを見れば、射貫くような鋭い視線がノアへと向けられていた。その厳しい表情に、わずかに身体が硬直する。

「ノアの身になにかがあれば、嘆き、悲しむ者がいることだけは、きちんと覚えておきなさい。守れなかったことを、悔いる者達がいることも。まず、自分の身を大切にすること。それが、生きる者の最低限の――そして、最大の義務だ」

まるで、ノアの心を見透かしたようなその言葉に、目を見開く。言い聞かせるようなそれは、厳しいけれど優しい――まるで、親が子供に告げるような叱責だった。

ノアの手を握るアルベルトの手にも力が籠もり、もう一度そちらに視線を戻す。リアリットの言葉を肯定するその表情に、ノアは、胸が一杯になり、つんと鼻が痛くなるのを感じた。

大切に思うからこそ、窘めてくれる人達がいる。その事実が、温かく――そして、ひどく痛かった。

胸の痛みでわずかに滲んだ涙をそのままに微笑む。

「……はい。必ず」

答える声はかすかに震え、だがはっきりと頷く。同時に、隣から引き寄せられたノアの身体は、力強くそして優しい温もりに包まれたのだった。

†

「ん……？」

微睡みの中からゆっくりと覚醒すると、ノアは一度きつく閉じた瞼を、そっと開いた。

意識が浮上したのは、身体にシーツがかけ直されたせいだったらしい。こちらを覗き込むアルベルトの姿を見つけ、ぼんやりとしていた頭がはっきりと目覚めた。

「アルベルト様！」

慌てて起き上がると、すでに神官服を身に纏ったアルベルトが苦笑し、ノアの肩を軽く押して留めた。ノアがアルベルトの部屋に住まわせてもらうようになってから、寝台はいつも一緒に使っている。隣に眠っているアルベルトが起きれば、大抵の場合目が覚めたのに、今日は全く気がつかなかった。

「昨夜、遅くまで待っていてくれただろう。まだ、外も明るくなる前だ。もう少し寝ていなさい」

言いながら頭を撫でたアルベルトが、顔を近づけ、額に軽く口づけてくれる。

優しい口調と仕草に羞恥を覚えつつも、かぶりを振った。

「お出かけになられるなら、髪を編んで、お見送りさせて下さい」

どちらにせよ、もう目が覚めてしまった。このまいても、きっとアルベルトのことが気になって眠れないだろう。それが分かったのか、仕方がなさそうにアルベルトが苦笑した。

「今日は、折角ノアを起こさないように起きられたと思ったんだが」

「起こして下さった方が嬉しいです。……目が覚めた時に、いらっしゃらないのは、寂しいので」

言いながら恥ずかしくなってきて、尻すぼみになってしまう。だが、その言葉に、嬉しそうに微笑んだアルベルトが、今度は頬に——そして、唇に口づけを落とす。

「叶うことなら、もう少しノアを抱いてのんびりしていたいんだが」

「うう……」

熱くなった頬を掌で擦り、ごまかすようにシーツを避けて寝台の上に座ると、アルベルトが端の方に座ってくれた。さらさらとした銀色の髪を手早く編んでしまうと、瞳の色より少し濃い、紺色の飾り紐で縛る。この飾り紐は、トリスの側仕えに頼んで作り方を教えてもらい、つい先日出来たものをアルベルトに贈ったのだ。

『ありがとう。……大切にする』

そういって優しく微笑んだアルベルトは、それから毎日、この紐を使ってくれている。

やがて、身支度を済ませたアルベルトが部屋を出るのを見送り、いってらっしゃいませ、と声をかけた。

「行ってくる」

そう言って、軽くノアの頬と唇を指で撫でていく。その感触に、先ほどの口づけを思い出してしまい、赤くなりながらもアルベルトの背を見送った。

(もっと、して欲しかった……、っじゃなくて！)

ぼんやりとそんなことを考えてしまい、慌ててかぶりを振る。今みたいな軽い口づけは、すでに日常のものとなっていて、だが幾ら経っても慣れなかった。恥ずかしいものは、恥ずかしい。

気を取り直すように軽く両手で頬を叩き、着替えをすべく寝室へと戻る。

イーディアルとの面会から、すでに十日ほどが経っていた。あれから、アルベルトがにわかに忙しくなり、ゆっくり二人で話せるのは朝の一時だけだった。神殿でも、他の神官達の目がある場所ではのんびりとした様子を見せているが、執務室にいる間はひどく忙しそうにしている。

王城に呼び出される回数も増え、その忙しなさに嫌な予感を覚えつつも、せめて部屋にいる間だけでもゆっくりして欲しいと、ノアはこれまで以上にアルベルトの身の回りに気を配るようになっていた。

「今日は、なにしようかな」

アルベルトが王城に行った日は、執務室での仕事は休みとなる。読みかけの本を読んでしまおうかな、と手早く部屋を片付けながらぼんやりと考えていると、部屋の扉が軽く叩かれた。アルベルトが出掛けてから、この部屋を訪れるのはトリスくらいのものだ。どうしたのだろうと思い、扉を開くと、そこにいるのは別棟の警備をしている神殿騎士だった。

ノアに客が来ている旨を告げ去って行った神殿騎士を見送り、首を傾げる。

「お客さん？」

ここまでノアを訪ねてくる者など、心当たりはなかった。どうしようかと思い、ひとまず誰が来たかを確認しようと下りていくと、別棟の入口にいたのは神官見習いのニールだった。

「ニール？」

「あ、ノア！　今日、俺休みでさ、もし良かったら畑を見せてもらおうと思ってきたんだけど、時間ある？」

ひらひらと手を振ってきたニールに近づくと、にこりと笑いながらそう告げる。そういえば、以前、畑を見せて欲しいと言っていたことを思い出し頷いた。

「ちょうど一段落したところだから、いいよ。少し待ってて。行き先を伝えてから……」

「ちょっとだけだから大丈夫だって、ほら！」

ぐいと手を引かれ、そのまま連れて行かれてしまう。いつも、別棟を出る際はトリスかその側仕えに伝えていくよう言われているため、足を止めようとする。

「あ、でも……」

「すぐに帰ればわからないよ。今、なんか上の方の人達みんなばたばたしてるみたいだし、いちいちそんなことで時間取らせるのも悪いだろ」

そう言いながら足を進めるニールに、ノアの抵抗が緩む。確かに慣れた場所ではあるし、今朝はトリス達もみな忙しそうだった。

振り返ると、持ち場に戻るらしい神殿騎士の姿が見え、畑に行ってきますと声だけかけておいた。神殿騎士の反応を見る前にニールに強く手を引かれ、慌てて前へ進む。

（トリス様には、後できちんと報告しよう）

だが、ニールに話しかけられながらしばらく歩いたところで、ふとおかしなことに気づき眉を顰める。

「ねえ、ニール。こっちは……」

「ん？　畑って、確かこっちからでも行けるだろ」

「でも、裏からの方が近いし……」

話に気を取られて気づくのが遅れたが、いつの間にか、中央神殿の正面――礼拝堂の方へきてしまっていた。ノアは、こちらの方に近づいたことがない。神殿の中の方は神官や使用人しかいないが、ここは、神官以外の貴族達もいる。

「平気だって」

ニールの服を引いて止めようとするが、止まらない。次第に人が増え、同時に、ちらちらとノア達に向けられる視線も増える。そこにあるのは、昔からよく向けられた嫌悪混じりのもので、ノアは俯きながら必死にニールの服を引いた。

だがなおも止まらない彼に、これ以上は無理だと断ろうとしたところで、手を取られて強引に連れて行かれてしまう。その様子に、今更ながら嫌な予感がして抵抗しながら小声で訴える。

「ニール、離して！」

「駄目だよ。……あの人に、頼まれたんだから」

その声が耳に届いた瞬間、ニールに摑まれていた腕に痛みが走る。針のようなもので刺されたのだと認識した瞬間、ぐらりと視界が歪んだ。

「……――っ！」

立っていられなくなり、どさりとその場に倒れたのと、周囲がざわめいたのは同時だった。

「なんだ？」

「いや、あそこで急に倒れて……」

苦しい、痛い、苦しい。胃の奥が熱くなり、息ができなくなって倒れたまま胸元の服を破ってしまいそうなほど強く握りしめる。きつく目を閉じ、倒れたまま、身体を丸めるようにして苦痛と息苦しさに耐えていると、直後、ぶわりと身体中になにか――いや、セレスの力が巡ったのがわかった。

「うわ、なんだこれ……っ！」

誰かがノアの傍に来ていたのか、聞いたことのない声が耳に届く。誰が、どうしてこうなったのかも考える余裕がなく、ノアはただひたすら苦しさに耐えていた。

「化物……っ！」

ざわめきが一際大きくなり、その嫌悪の声が自身に向けられていることにすら、意識を向けられない。ノアの身体を癒すため、セレスの力が全身を巡り、身体中に痣が広がっていることなど、ノア自身気がつくことはできなかった。

だが、もがいているとわずかに苦しさが引いていき、息ができるようになっていく。少しずつ、けれど必死に息を取り込みながら顔を上げると、ぼやけた視界に冷たい表情でこちらを見下ろすニールの姿が見えた。

「ニー……ル……？」

かすかに呟きながら、手を伸ばす。だがその瞬間、ニールが驚愕(きょうがく)したように目を見開き、その場で苦しみ始めた。喉元をかきむしるようにしながら倒れ、先ほどのノア以上に暴れ出す。

「うあああああ……っ！」

叫びながら必死に喉を搔こうとするニールに、周囲のざわめきが一際大きくなる。神官や貴族、それらの人々の視線が一斉にノアに向けられ、恐れるように遠ざかっていった。

「ニール……っ」

苦しみもがくニールに近づこうとすると、誰かがノアを上から押さえつける。力任せに地面に押しつけられ、ノアは、なす術もなく動きを止めた。

ニールに近づいた神官達が、慌てた様子でニールをその場から運んでいく。すでにぐったりと動かなくなったニールを、ノアは視線だけで追いかけた。

「……なん、で」

小さく呟いた声は、だが、周囲の声にかき消されてしまう。

「魔獣の血だ……」

「なんて不吉な……」

「やはり、あの噂は……――」

囁かれる声は、どれもノアを恐れ非難する色を帯びており。ノアは、身体の痛みも忘れ、それらの声を聞きながら茫然とすることしかできなかった。

†

外の光が届かない、じめじめとした暗い石造りの部屋の中、ノアは苔むした床にうつ伏せになり横たわっていた。数刻ほど前に、神殿の地下に連れてこられたノアは、放り投げられるように牢に入れられ、そのまま放置されている。

どうして、と。幾度その問いを心の中で繰り返しただろう。

一体、自分に——そして、ニールに、なにが起こったのか。それすら、ノアにはわからなかった。ただ、息苦しさは薄れ呼吸はできるようになったものの、全身が痺れたように身体の自由が利かず、内臓が絶えずなにかに蝕まれているような痛みがあった。

(セレス……)

ゆっくりと視線だけを動かして、顔の傍にある右手を見る。そこにあるのは、これまで左側にしかなかった黒い痣。指先にまで広がっているそれに、自分の身体になにかが起こっているのだけは理解していた。そして、さらに視線をずらすと、左手首にリアリットにもらったものとは別の魔道具と思しき腕輪がつけられている。なんの魔術が付与されているのかは、ノアにはわからなかった。

地下牢に連れてこられてから心の中で何度か呼びかけたが、セレスの反応はない。牢の外に見張りの神官がいるため、出てこられないのかもしれない。そう思うが、ここまで反応がないのは初めてで、ノアの中に焦燥が生まれていた。

(なんで、こんなことに)

ニールは、無事なのだろうか。自分になにかを刺した後、急に苦しみだした姿に、ほんのわずか眉を寄せる。

あの苦しみ方は、本物だった。みんなが言うように、無意識のうちにセレスの力でなにかしてしまったのだろうか。そう思うと、自分自身が怖くなってしまった。

「……ア。ノア、ノア」

不意に、暗闇の中で小さな声が耳に届き、のろのろと視線を動かす。ガチャリと鉄製の錠が外される音がして、鉄格子が小さく開いた。

「……トリス、様?」

足音もなく近づいてきた人影は、見慣れた神官——トリスのもので、ノアは掠れた声を上げる。

「遅くなってすみません。……動けますか?」

傍らに膝をついたトリスが、小声で囁くように問いかける。それに軽く頷くと、ゆっくりと身体を動かそうとする。だが、腕に力が入らず、ぺしゃりと床に戻ってしまう。

「解毒剤が必要ですね。私が背負っていきますから、頑張って摑まっていて下さい」

「……ど、して……」

短く詠唱し指先に浮かんだ魔法陣をノアに向け、厳しい表情で告げる。そんなトリスに、どうして来てくれたのか問おうとすると、緊張感を漂わせたままトリスが答えた。

「あなたは、嵌められたんです。狙われているかもしれないとわかっていたのに、防げなくてすみません」

続けて、トリスがノアの左手首にある見慣れぬ腕輪に触れる。小さく詠唱しながら眉を顰めていたが、やがて、「外れないか」と呟くとノアを見遣った。

「行きましょう」

そう言うと、ノアの身体を背負い、なにかを唱えたトリスが地下牢を出る。周囲に注意を払いながら、音を立てないように見張りの神官の横を通り過ぎるが、神官はトリス達の姿が視認できないのかこちらに目をやることはなかった。

不思議に思っていると、神官の姿が見えなくなったところで、「空間魔術の一種です。空間を歪めて、私達の姿を見えないように錯覚させています」と手短に教えてくれた。ノアがいなくなったことをごまかすため、短時間しか保たないものではあるが、ノアの収監されていた牢にも細工をしてきたらしい。

「アルベルト様が、心配していましたよ」

その一言に、身体に力が入らないままそっと目を伏せる。多分これが、アルベルト達が行っていた『万が一』の事態なのだろう。

神殿の地下は、一種の迷路のようになっている。牢に収監される罪人のほかには、神殿に属しかつ許可された者しか入れないようになっているのだ。ノアは、以前地下で暮らしていた頃にそれをザフィアから教えられており、だからこそ、空間魔術が使え、地下に立ち入る権限を持っているトリスが助けに来てくれたのだと理解した。

「……すみ、ません……」

恐らく、この行為は、トリスにとって身が危うくなるだけでなんの益もない。迷惑をかけないためには、助けを拒めば良いとわかっていたが、じわじわと胸に巣くう不安がノアにそれを躊躇わせた。

このままでは、取り返しのつかないことになる気がして仕方ないのだ。

ただ一方で、自分が囚われたままでいた方が、アルベルト達の役に立てるのではという思いもあった。

小走りに地下を抜ける道を駆け、出口が見えた頃、ノアはほっと息をついた。だがその直後、トリスが呻き声を上げその場に崩れ落ちた。背負われていたノアは、身体を投げ出され、全身を襲う痛みに顔を顰める。

「…………！」

見れば、トリスが横倒れになり意識を失っていた。自分の喉がひゅっと音を立てるのが聞こえる。なんとかトリスの方に這い寄ろうとすると、暗がりから足音が聞こえノアのすぐ傍で止まった。

「全く、空間魔術が厄介なものだとはいえ、ここの神官は無能すぎるな」

呆れたような声は聞き覚えのあるもので、ノアは恐る恐る顔を上げた。

「ザフィア、様……？」

ノアは、トリスを庇うように必死に身体を動かした。なにが起こったのかはわからないが、トリスが倒れたのはザフィアのせいだということだけはわかった。

ザフィアは、感情の籠もらない冷たい瞳でこちらを見下ろすと、ノアの方へと手を伸ばす。猫の子を扱うように後ろの襟首を摑むと、短く詠唱してノアの身体を小脇に抱えた。恐らく、ノアに対し重さをなくす魔術をかけたのだろう。

「大人しくしていろ。お前さえついてくれれば、他の者にはなにもしない」

逃れなくてはと動かない身体を必死に動かすノアをいなすように、ザフィアが淡々と告げる。倒れたトリスに後ろ髪引かれるまま神殿の地下から運び出され、ノアは小さく「本当、ですか？」と問う。

「ああ。用があるのはお前だけだ。わざわざ、時間を無駄にする理由もない」

「……――」

多分、本当のことだろう。直感的にそう察したノアは、抵抗するのを止め、口を噤んだ。

どちらにせよ、身体の自由が利かない上、セレスも応えてくれない今、ノアにできるのは他の人達に危害を及ぼさないようにすることだけだ。そしてもし、アルベルト達が言う『ノアを狙う人物』がザフィアだったのなら、自分がするべきは時間を稼ぐことだ。

――大丈夫。きっと、アルベルト様が助けてくれる。

不安に押し潰されそうになりながらも、心の中でそう呟き、そっと目を伏せる。

誰か、早くトリスを見つけてくれますように。そう祈りながら、ノアは脳裏に浮かんだアルベルトの姿に、唇を噛みしめた。

†

神殿で騒動が起きる、少し前。

朝から登城していたアルベルトは、王城の国王執務室で、数名の官吏及び高位貴族が招集された会議に出席していた。

その場にいるのは、全てイーディアルの命により前王弟の調査に携わってきた人物ばかりだ。その他、協力関係を公にしていない者達の姿はない。秘密裏の情報共有は水面下で常に行われている。

きっかけは、数日前。イーディアルのもとにとある情報が寄せられ、いよいよ前王弟を現在の地位から退ける動きが本格化したのだ。そのため、アルベルトは神官長として会議に出席するという名目で、連日王城を訪れることになっていた。

「副神官長、及び、上級神官一名を極秘で捕らえました。当面は、私の代理としてサーザランド領の神殿への礼拝に赴いていることになっています」

サーザランド領は、隣国との国境近くにある都市で、神獣が張った結界の要を成す神殿がある。同様の神殿が、中央神殿を除いて五カ所あり、年に一度、神官長または副神官長が赴いて魔力を捧げる務めがあるのだ。

今回は、任じられたばかりの神官長より、長く務める人間の方が領地の者達も安心するだろうと理由をつけて副神官長が訪れる手筈を整えていた。その実、出立直前に極秘に捕らえ、現地には、副神官長に扮(ふん)した別の神官が赴いている。

同時に、一部の者には『餌』として副神官長が捕らえられているという噂を流させていた。

これらは、以前から計画していたことであり——神獣であるセレスの所在が明らかになったことで、時期を前倒しして実行に移すことになったのだ。

「それから、神殿の寄付金の使途不明金——前神官長の裏帳簿にも載っていなかったものの流出先が、見つかりました。幾つかの貴族及び商会を経由して、闇ギルドに——そして、ある魔道具師に流れていました」

イーディアルを含め、計八人がテーブルを囲む中、一人立ち上がり報告書を手にしたアルベルトが続ける。

「魔道具師？」

どこからともなく上がった疑問の声に、頷く。

「闇ギルドに籍を置く魔道具師です。国境近くの街で仕事を請けていましたが、行方不明に。見つけた時には一歩遅く、殺害された後でした」

静寂の中でそう告げたアルベルトは、さらに続ける。

「それから、その魔道具師の師匠に当たる人物が王都でも腕利きとして知られていたのですが、十年前、突如国境近くの街に移り住んだようです。その男も、闇ギルドで仕事をしていましたが、数年前に亡くなって——やはり殺されています」

闇ギルドでは、公にできない仕事を扱う。それゆえに、所属する者——特に一定水準以上の技術を有する者に関しては、依頼人に正体を明かさずギルド経由でしかやりとりしない、といったようにある程度の保護を受けられる。

だが、その依頼に関しては、ギルド員から依頼人と直接話したいと申し入れがあったのだという。数年越しに師匠と弟子、二人の魔道具師が殺害された。この事件は闇ギルドでも問題視されており、正体を隠し直接調査に赴いたアルベルトに情報を売ってくれたのだ。

そして、アルベルトの調査を引き継いだリアリットが続ける。

「先頃殺された魔道具師が闇ギルドに預けていた魔道具を譲り受けこちらで調べたところ、とある記録が残っていました。幻覚魔術により、周囲の者達の目からは上手(うま)く隠されていたようです」

そうしてリアリットが傍らに置いていた木箱から取り出したのは、なんの変哲もないインクボトル。それをテーブルの上に置くと、軽く魔力を流した。

同時に、インクボトルがかすかに発光し、上方に薄ぼんやりとした絵が浮かび上がった。

「記録用の魔道具か……」

「中身のインクも魔術契約用の本物——という念の入れようです。これなら、魔力を流しても相手に不審を抱かせない。恐らく、自分の命が狙われるだろうことを察知して記録——告発を残しておいたのかと」

そこに映っているのは、魔道具師である男の姿と、もう一人。ローブを頭から被っているが、その隙間から覗いた顔にアルベルトは目を見張った。

「こいつは……」

「名は、ザフィア。アルベルトが引き取った子供——ノアの監督役としてつけられていたという神官です。……そして、神殿に入った時の身元保証人は、前王弟殿下の元側近です」

リアリットの言葉に、アルベルトが目を眇める。実のところ、アルベルトが引き取った後も、ザフィアは絶えずノアへの接触を図ってきていたのだ。

いかにも心配しているといったふうを装っていたが、第一印象から油断のならない相手だと感じ、警戒はしていた。とはいえ、人が嫌がる仕事も率先してやる——その中にノアの監督役も含まれていたのだろう——といった熱心さを評価する声は大きく、強引な手段に出ることは適わなかったのだが。

「その者は、……――っ⁉」

直後、右手の甲に激痛が走る。ぐっと息を止め痛みをやり過ごし右手を見ると、以前、セレスから刻まれた文様がくっきりと姿を現していた。痛み自体は一瞬で治まったものの、これまでになかった異変に嫌な予感が全身を駆け巡る。

「どうした、アルベルト」

突如押し黙ったアルベルトに、眉を顰めたイーディアルが声をかけてくる。ふっと息を吐き呼吸を落ち着けると、長い袖に右手を隠した。

「いえ……。護りの魔術に異変が。なにかあったようですので、一度、神殿に戻ってもよろしいでしょうか」

この場には、セレスのことを伝えていない者もいる。焦りを抑え、明言せぬまま与えられた神獣の力に反応があったことを伝えると、イーディアルが頷いた。

「わかった。許す」

そう言った直後、部屋の扉が軽く叩かれる。入れ、というイーディアルの言葉とともに、イーディアルの侍従の一人が忙しなく伺候し、なにかを耳打ちする。

同時に、イーディアルの顔が顰められ、こちらに視線が向けられた。

「アルベルト。神殿で騒ぎが起きた」

その一言にぞわりと背筋が粟立つ。嫌な予感が全身を駆け巡り、自然と眦が鋭くなる。

「神官見習いが一人、『呪われた力』により意識を失い、重体。その神官見習いを害したとして――神官長側仕えが一人、拘束され牢に投獄された」

「……――っ！」

その言葉を聞いた瞬間、椅子を蹴倒して立ち上がっていた。そのまま執務室を駆け出ようとし……だが、その瞬間、自分の意志に反して身体が硬直し目を見開く。

「……――っ！」

『アルベルト。おぬしはまだ動くな』

頭の中に直接聞こえてきたのは、セレスの声。目を見開くと、再び右手の甲が熱くなった。

『ノアが毒に冒された。が、我の力で浄化するゆえそちらは問題ない』

端的に伝えられる内容に、アルベルトは拳を握りしめる。一体、誰がノアを傷つけた。

『あやつらの狙いは我じゃ。ノアにはしばしすまぬことをするが、このまま泳がせて尻尾を掴む。万が一ノアとともに我の力を封じられても、おぬしに残した痣がある限り、我の声は届く』

『駄目だ！　ノアは……』

セレスは、ノアと自分を囮にするという。すでにノアは傷ついている。そしてあの子はそれすら受け入れてしまっているだろう。そんなことは決して許容できなかった。

『今のままでは、我がおってもおらぬでも、ノアは狙われ続ける。……根元を絶つため備えよ。良いな』

その言葉を最後に、ぷつりと声が途切れる。繋がった糸が切れたような感覚に、がくりとその場に膝をついた。

「アルベルト！」

駆け寄ってきたリアリットに視線を送り、自分には問題ないことを告げる。袖からちらりと右手の甲の痣を見せれば、眦を鋭くしたリアリットが軽く頷いた。

「……申し訳ありません。今は、神殿に戻って対応を。よろしいでしょうか、陛下（へいか）」

掌に血が滲むほど拳を握りしめ、どうにか理性を繋ぐ。たとえセレスの言うことが正しくとも、今すぐにノアを助け出したい気持ちを抑えるのは困難だった。

どうして、と叫び出したい衝動を必死に堪える。

「ああ。いざとなれば、私が直々に取り調べる」

「ありがとうございます」

イーディアルの言葉に頭を下げ、踵（きびす）を返す。背後でイーディアルが口早に指示を出し始めるのを尻目に、執務室を後にした。

そうして、急ぎ足で神殿に戻ったアルベルトにもたらされたのは、囚われていた地下牢からノアが脱走したとの報せ、そして、魔力を抜かれ意識を失っているトリスの姿だった。

†

ぼんやりとした意識の中、寝台の上でノアは視線だけを動かした。

ひどい倦怠感で全身が重く、腕を上げるだけでも体力を使い、起き上がることもできないでいる。ここに来てからすぐに、解毒剤だという薬を飲まされ、息苦しさと内臓が蝕まれるような痛みは治まったものの、身体のだるさは消えなかった。

あれから、どのくらい経ったのだろう。そう思いながら、これまでのことをゆっくりと思い出す。とはいえ、途中で意識を奪われてしまい、ここがどこかはわからなかった。

ノアが寝かされているのは、恐らく、廃墟となった教会だろう。幼い頃に見た教会と作りはほぼ同じで、けれど荒れ具合から数年間は放置されていたと思われる。

人の少なくなった村や町の教会は、神官達が派遣されないこともあり、使う人間がいなくなるとやがて廃墟となる。野盗や盗賊といった者達がそこに身を隠すこともあり、基本的に村人達は近づかなくなるのだ。

「セレス……」

ぽつりと呟くが、セレスからはなんの反応も返ってこない。あの時――中央神殿でニールになにかを刺された時からずっとこの状態で、ノアはそれが最も不安だった。もし、自分のせいでセレスが傷ついていたら。自分のことよりも、それが心配だったのだ。

（アルベルト様……）

そんな不安の中でも、アルベルトのことを思い出すだけでノアの心は少しだけ軽くなる。もしこれからどうなったとしても、あの優しく慈しんでもらった日々があるだけで、自分には十分だった。

トリスは、そして――ニールは無事なのだろうか。トリスに関しては、魔力を抜いただけで殺してはいないとザフィアが言っていた。どこまで信じられるかはわからないが、今は、それを信じるしかなかった。

「さて、そろそろ言うことを聞く気になったか？」

カツン、という軽い音とともに、耳慣れた声が聞こえてくる。ゆっくりと視線を動かすと、いつもの通りザフィアが寝台の傍に立っていた。直前まで全く気配がなく、そもそも、普段ザフィアがどこにいるのかもわからない。もしかしたら、普段はここにおらず、転移魔術で来ているのかもしれなかった。

「……――」

無言を貫くノアに、やれやれといったふうに肩を竦める。

「お前の中にいるものに、場所を移るように言ってくれるだけで良いんだが。魔力を封じられても、意思の疎通はできるはずだろう？」

「……なんのことか、わかりません」

呟いたノアに、ザフィアが目を眇める。乱暴な手つきでノアの左手を取ると、それをノア自身の視界に入れるように動かす。

「この文様こそが、神獣を宿しているなによりの証だろう？　お前の身体が外部からの魔術を弾くのは、神獣の加護があるからだ」

「神獣……？」

だが、告げられた内容はノアの認識とは違うもので、内心首を傾げてしまう。ザフィアが言っているのは、セレスのことだろうか。だが、セレスは魔獣だ。神獣などではない……はずだ。

（本当に……？）

そんな疑問が胸を過った時、ザフィアがノアの左手を放り投げるように離し、続ける。

「手加減されているうちに、言うことを聞いておいた方が身のためだ。私は、お前の能力自体は買っている。……恐らく、唯一、私と『同じ』だろうからな」

使い道はあるし、神獣さえ手放せば、危害を加えることはしないでやろうと思っているんだが。どこか楽しげにそう告げたザフィアに、困惑しながらも、嫌な予感が拭えないでいた。

「同じ……？」

「そう。あるんだろう？　お前にも。……自分ではない人間の、記憶が」

「……――っ‼」

にいっと、歪な笑みを浮かべたザフィアに、驚愕し言葉を失う。取り繕うことも忘れたその表情に、ザフィアがさらに楽しげに声を上げて笑った。

「ああ、やはりな。おかしいと思ったんだ。お前は、その痣ができた頃から変わった。明らかに周囲のことを『理解』していたからな。まあ、さすがに半信半疑ではあったが、ずっと観察していて確信したよ。ああ、こいつも『同じ』だと……」

「同じ……なら、ザフィア様、も……」

「私には、二つの記憶がある。一つは、ここではない――オーストリアと呼ばれた場所で生きた記憶。そしてもう一つは、過去この国にいた――優秀過ぎるが故に災厄と呼ばれ死後その存在を公の場から消されてしまった、魔道具師の記憶がな」

「記憶が、二つ……」

そんなことが、あり得るのか。茫然としたノアに、ザフィアがさらに続ける。

「私は、生まれた頃から徐々にそれらの記憶を取り戻していった。……なあ。知っていれば、試したくなるだろう？　自分になにができるのか。どこまでできるのか」

ふっと微笑んだザフィアの表情は、幼子に話して聞かせるように一見優しげで、だがひどく残酷なものだった。

「……――私は、試してみたかったのだよ。この国にある最も大きな力、神獣の加護に打ち勝つことができるかを」

「っ！」

「私は、昔、オーストリアで医師であり錬金術師として生きていた。師の元で全ての病を治す薬――万能薬の研究を手伝う傍ら、独自に毒物の研究を続けてきた。だが、後少しで、跡も残さず人の命を奪うことのできる完璧な毒が完成するというその時――研究を理解せぬ無能どもの手によって殺されてしまったのだ」

苦々しげに表情を歪めたザフィアは、だがすぐに表情を戻すと「そして」と続けた。

「その後、この世界に生まれ変わった。幸いにも、魔力も多く魔力操作に秀でていた私は、生まれて間もない頃に錬金術師であった時の記憶を取り戻した。……考えたよ。私は『この世界』でなにができるかを。あの無能どものような人間を見返せるのはなにか、と」

そして、この国にいるという神獣の話に目をつけた。神獣の加護に打ち勝つことができれば、自身の力はこの国で――いや、世界で最も大きなものだと見せつけることができる。

そのために、魔道具師の道を選んだ。この世界に存在する魔力に対して研究を続ける中で、様々な魔道具を作り上げた。そしてその中には、魔力や魔術を封じるものに始まり、人の心を操るもの――そして、人の記憶の根幹である魂を操るものもあったのだという。

「人の、魂……」

「そう。だが一つ前の私は、病に冒され、本願を成就するには時間がなかった。ゆえに、それをなすため、私は自身の魂を別の赤子に移すことにしたのだ」

計画のために、最適な素養を持った赤子。それが、ザフィアだったという。

「この身体は、魔術に強い耐性を持っている。外からの魔力探知に関しても――神獣にも感付かれないほどに、な」

「……――っ！」

「そうして、過去の私がなしえなかったことをどこまでできるか試していたが、なかなか楽しい結果になってくれていたんだ。神獣が、お前の中に入るまでは」

どこまでも楽しげなザフィアの声に、ノアは言いようのない吐き気を覚える。

「ど、して……そんなこと……」

「どうして？　折角与えられた機会だ。使わない手はないだろう」

なにを言っているのか。そう肩を竦めたザフィアに、ノアは緩くかぶりを振る。

「まあ、お前の場合、さほどの知識は引き継がなかったようだがな」

そう言ったザフィアが、ふと思い出したように告げた。

「そういえば、神殿から罪人が脱走したと通達が出た。今、神官長の命で追っ手がかかっている。残念だったな。お前を助ける人間は、誰もいない」

淡々と告げられたそれに、ノアはなにも答えない。ふっと瞼を伏せると、ザフィアが「可哀想(かわいそう)に」と、欠片(かけら)も同情の籠もらない声で告げた。

「ああ、そういえば、神官長は罪人を神殿に引き入れたと糾弾されているそうだ。一応、まだ神官長の地位にはいるらしいが、罪人を捕らえふさわしい処罰を与えれば、潔白は証明されるだろうな？」

口端を上げてそう告げたザフィアに、ノアは表情を変えずに目を逸らす。それが、本当か嘘かはわからない。だがノアは、必ず助けると言ってくれたアルベルトの言葉を信じていた。

――それが、たとえ果たされない約束だったとしても。

アルベルトは、神殿の最高責任者。疑いが晴れたわけでもないのに地下牢から抜け出したノアを、罪人として捜すのは当たり前のことだ。ノアが時間を稼いでいれば、その分アルベルト達が動きやすくなる……はずだ。

だから、こんなふうに胸が痛むのは、間違っている。

内心で呟きながら唇を噛むと、ぽろりと頬を温かなものが伝う。泣き方など、知りたくなかった。なにも知らなければ、こんなふうに悲しいと思うことすらなかったのに。

そう思いながらも、心の中に残る温かな記憶に、ノアはひっそりと枕を濡らし続けた。

ザフィアが、その男を連れて来たのはそれから数日後のことだった。

解毒剤を飲みしばらくしてから気がついたのだが、ノアの足には拘束具がつけられており、それは鉄の鎖で寝台へしっかりと固定されていた。徐々に身体が動くようになってきた時、起き上がろうとしてそれに気がついたのだ。

動けるようになったら、ここから逃げなければ。そう思っていたのに、その鎖を見た瞬間、自分一人の力では逃げられないと悟ってしまった。

セレスも応えない以上、力を借りることもできない。自分一人では、寝台から下りて――運良く外に行けたとしても、そこで捕まってしまうだろう。

倒れた日からずっとセレスの気配がないことが、ひどく不安だった。全身に痣がある以上、まだノアの中にいるとは思うのだが、何度呼びかけても返事がない。

眠っているだけかもしれない。そう思うが、物心ついてから、これほどセレスの気配がしないことは初めてで、心許(こころもと)なさに拍車がかかってしまう。

そうして、自身の中にいるセレスに何度目かになる呼びかけをしていた時、ふと、部屋の扉が開かれた。入ってきたのはザフィアで、だがすぐにその後ろに人の姿を見つけて目を見張った。

(この人は、確か……)

ゆったりとした様子で歩いてくる男は、ローブに全身を包み、顔も隠している。だが、その瞳と身体から感じる魔力には覚えがあった。

以前、一度イーディアル達のところで会った男――前王弟、エフェリアス。

（どうして、この人が、こんなところに……）

ぼんやりとしたまま二人を見ていると、こちらを睥睨していたエフェリアスがザフィアへと視線を移した。

「首尾はどうだ」

「……封じの魔道具が思いのほか効いているようで。外せば逃げられますので、神獣との接触は、いまだに」

頭を下げてそう告げたザフィアに、エフェリアスが小馬鹿にするように鼻を鳴らす。

「この者の中にいるのは、間違いないのだな」

「はい。全身を覆う文様は、神獣を宿す証。間違いはありません」

「……ならば、さっさと神獣を引き剝がせ。宿主などどうなっても構わん」

「承知しました。準備は、もうすぐ整います。お手数ですが、明日、改めてお出ましを」

「急げ」

深く頭を下げたザフィアを置いて、エフェリアスがその場を去って行く。その後ろ姿を見送りながら、ノアは寝台の上で拳を握りしめた。

（どうしよう。このままじゃ、セレスが……）

今の会話から、ザフィア達の目的がノアからセレスを引き剝がすことだというのはわかった。もしかしたら、無理矢理それをすることで、ノアの身体に異常が起きるかもしれない、ということも理解はできた。

そして、そんなことをする人達が、セレスをまともに扱うようなことはしないだろう、ということも。

(早く、ここから逃げて——セレスを護らないと)

焦りながらも頭上からさした影に顔を向けると、無表情でこちらを見下ろしたザフィアと視線が合う。けれどその瞳は、ノア自身を見ておらず、ノアの中の『なにか』に向けられているのがわかった。

「決めるなら、早くした方が良いですよ。……神獣殿?」

ひっそりと、そして淡々とした声には慈悲の色は欠片もなく、ノアは焦燥に駆られながら去って行く背中を見つめ続けた。

†

「……ノア」

夜陰に紛れるように馬を走らせ王都を出たアルベルトは、怒りと焦燥を滲ませた声で小さく呟く。

向かっているのは、王都から馬で二日ほどかかる場所にある小さな街。転移魔術で近隣の街までの道程は短縮できたが、そこからは同行者達がいるため馬で行かざるを得ない。ノアを助けに単身先行することも考えたが、その場にいるだろう者達を確実に捕らえるには一人では心許なく、一刻も早く駆けつけたい衝動をどうにか抑えつけていた。

神殿の地下牢からノアが姿を消して、数日が経っている。アルベルトの手の甲に残されたセレスの痣に変化がないことから、ノアが無事だろうことはわかっていた。だがそれでも、大切な者をただ一人、敵の手の内に置いておいて落ち着けるはずがなかった。

神殿に戻り、囚人が脱走したと伝えられたアルベルトは、ノアが連れ去られたことを察し――また、ノアを囚人と言われたことで、怒りを抑えきれなかった。

報告してきた神官達に怒りを向けることはどうにか堪え、だが、神殿の石壁に亀裂を入れるほど殴りつけたことに、神官達は驚愕を隠せないようだった。

『上級神官トリスが、脱走を手引きしたと思われますが、……地下牢の入口近くで意識を失っているのを発見しました』

それでも、恐る恐る報告されたそれに、血が滲むほど強く石壁に打ちつけた拳を握りしめた。万が一の時のためにと、トリスにはノアが狙われていることを伝え、気にかけるよう頼んでいた。アルベルトのその信頼に応え、ノアの安否を確かめるために動いてくれたのだろう。

『トリスの容態は』

『魔力を抜かれているだけのようでしたので、医務官の指示で居室で休ませています』

『そうか。トリスは、あの者の側仕えに任せる。ノアの行方は？』

『わかっておりません。それから、神官長……』

言い淀む上級神官に視線で先を促せば、意を決したように言葉を続けた。

『神官長が、あの囚人に目をかけていたのは周知の事実。罪人を引き入れたとして——また、公務にあまり熱心でないとして、神官長の交代を望む声が大きくなっております。副神官長が戻り次第、王に訴える、と……』

その言葉に、思わず嘲笑が零れそうになる。誰が言い出したかは知らないが、敵側の者であることは確かだろう。表情を変えないまま答えを返す。

『好きにすればいい。今はまず、ノアの行方を追う。不審な者を見た者がいないか、全ての者に話を聞け』

これまでのやる気のない雰囲気を消し、神官達に端的に指示を出していけば、驚いたように目を見張る姿が視界に入った。わざとそうしていたとはいえ、急な神官長の交代でも神殿での仕事にほぼ影響がなかったのは、トリスの手を借りつつアルベルトがそう差配していたからだ。

重要な——そして、仕事の効率が悪かった部署に関しては、神官長の権限で、最適と思われる人物に命じて人員の入れ替えを進めていた。そうした変化に、気づく者と、気づかない者。それが、今後の神殿に必要かどうかの見極めの一端となっていたのだ。

（早くノアを助けなければ……）

だが、そんなことよりも、今はノアの行方を追うことの方が先決だった。

神官達に指示を出し終わると、急ぎ足で自身の居室に戻る。だが、部屋に入った途端、馴染みのある魔力とともにリアリットが姿を現し目を見開いた。

『兄上……』

城から転移魔術を使ったのだろう。驚きで動きを止めたアルベルトに、リアリットが淡々と告げた。

『助けに行くつもりか？』

ノアのことは、神殿に戻った直後、城に報告するように指示していた。恐らく、アルベルトの行動を見越して来たのだろう。来るだろうとは、思っていた。

『はい』

『……行くのを止めはしない。だが、少し待て』

『ですが……っ！』

『お前一人で行っても、ノアを助けるのがせいぜいだ。神獣にも止められたのだろう？』

『……っ！』

図星を指され押し黙ると、リアリットが仕方がないと言いたげに溜息をついた。

『お前が会議の時点で飛び出さなかったからな。ノアがいない状態でそれができるのは、神獣くらいだ。敵を泳がせろ、とでも言われたか？』

あの時、セレスから告げられたことを的確に言い当てたリアリットが、わずかに表情を緩めてアルベルトの肩を軽く叩いた。宰相補佐としてではなく、兄として、宥（なだ）めてくれているのがわかる。

『じっとしていられない気持ちはわかるが、堪えろ。お前が動けば、人目を集める。それで相手が国外にでも逃げたら、そちらの方が厄介だ』

『……わかっています』

血が滲むほど握りしめた拳に、アルベルトの焦燥を正しく理解したのだろう。リアリットが苦笑する。

『お前に、それほどまでに想う相手が出来たことは、喜ぶべきことだ。フォートレン家の名にかけても、必ずノアは無事に救い出す。……父上が、落ち着いたら連れて来いとおっしゃっていた』

柔らかく告げられた言葉に、ほんのわずか、表情を緩める。それを見たリアリットが、一人で飛び出すことはないと判断したのだろう、再び宰相補佐として淡々と告げた。

『まずは、神獣からノアの居場所と状況を確認できないか試すように。あの方の動きは、こちらで見張らせている。動きがあれば、随時報告する。神官のザフィアの方は、休暇を取り神殿を離れていると報せがあった』

その報告に軽く頷く。ザフィアに関しては、アルベルトが特定の神官について探ると目立つため、リアリット達が確認してくれるだろうと推測していた。

『居場所が特定できたら、魔術師団、魔術騎士団から精鋭を連れて現地に赴け。指揮権はお前に預けると陛下から伝言だ』

『……っ！』

その言葉に目を見張る。恐らくそれは、ノアを無事に助けるための手段としてイーディアルが手配してくれたのだろう。セレスがいることを考えれば、当然と言えるかもしれないが、その権限をアルベルトに託してくれたのは感謝してもしきれない。

『あの方に動きがあれば、すぐにでも突入できるように、と。……わかったな』

『はい』

はっきりと頷いたアルベルトに、リアリットが満足げに微笑むと、再び転移魔術で城へと戻った。リアリットの城の居室と、アルベルトの居室は、それぞれに結界を張っている。この中で使われた魔術は、外へ気配が漏れないようになっており、また魔術で入れる者も特定されている。だからこそリアリットが来たのだ。

『……セレス』

右手の甲を撫でて呟くと、わずかにそこが熱を持ち始める。しばらくそれを見つめていると、アルベルトの足下に、薄ぼんやりと魔法陣が現れた。

『……く、を……』

かすかに聞こえる声に耳を傾ける。何度か同じことを繰り返すそれに、魔力を、と言われているのだとわかり、足下の魔法陣に魔力を流し込んだ。

『……――。ひとまず、良い』

先ほどよりも明確な声に、一度、流し込んでいた魔力を止める。すると、目の前に残像のようなセレスの姿が現れた。

『ノアは、まだ無事じゃ。ただ、我がノアの治癒に力を回している隙に、昔、我につけたのと同等の魔力封じをつけられてな。ノアに話しかけることができぬ』

ノアの無事が確認でき、ひとまず安堵する。

『ザフィアは、我を別の者に宿す気じゃ。あやつ自身は、裏で状況を操ることを楽しんでおるように見える。……エフェリアスだったか。ノアは感じ取っておったが、あやつの魔力にザフィアの魔力が混じっておる』

『……っ！　それは、まさか』

『そのまさかの事態もある、ということじゃ』

つまり、エフェリアスがザフィアに操られている可能性がある、ということだ。

『ザフィアには、あやつ自身でない者の記憶がある、と言うておった』

『あいつ自身でない者の、記憶?』

『魂の記憶、じゃな。本来は、生まれた時に消えているはずのそれが、なんらかの形で蘇る。……ノアも、その一人じゃ』

その言葉に、アルベルトは目を見張る。だが同時に納得もしていた。なにも教えられてこなかったノアが、様々なことを知っていた理由。別の者の記憶があれば、不可能ではない。

『ノアに関しては、あの子から直接聞けばよい。おぬしになら、隠さず話すじゃろう』

そう告げたセレスは、ザフィアの中にある、魔道具師の記憶について告げた。

『昔、有能だったものの、その才で倫理にもとる魔道具を発明した魔道具師がおるという話は聞いたことがある。その者なら、我の力を封じる魔道具を作れても不思議ではない。疾く調べよ』

『わかりました』

頷いたアルベルトに、セレスが続けた。

『恐らく、あちらはノアから我を引き離すじゃろう。無理にそれをやれば、ノアの身体に負荷がかかり耐えきれぬ。その前に、我は一度、ノアから離れる』

『……っ!』

『たとえ、ノアの中にある力が封じられても、おぬしに残した力は消えぬ。ただし、それだけでは魔力が足りぬ。そのため、万が一の時のために補充しておきたい』

『魔力……』

今ここで魔力を流してもいいが、アルベルト自身の魔力を使ってしまうと、なにかあった時に咄嗟に動けなくなってしまう。わずかに逡巡し、神官服の袖に隠し持っていた短剣を取り出す。

ぶつり、という軽い音とともに、編んでいた髪が切れる。うなじの辺りから切り離した銀色の髪を、セレスに見せる。

『これでどうですか？』

髪を伸ばしていたのは、万が一の時に使う予備魔力を溜めるためだ。髪に宿った魔力は、体内で生成される魔力とは別に、使うことができる。数年かけて溜めたその魔力は、現状体内にある魔力量より多い。

『十分じゃ。そのまま落とせ』

頷いたセレスに指示され、髪を手から離す。うっすらとした魔法陣に髪が飲み込まれた瞬間、その輝きが一際強くなる。

そしてその後、ノアの居場所を告げられたアルベルトは、神官達に悟られぬよう準備のために動き始めたのだ。

†

「……これが最後だ。ここで離れなければ、こいつは殺されるか、意志を封じ生涯人形として生きることになる」

淡々としたザフィアの声が夢うつつに聞こえ、ノアは、ゆっくりと瞼を開こうとした。だが、どうしてか身体が動かず、また意識も曖昧でぼんやりとしていた。

(夢……？)

どこか現実味のないそれに、寝ぼけているのだろうかと思う。だが、続けて聞こえた声に違うと思い直した。

「我がノアから離れたら、この子を神殿に戻すと約束できるか？」

セレス、と呟こうとしたが、やはり身体が動かない。なにか、魔術が施されているのだろうか。そう思い、必死に身体を動かそうとする。

(嫌だ、駄目、セレス……)

早く止めないと、セレスが自分から離れてしまう。そんな焦燥とともに、必死に瞼を開こうとする。

「ああ、約束する。我が主は、その子供には興味がないからな」

「……おぬしは、あるようじゃが？」

「まあな。だが、それが持っている知識程度は、恐らく私にもあるからな。大人しく離れるようであれば、見逃してもいい」

次第に楽しげになるザフィアの声。一方で、セレスの迷うような気配に、ノアは必死に心の中でかぶりを振った。セレスがここで自分から離れてしまえば、きっと、良くないことにセレスの力を使われてしまう。優しいセレスに、そんなことはさせたくなかった。

動けない、しゃべれないもどかしさから、自分を抑えつけるようななにかに必死に抵抗する。全身を搦め捕るような魔力を感じ、動けないのはこれのせいだと察する。

(早く、早く動けるようにしないと……っ)

焦りながら、けれどどうしていいかわからず、無我夢中で自身を覆う魔力を撥ねのけようとする。

「……わかった」

ぽつりと零したセレスの呟きに、ノアは泣きそうになってしまう。駄目。そう何度も叫ぶのに、セレスに声は届かない。

直後、ノアの中からなにかが抜けていくような感覚が全身を駆け巡る。セレスが、離れていく。直感でそう悟ったノアは、これまで以上に必死に抵抗した。

「……め、……っ」

嫌だ。セレスが嫌がることなど、絶対にさせたくない。そう強く念じ続け、自身の中にある魔力を無我夢中で外に向かって放出する。すると、わずかに身体が動き、声が出る。

ぴし、と。なにかに軽くヒビが入ったような音が耳に届いた瞬間、一気に身体が軽くなる。

「駄目、セレス……――っ‼」

叫ぶと同時に、パキンと硬質な音が響き、左手首に着けられていた腕輪が壊れ落ちた。だがそれに気を回す余裕もなく、ノアはセレスを引き留めるように身体を起こして胸元に手をやった。

「な……っ！」

驚愕したようなザフィアの声とともに、なにかが抜けていくような感覚が止まる。ノアは自身の手をじっと見つめた。

「……セレス？」

『無事じゃ。だが、気を抜くな』

問い掛ければ、頭の中に声が聞こえてくる。そのことにほっと息をつき、ノアは顔を上げた。そこにいたのは、こぶし大ほどの宝珠を持ったザフィアで、憎々しげにノアを睨んでいた。失敗したことがわかったのだろう。舌打ちが聞こえてくる。

「もう少しで、神獣の力を完全に封じられたものを」

「セレスは、渡しません」

睨みながらはっきりとそう言ったノアに、ザフィアは嘲笑を浮かべる。

「お前になにができる。魔力封じが壊れても、そこから動けまい」

足枷(あしかせ)か——寝台周辺になにかが施されているのか。セレスからも、今は動くなと告げられる。

(セレスが無事なら、それでいい……)

きっと、アルベルトが助けに来てくれる。それを信じ、今、自分にできることをしようとザフィアを牽制(けんせい)するように必死に睨みつけた。

「大人しくしていれば、命だけは助かったものを」

そう言ったザフィアが、ノアに掌にあった宝珠を向ける。同時に、頭の中に響いたセレスの言葉に迷うことなく頷いた。そんなノアの反応に、セレスがかすかに笑ったのがわかる。

『全く。おぬしは、相変わらずよな』

そんな笑い交じりの声とともに、全身にある痣が熱を持つ。同時に、ザフィアがなにかを唱える声が耳に届いた。

「同じ神獣の魔力であれば、弾くことはできまい」

そう告げられた瞬間、ノアの意識は、すとんと暗闇の中に落ちていった。

†

街の近くにある森、人目につかない場所に野営地を設けたアルベルト達は、そこで城からの、そしてセレスからの報告を待っていた。

なんらかの形で、エフェリアスがセレスの力を手に入れようとする場合、城を離れる可能性が高い。確実に現場を押さえるためにも、エフェリアスの動きを察知した上で迅速に先回りする必要があった。

そうして、二日ほど待機した日の夜、城で動きがあった。エフェリアスが転移魔術を使い移動したと通信魔術で報告がきたのだ。

エフェリアスの部屋には、アルベルト達が自身の部屋にかけているように魔術遮断の結界が張られている。だが、それはあくまでも魔術遮断であるため、エフェリアスの監視は、イーディアルの『影』の一人、稀に存在する魔術が使えない——けれど、魔力耐性が高い者が行っていた。

エフェリアス自身も、監視がついていることは承知しているだろうが、こちらの動きより早く事をなせる自信があるのだろう。もしくは、最後の機会としてなりふり構わなくなっているのか。

（もしくは、ザフィアに操られているか……）

セレスによれば、人の思考を完全に操るほどの魔術ではないとの見立てだった。恐らく、思考の方向性を定められているだけだろう、と。だが、それにより、その者が本来持つ能力が阻害されている可能性はある、とも言っていた。

（そもそも、前国王陛下とあの方は、仲が良かったはず）

父親から聞いたことがある。前国王とエフェリアスは、幼い頃から兄弟仲が良く、エフェリアスも王弟として兄を支える立場を崩さなかった、と。

もしも、前国王が変わった時から、エフェリアスも操られていたのだとしたら。

嫌な想像に、肌が粟立つ。悪意どころではない。それはまさに、国を滅ぼす所業だ。

もし、イーディアルがいなければ、この国は本当に滅んでいたかもしれない。

（イーディアルが、魔力を隠していたのは正解だったということか）

魔力がない相手ならば、いつでも操れる。だからこそ、表面上怪しまれぬようイーディアルをそのまま国王の地位に就けた。

エフェリアスが神獣の力を手に入れたら、イーディアルを追い落とし、エフェリアスを王位に就ける。そうすれば間もなく、裏で糸を引いているだろうザフィアの思惑通り、この国は滅びるのかもしれない。

野営地に見張り数名を残し、夜の闇に紛れセレスから教えられた場所へ向かう。目立たぬよう数名ずつに分かれ、それぞれ別方向から目的の場所を囲むように配置した。魔力を持つ者は全員、ノアに渡したものと同じ魔力探知阻害の魔道具を着けている。

（ノア、無事でいてくれ……）

祈るように、右手の甲にある痣を握る。そうして、街の外れにある廃墟となった教会を取り囲むと、見つからないよう足音を殺しながらアルベルトが中へと踏み入った。

「……──」

人の話し声に気配を殺す。魔術騎士団に入り訓練を積み、気配も魔力も殺す術は身につけている。それを感じ取れるのは、騎士団でも片手で数えられるほどだろう。

エフェリアスとザフィアがいるだろう部屋の傍で様子を窺う。壊れた壁の隙間から中を窺うと、ローブを纏った二人が、寝台に横たわったノアの前に立っていた。飛び出したい衝動を必死に堪えていると、ザフィアだろう人物が、ローブの中からこぶし大の宝珠を取り出すのが目に入った。それが、セレスの力を封じたものだと、感覚でわかる。恐らく、以前セレスを害した時に奪ったのだろう。

「神獣の力を使えば、私の望みも叶う」

「はい。この国は、貴方様の望むままに」

「こんな子供が持つには、過ぎた力よ。引き剝がせ」

短いやりとりの後、ザフィアの持つ宝珠が黒く光り始める。その光がノアの身体を包み込もうとした瞬間、アルベルトは部屋の中に踏み込んだ。

「前王弟エフェリアス、神官ザフィア。両名とも、国家反逆罪で身柄を拘束する」

そう告げた直後、エフェリアスがこちらを振り返り、剣を抜く。ザフィアはノアの方を向いたままで、宝珠から放たれた光がノアの身体を包み込んだ。

「痴(し)れ者が。こちらは、神獣を不当に隠匿していた者を捕らえに来ただけのこと」

「……言い逃れは通用しません。大人しく投降して下さい」

エフェリアスの持つ剣に魔力が流れた瞬間、アルベルトもまた剣を抜く。直後、放たれた魔力を防御結界で弾き、エフェリアスの方へ駆け出す。

「フォートレン家の者であれ、私の魔力には敵(かな)うまい」

そう言って笑ったエフェリアスが、アルベルトの剣を受け止める。魔力で強化された互いの剣が、激しい音を立てた。

「……それは、どうですかね」

幾度か打ち合い、再び間合いを取る。ちらりとエフェリアスの背後に視線をやれば、ノアが苦しげに呻いている姿が見えた。

「よそ見をしている余裕があるのか？」

落ち着いた声とともに、一瞬でエフェリアスが懐へ入り込んでくる。胸に突き立てられそうになった剣を身に纏った防御結界で弾き距離を取ると、ほう、とエフェリアスが初めて目を眇めた。エフェリアスが見せたわずかな苛立(いらだ)ちに、ともすればノアの方に意識を向けそうになる自分を必死に抑え込む。

ここで焦れば、取り返しがつかなくなる。セレスの言葉を信じろ、ノアは大丈夫だ。そう言い聞かせ、目の前のエフェリアスに集中する。

「貴方は、私には勝てません」

にっと不敵な笑みを見せれば、エフェリアスが表情を変える。憎々しげに睨みつけてくるその表情から、王族としての威厳は消えていた。

ここで大きな魔術を使えば、ノアを巻き込んでしまう。相手もまた、ザフィアの作業を妨げることはしないだろう。そう思い、剣に強化とともに空間魔術により重力をかける。重さを増した剣を、それとは悟られぬよう構え、再びエフェリアスに踏み込んでいった。

「は……っ！」

素早く何度か切り結び、その剣の重さにエフェリアスが目を見開いた瞬間、剣を合わせた瞬間を狙って横に払い、思い切り上段から振り下ろす。

「……──っ、くっ！」

払われた剣を戻し、どうにかアルベルトの剣を受け止めたものの、エフェリアスがその場に膝をつく。その隙を逃さぬよう、拘束魔術を展開しようとした瞬間、剣を受け止めていたエフェリアスが、口元に笑みを浮かべた。

「……──っ！」

一瞬で、部屋全体に魔法陣が浮かぶ。直後、その術式を理解したアルベルトは、エフェリアスから距離を取った。

「はっ！　これがなにかわかったか。だが、遅い」

そう言った瞬間、エフェリアスがアルベルトに掌を向け短く詠唱する。直後、ごそり、と足下から魔力が抜けていく感覚に襲われた。

「魔力を食い尽くされて、死ね」

足下にある魔法陣は、『魔力喰い』——禁術とされている魔術だ。術式の中にいる者の魔力を全て食い尽くす。魔力を持つ者が、枯渇を通り越し全ての魔力を失えば、それは死に繋がる。

(ノアは……まだ、大丈夫だな)

恐らく、ザフィアとノアは、魔力喰いの影響から外れるよう、なんらかの対処をしているのだろう。ほっと息をつくと、足下の魔術を消すために、剣を握り直す。同時に、頭の中にセレスの声が響き、知らず笑みが浮かんだ。

「……残念だったな」

そう言った直後、アルベルトが魔術破壊の術式を展開し魔力を込めて床に剣を突き立てるのと同時に、部屋の中に風が吹き荒れ白い光に満たされる。だが、アルベルトの周囲には、なにかの膜があるように風も光も届かない。

「な……っ!」

「なんだとっ!」

エフェリアスとザフィアの驚愕した声が響くと同時に、ぱりんと、硝子(ガラス)が割れるような音が響く。直後、背中に、とん、と軽く小さな身体が当たる感触がして、安堵と喜びに唇を噛みしめた。

「アルベルト様……」

「遅くなった」

ぎゅっと服を握ってくる感触と、震える小さな声。背中に当たる身体を引き寄せ、腰を抱いて横に移動させて抱きしめると、柔らかな羽根のような感触が手に触れた。

「……これは」

「セレスの、力が……」

「ああ」

短いやりとりの後、部屋に吹き荒れていた風と光が収まる。見れば、膝をついたエフェリアスとザフィアの姿があった。すぐに二人に向かって拘束魔術をかけ、身動きが取れないようにする。

「それは、まさか……」

ノアを見て目を見張ったザフィアに、アルベルトの腕の中にいるノアが答える。

「セレスが、助けてくれました。意識を封じられていたように見せたのは、わざとです。……貴方でもセレスを害することができたのは、セレスが長い年月、国を護り続けて弱っていたから。僕と、アルベルト様がセレスに魔力を渡して力を取り戻したので……貴方の魔道具は、もう効きません」

そう言ったノアを、ザフィアが憎々しげに睨む。

「お前は、早々に殺しておくべきだったな」

「……貴方の傲慢さが、僕を助けてくれました」

静かに告げたノアの背中には、セレスが最初にアルベルトの前に姿を現した時と同様の、黒銀の翼がある。それは、セレスが、ノアと契約を結んだ証。

ここまでノアが抵抗せず捕らわれていたのは、アルベルトが二人を捕縛するのを手助けするためだった。ザフィアの意識を自分に引きつけ、必要な時に手を貸す。セレスからはそう伝えられていたのだ。

拘束が終わると同時に、部屋の周囲で待機していた魔術騎士団の団員達に状況を伝える。他の団員達は、教会周辺で見張りをしていたエフェリアスの配下達を捕らえていた。また、魔術師団には、エフェリアスがこちらに向かって来た時から、この部屋の周囲に結界を張り、中での被害が外に及ばないように——そして、転移魔術で移動できないようにしてもらっていたのだ。

だからこそ、エフェリアスは、逃げるより先にアルベルトに向かってきた。

「……エフェリアス様」

部屋に入ってきた騎士団員達に魔力封じの手枷を着けられ引き立てられていくザフィアを

横目に、アルベルトはノアの身体を離し、エフェリアスに近づく。同じく魔力封じの手枷を着けられたエフェリアスは、だが、それ以上暴れることはなく、ただアルベルトを睨みつけていた。

その指にある指輪——昔からエフェリアスが肌身離さずつけていたそれに視線を向け、ノアを見遣る。すると、こくりと肯定するようにノアが頷いた。

「城へ戻ったら、陛下より大切な話があります。貴方が、これ以上間違わないことを、心から祈っております」

「……——」

無言でその場を立ち去るエフェリアスの背を見送り、アルベルトは、再びノアの身体を抱きしめる。柔らかなその身体をきつく腕の中に閉じ込めると、おずおずとした様子で、ノアの腕がアルベルトの背中に回された。

「……アルベルト、様」

「無事で、良かった」

心の奥底から吐き出すように告げたその一言に、腕の中に収まったノアの身体が震える。

そうして、アルベルトに縋るようにしがみついたノアが静かに泣く声に、アルベルトはその身体を抱きしめながらじっと耳を傾けた。

†

神殿に戻ったノアが連れて行かれたのは、アルベルトの居室だった。

あの後、アルベルトの胸の中で安心し泣き出したノアが落ち着くのを見計らったように、背中に現れていた翼は消えた。あの翼は、セレスの力を具現化したようなもので、ある一定以上の力を使うと可視化される、らしい。仕組みは、ノア自身にもよくわかっていない。同時に、全身に広がっていた痣も、いつものように左側だけに戻った。

アルベルトからは、一刻も早く神殿に戻して休ませてやりたいから、転移魔術でノアだけを先に連れ帰り、再びエフェリアス達の護送に戻ると言われたが、それにはノアがかぶりを振った。少しのこととはいえ、アルベルトから離れたくなかったのだ。それに、万が一なにかあっても、ノアがいればセレスの力を容易に使えるようになる。

どうやら、以前、セレスは万が一の時のためにと、アルベルトにも力の一部を渡していたらしい。そのため、ノアの中にいるセレスの力を、アルベルトも使うことができるのだという。

「あの。……地下牢に、戻らなくてもいいんでしょうか？」

部屋に入り、真っ先に気になっていたそれを問えば、アルベルトが眉を顰める。

「どうしてお前が地下牢に戻る必要がある？」

「……アルベルト様が留守の時、ニールが突然苦しみ始めたんです。もしかしたら、僕が咄嗟にセレスの力を借りたのかもと……」

「それは違う」

自分の目の前で苦しむニールの姿を思い出し、唇を噛みしめると、アルベルトがノアの身体を引き寄せる。そのまま抱きしめられ、宥めるように背中を撫でられた。

「セレスによれば、ノアはニールから毒針で刺されたらしい。そして、同じ毒針をニールは自分にも刺した。皆の前で、お前がニールを害したと、そう見せたかったのだろう」

「そんな……」

「ニールは、以前、ザフィアの側仕えだった。ザフィアを慕っていたらしいから、今回のことに利用されたんだろう」

「……――」

「ノアは、誰も傷つけてなどいない。むしろ被害者だ。牢に入る必要が、そもそもない」

きっぱりと言い切ったアルベルトに、ほっと息を吐く。教えられた事実に胸が痛んだが、自分が知らぬ間にニールを傷つけていたのではないとわかり、安堵する。

「ニールは、その……」

「解毒と治癒が間に合ったため、命は取り留めた。ただ、意識は戻っていない」

「そう、ですか……」

その言葉に、ひそかに溜息をつく。ノアを陥れるためだけに、自分の命をかけたニールに複雑な思いを抱きつつも、無事に目が覚めますようにとひっそり祈った。それが本人にとって幸せかどうかはわからないし、自分に殺意を向けた者の幸せを無条件に祈れるほどこなれてもいないが、すでに報いを受けた相手に追い討ちをかけるようなことはしたくなかった。

「セレスのことは、聞いたのか？」

そっと問われたそれに、アルベルトの胸に顔を埋めながら頷く。今までは、どこか恐れ多くて素直に近づけなかったが、二度と会えないかもしれないと思った恐怖が、ノアから遠慮を引き剝がしていた。

「セレスが、教えてくれました。セレスは、ずっとこの国を護ってくれていた神獣だったんですね……。ずっと、魔獣だと思ってて。謝ったら、許してくれました」

くすりと笑ってそう告げれば、頭上からも笑う気配がする。

「あの時……。ザフィア様に意識が奪われそうになる前に、セレスが、自分と契約するかと聞いてくれて。迷わず頷いたら、笑われました」

そうすれば、アルベルト様のところに帰れるって言ってたから。小さくそう告げると、少し身体を離したアルベルトの手がノアの頰にかかり、上向かされた。そのまま唇を寄せられ、目を閉じる。

「ん……」

重ねられた唇に、思わず声を漏らす。アルベルトにしがみつく手に力を込めると、同じように腰を抱く腕に力が込められた。

唇の隙間から舌が差し入れられ、歯列をなぞられる。促されるようなそれに、おずおずと唇を開くと、ゆっくりとアルベルトの舌が口内に差し入れられた。

「……ん、ふ……」

かすかな水音とともに、舌で口内をなぞられる。ぞくりと身体に震えが走り、同時に腰の辺りに熱が溜まり眦に涙が滲んだ。

まるで口の中を味わうようなゆっくりとした動きで舌を絡められ、心地よさと息苦しさと、よくわからないもどかしさが身体を駆け巡る。

「アル、ベルト、様……？」

はふ、と、唇が離れたわずかな隙間で呟けば、ゆっくりとアルベルトの顔が離れて行く。互いの舌の間に唾液の糸が引くのが、無性に恥ずかしかった。

「ノア。これからはずっと、私の傍にいて欲しい」

「あ……」

無事に戻れたら、どんな形でもいいから、アルベルトの傍に置いて欲しい。そう望んでもいいだろうか。捕らえられている間、ずっとそう心の中で祈っていたひそやかなノアの願いを見通したようなアルベルトの言葉に、声を詰まらせる。

「ノアが、好きだ。誰にも渡したくない」

「アルベルト、さま……」

震えるノアの身体を抱いていたアルベルトが、わずかに身体を離す。そして次の瞬間、ノアの両手を手に取り、その場に片膝をついた。

「私が、幸せにしたい。隣で、ずっと笑っていて欲しい。その願いを、叶えてくれないか？」

まるで、騎士の誓いのように、押し頂いたノアの手の甲にアルベルトが額を押し当てる。

その熱に、ノアは身体の震えを止めることができなかった。息ができない。苦しさと、嬉しさと、羞恥と、混乱。自分でもどうしていいかわからないまま、ただ、頬を流れる涙をそのままにアルベルトの手を握った。

「……でも、いい、です……か？」

たどたどしく返した声は、涙に濡れてかすれている。そんなノアに、その手に額を当てたまま、アルベルトが「ああ」と柔らかな声で返してくれた。

「ノアが望むことなら、この命に代えても全て叶えよう」

その一言で、ノアの我慢は限界を迎えた。ぼろぼろと零れる涙をそのままに、自らもその場に膝をつきアルベルトの背に腕を回して抱きついた。

「……に、たい……。そ、傍に、いたいです。許されるのなら、ずっと……っ！」

泣きながらそう告げたノアの身体をアルベルトが抱きしめてくれる。そうして耳元で囁かれた声に、ノアもしがみつく腕に力を込めて返した。

「……き。大好き、です。僕も、アルベルト様が、好き……っ！」

必死に言葉を返すと、アルベルトの唇にその声を遮られる。先ほどよりもさらに深く重ねられた唇に、息ができなくなり、ノアは必死にアルベルトの身体に縋った。

くちゅくちゅと耳元で音がするような、深く激しいくちづけに、意識が奪われそうになる。口腔を舌で嬲られるようにまさぐられ、舌を強く搦め捕られる。舌が熱を持ち痺れ始めた頃、再び唇が重ねられ上顎や歯列を舌でなぞられた。

ぞくぞくとした感覚が身体中を駆け巡り、知らず腰が揺れてしまう。その反応にアルベルトがほんのわずか目元に獰猛な笑みを浮かべていることにも、ノアは気づかない。

上手く息をすることができず、苦しさからアルベルトの背を叩くと、ゆっくりと名残惜しそうに唇が離れて行った。唇と濡れた目元、そして額に唇が落とされ、甘やかすように頭にも口づけられる。

「……息の仕方も、教えないとな」

くすりと笑いながら告げられたそれに、涙を流しながらもノアは羞恥で顔を伏せる。けれど、アルベルトにしがみついた手は離すことができず、首筋に顔を埋めて呟いた。

「全部、教えてください……」

身体を包むアルベルトの匂いに、安堵から全身の力を抜き、夢見心地でそう呟いたノアが、その台詞の結果を身を以て知ることになるのは、それから間もなくのことだった。

†

アルベルトに抱き上げられたノアは、強制的に連れて行かれた浴室で、猫の子よろしく全身磨かれてしまった。恥ずかしさから抵抗したものの、アルベルトにとってはじゃれているようなものだったらしく、簡単にいなされてしまっていた。

触れられていないところはないほどに隅々まで念入りに洗われ、浴槽に放り込まれてしまったノアは、羞恥でそのままお湯の中に沈みたくなったほどだ。

(どうしよう……)

温まった頃に浴槽から引き上げられ、柔らかな布で全身を拭かれ。ゆったりとした夜着を着せられ寝台に運ばれた後、服も脱がずにノアの世話をしていたアルベルトが、汚れを落としてくると告げ浴室へと消えていった。

そうして、寝台のさらりとしたシーツの上でじっと座ったまま、ノアは必死に考え込んでいた。たった一つ、アルベルトに秘密にしたままのことがある。それを、告げるべきか否か。

「……言っても、いいかな」

「さっさと言ってしまえ」

ぽつりと呟いた言葉に返された声に、思わず顔を上げる。そこにいたのはセレスで、ノアはぱっと笑みを浮かべた。

「セレス、よかった。ちゃんと出てこられてる」

「当然じゃ。とはいえ、疲れたから我は明日まで眠る。その前に、一つだけ伝えにきた」

「……――?」

一体、なにを。そう思い首を傾けたノアにもたらされたのは、だが、思いもかけない言葉だった。

「おぬしに前の生の記憶があることは、すでにアルベルトには話しておる。じゃから、安心して話せば良い。それでなにか異論があるようなら、我が懲らしめてやるでな」

「……っ！　セレス、それって……」

「ザフィアという男の正体を話す流れでな。おぬしが気にしておるのは、アルベルトにそれを受け入れてもらえるかどうかじゃろう？　心配ないゆえに、さっさと話して存分に甘えればよい。わかったな」

そう言ったセレスは、じゃあな、と言ってあっさりと姿を消す。アルベルトに助けられてからも意思疎通はできていたけれど、再びきちんと顔を見られたのは久々で、だがその感動すら、明かされた衝撃の事実でどこかに追いやられてしまった。

「……え。知ってるって、えええええ」

まさかの事態にシーツに突っ伏して頭を抱えていると、浴室の扉が開く音がする。迷いのない足音が寝台の傍まで来て、止まった。

「ノア？　どうした」

不思議そうな声に顔を上げれば、濡れた髪をそのままに夜着を羽織ったアルベルトが立っていた。そのまま顔を上げると、へにゃりと眉を下げて呟く。

「アルベルト様が、僕の記憶のこと知ってるって……、セレスが……」

「記憶？　ああ、ノア以外の者の記憶、と言っていたアレか」

「……――」

思い当たったと頷いたアルベルトに、俯く。面と向かって気持ち悪いなどと言いはしないだろうが、信じられないと言われる可能性はあった。アルベルトの反応が怖くて、ぎゅっと目を瞑る。

「ザフィアもそうだったとセレスが言っていたな。……俺には、それがどういう感覚なのかはわからないが、ノアに関しては、納得のいくことばかりだった」

だが、聞こえてきたのは笑み交じりの声で、ぱっと顔を上げる。アルベルトが寝台の端に腰を下ろし、ぎしりと揺れた。

「どうして、ノアが本が好きなのかが、ずっと不思議だったんだ。孤児院にも入れず、文字も教えてもらえなかったノアが、どこで本に触れ、好きだと思ったのかが」

「……あ」

「畑仕事や、他の仕事もそうだ。ノアは、俺達が驚くほどの知識を持っている。それが、ノアとは違う人間の記憶だと言うのなら、納得できる。それだけのことだ」

「……――」

よほど泣きそうな顔をしてしまっていたのだろう。アルベルトが苦笑を浮かべ、幼子を宥めるように頭を撫でてくれた。

「そもそも、神獣であるセレスが宿った人間だ。多少不思議なことがあっても、おかしくはない。ノアが、その記憶で苦しんでいるのでなければ、俺にとっては些細なことだ」

「アルベルト、様……」

「まあ、よほど信頼できる人間以外には、話さない方がいいとは思うが」

その知識を目当てに、ノアを狙う人間も出てくるだろう。そう言ったアルベルトに、滲んだ涙を堪えながら、こくりと頷いた。

「いつか、どんな記憶なのかも話してくれると嬉しい。ノアのことなら、なんでも聞きたいからな」

「……はい」

優しい掌が、ゆっくりと髪を撫でてくれる。もう、これで隠していることはなにもない。

髪を撫でるアルベルトの手を取り、頬を擦り付けた。

「……ずっと、怖かったんです」

ぽつりと呟いたそれは、いつも胸の奥底にあったものだ。頬に触れる温かさに勇気をもらいながら、ずっと見ないようにしていたそれを、ゆっくりとアルベルトへ晒す。

「前の僕は、誰からも必要とされていなかった。……この世界でも、必要とされるどころか、誰にも受け入れてもらえなかった」

前世の記憶があっても、なにが出来るわけでもない。知識を利用して新しいものを生み出すことが出来るほどの強さもなかった。それをするには、幼い頃から拒絶され続けていたノアの心は、疲れ切っていた。諦める方が、ずっと楽だったのだ。

本が好きだったという記憶も、望んでも手に入らないものなら思い出したくなかったと、何度も思ったことがある。

唯一、セレスだけは、ノアを必要としてくれた。けれど、いずれ魔力を取り戻したセレスが自分から離れていった時、自分に何が残るのかと思えばなにもなく、それも恐ろしかった。

「死ぬことは、怖くなかった。でももし、次に生まれ変わってまた一人だったら……。それだけは、怖かった」

「……――」

頬に当てられた手に力が込められる。アルベルトを見れば、悔しげな――そして、自身の傷が痛むような表情でノアを見つめていた。その表情に、申し訳なさと同時に喜びが胸を満たし、泣き出しそうな表情で笑う。

「アルベルト様は、傍に置いて下さったけど……。全部話したら、どうかしていると思われるんじゃないかって。それだけは、絶対に嫌だったから」

言えなかったのだと。そう告げると、「そんなことは思わない」ときっぱりとした声が返ってきた。その答えに、堪えきれなかった涙が一筋、頬を流れる。

「アルベルト様……。大好き、です。いらなくなるまででいいから、お傍に……置いてください」

震える声で告げたノアに、頬に当たるアルベルトの手も震えた。ぎしり、と音がし顔を上げると、こつんと額を合わせられる。

「いらなくなることなど、絶対にない。そんな心配は無用だ。もう、誰にも傷つけさせない。だから、ノアはノアのまま、ずっと傍にいてくれ」

優しく囁かれる言葉に、堪えていた涙が零れる。全てを打ち明けても、こうして受け入れてもらえる。それが、どれほど幸せなことなのか、今、身を以て感じていた。

「……アルベルト、様」

頬に流れる涙を優しく拭われ、唇が重ねられる。一度、二度と優しく触れ合うだけの口づけは、だが、徐々に深くなっていった。

「ん……」

はふ、と息を継ぎながら口づけを繰り返し、やがて力が入らなくなった身体が寝台へと倒される。仰向けになったノアの身体に覆い被さるようにして、アルベルトが口づけを続けた。

「は、ふ……、ん……っ」

舌先がくすぐるように口腔を撫でる度に、ぞくりと身体が震える。

浅く、深く。唇を重ねる度に、舌を擦り合わせ、また絡め合い、やがて流し込まれる唾液を呑み込む。意識の全てが口づけに奪われ、いつしか身体が熱を帯びていることにも気づかない。

どのくらい続けていただろうか。ゆっくりと口づけが解かれ、唾液の糸が顎を伝う。それを拭うように舌で舐められ、胸を上下させ喘ぐように息をしながら、ノアは上気した顔でアルベルトを見つめた。

「……――」

涙の膜が張った視界で見つめたアルベルトは、見たことのない――どこか獰猛な気配を纏わせていた。獲物を狙うようなその瞳が、情欲を宿したものだということに、そしてノア自身、誘うように潤む瞳で見つめていることに、気づかない。

「ノア……」

呟かれた声に滲む、苦悩と迷い。

だが、ノアはこの先にある行為を知識としてだけは知っていた。前世の記憶で、同性同士でもそういったことが可能だということも。

恐らく、アルベルトはノアがなにも知らないと思っている。だから、これ以上の行為に対し迷いがあるのだろう。

(全部、もらって欲しい……)

心も、身体も、全て。余すところなく、アルベルトに捧げたい。そして、満たして欲しい。

ノアの全てに、触れて欲しかった。

呆れられるかもしれない。そう思いながらも、逸る心のまま、ノアはアルベルトに手を伸ばした。

「……大丈夫、です」

その一言で伝わったのか、アルベルトが驚いたように目を見張る。

「その、やったことは、ないけど……。できるかも、わからないです、けど……。知って、は、いる、ので……」

羞恥の余り消え入りそうになりながらも、そう告げる。恐らく今、身体中が赤くなっているだろう。そう思いながらも、ここで止めて欲しくはなくて、アルベルトの首に腕を回して縋り付いた。

「ノア……」

「ご、めんなさい……。えと、前ので知ってて……でもあの、実際にやったことは、ないので……」

言い訳のように呟きながら、アルベルトにしがみつく。すると、ふっと耳元で笑う気配がし、宥めるようにノアの背中をアルベルトが撫でてくれた。

「……いいのか？　なにもかも、俺のものにして」

「……して、ください」

でも、上手くできなかったら、ごめんなさい。そう言ったノアに、アルベルトが楽しげに笑う。

「やったことがないのに上手くできたら、存在もしない誰かに嫉妬して離せなくなる」

「え……？」

「……まあ、慣れてなくても、可愛くて離せなくなるとは思うが」

さらりと言われた言葉に、え、と首を傾げた瞬間、再び唇を重ねられた。そうして、掌が夜着の裾を捲り脇腹を撫でた瞬間、びくりと身体が震える。

「……っ」

咄嗟に声が零れそうになり、唇を噛む。だが、解けというように唇が舌で舐められ、脇を撫でていた掌が胸元へ向かう。

「ん……っ！」

胸粒を指の腹で押し揉まれ、言い様のない感覚が全身を走り抜ける。くすぐったいような、ぞわぞわするような、けれど気持ちがいいような。落ち着かないそれに身を捩った。

「……ノア、声は殺さなくていい」

耳元で囁かれ、ん、と声を上げる。一度緩んだ唇は再び閉じることができず、アルベルトに触れられる度に、声が零れてしまう。

気がつけば、身につけていた夜着は剝ぎ取られ、アルベルトの唇が首筋や鎖骨、そして胸元を辿り、白い肌に赤い痕を残していく。

強く吸われた後に、軽く舌先で舐められると、そこからぞくぞくした感覚が這い上がってくる。知らず腰が揺れ、自分でも気がつかない間に、この世界に生まれてから初めて勃起していた。痛みを感じるそれに、わずかに身を捩ると、ノアのものを見たアルベルトが「ああ」と声を上げる。そうして、宥めるようにノアの頰に唇を寄せ、大丈夫だ、と呟いた。

「……初めて、だったな」

ぼんやりとした意識の中で、その声がどこか嬉しそうだと思う。だがそれも、下腹部の辺りを撫でていたアルベルトの手が、ノアのものにかけられた瞬間、吹き飛んでしまう。

「あ、待って、や……っ」

大きな掌に握られた自身のものを、緩く扱かれる。これまでとは比べものにならない感覚が腰の辺りから突き上げてきて、ノアの身体がびくりと跳ねた。

「あ、や……っ！」

ノアのものを扱く手が、徐々に強く、そして速くなる。解放を促すそれに、無意識のまま手の動きに合わせるように腰を揺らした。

「大丈夫だ。そのまま、達(い)け」

耳に息を吹き込むように囁かれ、くちゅりと舌で舐められる。その瞬間、指先で先端を抉(えぐ)られ、腰に溜まっていた熱を一気に放った。

「ああ……——っ！」

びくびくと腰が震え、握られた中心から熱が溢れる。不規則に吐き出されるそれをアルベルトの掌が全て受け止め、やがて、全てを放ったところで身体から力が抜けた。

「……は、ふ」

「よく達けた。上手かったぞ」

褒めるようにノアの額に唇を落としたアルベルトを、涙の滲んだ瞳で見上げる。上気した顔には、いつもの無垢な表情の中に隠しきれない艶(つや)を滲ませており、そんなノアの様子にアルベルトがこくりと息を呑み——獰猛な笑みを浮かべた。

そうして、ゆっくりとした動きで、ノアの放ったもので濡れた指を後ろの蕾(つぼみ)へと這わせる。

「……——ここも、全部、もらっていいか？」

ゆるり、と。柔らかく襞(ひだ)を撫でる指は、これからのことを示唆しており。ノアは、こくりと頷くことで答えを返した。

柔らかく蕾の周囲を撫でていた濡れた指先が、つぷりと身体の奥に埋め込まれ、すぐに出ていく。幾度か繰り返されるそれに、徐々にもどかしさが募り、やがて自ら指に擦り付けるように腰を動かしてしまい羞恥に身体が熱くなる。

そんなノアの様子に、嬉しそうに頬を緩めたアルベルトが、甘やかすように口づける。

「ずっと、大切にする」

そうして優しく囁かれた呟きに、ノアは幸せな気持ちのまま身を委ねるように、身体から力を抜いたのだった。

「あ、あ、そこ……、や……っ」

寝台の上に四つん這いになった状態で、ノアは息も絶え絶えに嬌声を上げ続けていた。

すでに身体を支えていた腕に力は入らず、シーツの上に突っ伏すような形で身悶えている。

くちゅくちゅという水音とともに、後ろの蕾から差し入れられた指がゆっくりと動く。内壁を撫でながら、そこを拡げるようにされ、身体の中に触れられる感覚にノアはひたすら翻弄されていた。

「や、そこ……っ」

指が内壁のどこかを掠めた瞬間、強い刺激が身体の奥から走り抜ける。同時に、再び勃起した自身の中心から先走りの蜜が溢れ、シーツを濡らした。

　思いがけない刺激に、アルベルトの指を呑み込んだ後ろが締まり、再び指が解すように動き始めた。

「ノア、そう、力を抜いて。……いい子だ」

　背中を撫で、唇を落とし、気を逸らしながら根気よくアルベルトが後ろを解してくれる。

そうして、三本ほどの指を呑み込んだそこから、アルベルトがゆっくりと指を引き抜いた。

「あ……」

　ずるりと引き抜かれるそれにすら感じてしまい、声が零れる。この、落ち着かない、そして身体を走り抜ける感覚が、快感というのだとノアはアルベルトに教え込まれた。

　知識はあっても、感覚としてはわからない。ノアは一つ一つ、アルベルトにそれらがどういうものかを教えられていた。

「気持ちよかったら、気持ちいいと言っていい」

　何度もそう言われ、これが快感なのだと身体に刻み込まれ。ノアは、アルベルトに触れられるだけで、それを快感だと認識してしまうようになりそうだった。

　そうして、後ろを振り返ることもできないまま、蕾にこれまでとは違う熱が当てられた瞬間、ノアは、アルベルトの名を呼んだ。

「アルベルト、様。顔、見たい、です……」

途切れながらもそう告げると、ぴたりとアルベルトの動きが止まる。

「……最初は、こちらの方が楽だと思うが」

「でも、顔、見えないの、いや……」

甘えるようにそう告げた直後、ぐるりと視界が回る。え、と思った瞬間、背中にシーツの感覚がして身体が返されたのだとわかった。仰向けに横たわったノアの上に、覆い被さるようにアルベルトが身体を倒してくる。脚の間に膝を割り入れ、互いの素肌を触れ合わせながら唇を重ねた。

「痛いかもしれないが……、いいか？」

優しく頬を撫でられ、その手に顔を擦り寄せながらこくりと頷く。

「大丈夫、です。最後まで、ちゃんと……」

して欲しい。その言葉は、口づけによって呑み込まれてしまう。隙間なく抱き合えば、硬く勃起したアルベルトのものが腰に当たり、身体の熱が上がる。

「んん……」

どちらからともなく腰を揺らし、互いのものを擦り合わせる。先走りで濡れたそれを、もどかしげに互いの熱に擦り寄せ、やがて、アルベルトの手がノアの太股にかけられた。

口づけが解かれ、脚を肩にかけるようにして持ち上げられる。脇に避けられていた枕が腰の下に差し入れられ、アルベルトが上からのしかかってきた。

ひくつく後ろの蕾に、アルベルトの熱が当たる。先端がゆっくりと蕾を開いていき、先ほどまで指で擦られていた内部が、指とは比べものにならないほど硬く熱いもので埋め尽くされていく。

「あ、あ……」

怖いほどの圧迫感に、身体が震える。やがて、アルベルトの手がノアの中心にかけられると、後ろの動きに合わせるようにゆっくりと扱かれた。

「ノア、力を抜いて……」

ゆるゆるとノアのものを扱いていた手が、やがて速度を増していく。それにつれて後ろの圧迫感から意識が逸れ、直後、ぐっと一気にアルベルトの熱が身体の奥に埋め込まれた。

「……――っ！」

瞬間、息が止まる。だが、アルベルトがそのまま動かずにいてくれたため、徐々に衝撃は収まってきた。どのくらい時間が経ったのか、ようやく身体の中に自分以外の熱があることに慣れてきた頃、ノアは、ゆっくりと目の前にあるアルベルトの胸に顔を寄せた。

「ごめん、なさい……」

「大丈夫か？」

自分に体重をかけないように。そして、傷つけないように。ノアが落ち着くまで動かずにいてくれたアルベルトは、小さく頷いたノアにふっと微笑んだ。

「謝らなくていい。無理をさせているのは、俺の方だ」

けれど、どうしてもノアが自分のものだと刻んでおきたかった。だから、これは俺の我儘だ。そう言ったアルベルトに、目尻に溜まった涙が、ぽろりと零れる。

「……髪」

滲んだ涙の中で、アルベルトの首筋に手を回したノアが、小さく呟く。そこにあった長い髪は、今は少しうなじにかかる程度で切りそろえられていた。綺麗な髪だったのに。名残惜しさからアルベルトの首筋を撫でると、苦笑したアルベルトが顔を近づけてきた。

「セレスに魔力を渡す必要があったからな。……短いのは嫌か？」

ノアにもらった飾り紐は、愛用の剣の鞘につけている。そう言われ、大切にしてくれているのだと嬉しさから笑みが零れた。

「短いのも、お似合い……です。恰好いい、ので、好きです。けど、長いのも、素敵でした……」

どちらも似合う。そう告げれば、どこか照れくさそうな様子で、アルベルトが笑う。

「よかった。ノアに髪を結ってもらえなくなるのは、残念だが」

「……朝には、また髪のお手入れ……、させてもらっても、いいですか？」

さらさらとした手触りのいい銀髪に触れるのは、ノアの楽しみの一つだった。アルベルトの髪を撫でながらそう告げれば、もちろん、と嬉しそうな声とともにノアの髪にアルベルトが口づけた。

「ノアなら、どこに触れても構わない」

ノアの全てを自分がもらったように、自分の全てもノアのものだ。額や目元、そして頬、唇と口づけが与えられ、そう囁かれる。優しいその言葉に、ノアは、再び涙を溢れさせた。

そんなノアの涙を、アルベルトがあやすように唇で拭ってくれる。

アルベルトは、ずっと優しかった。出会った時から、ずっと。

そんな優しい人に、こんなふうに望んでもらって。これ以上に幸せなことはなかった。

この人の隣に、本当に自分などがいてもいいのか。その不安は消えないけれど、今は、与えられた幸せに包まれていたかった。

「いっぱいに、して。アルベルト様で……、奥も、全部……」

「……っ！」

溢れる思いを言葉にした瞬間、息を呑んだアルベルトが、ノアの身体を再び寝台に沈める。

今まで動かずにいたアルベルトの熱が、さらに質量を増した気がして、目を見張る。

両手をシーツに縫い付けられるようにして握られ、アルベルトが額が触れ合うほどに顔を近づけてくる。逃さないというように正面から見据えられ、ノアは、そこに浮かぶ激しい情欲に息を呑んだ。

「……——愛してる」

「……っ！　あ、や、あああ……っ」

真っ直ぐに告げられた言葉に目を見張った瞬間、ぐっと強く腰が突き入れられる。最初の頃に感じた圧迫感や痛みは徐々に薄れてきており、動く度に内壁がアルベルト自身を柔らかく包み込み始める。

「あ、あ、そこ、やあ……っ」

「く、ノア……っ」

それまでの静かな時間が嘘のような激しさで、アルベルトが腰を揺らす。ノアの脚を抱え、先端近くまで抜き、一気に突き入れる。それを何度も繰り返し、やがて、最奥に届くほど突き入れた後、内壁全体を擦るように腰を回した。

「あ、だめ、や、あああ……っ」

やがて、身体の奥のある一点を擦った瞬間、ノアの腰がびくんと跳ねる。すると、そこに自身の先端を当てたアルベルトが、執拗に擦るように何度も腰を揺らし始めた。擦られる度に、激しい快感が身体を駆け巡り、逃げ出すようにアルベルトの身体の下で身悶える。

「あ、あ、だめ、そこだめ……っ」

びくびくと身体が震え、勃起した先端からはとめどなく蜜が溢れる。受けとめきれないほどの快感にどうしていいのかもわからないまま、ノアは、いつの間にか解放されていた両手で縋るようにシーツを摑む。だがアルベルトの動きが止まることはなく、脚を抱えられ身体

を二つに折られるようにして、腰を揺さぶられた。

「ア、ルベルト、様、いく、いっちゃう……」

すでに自分がなにを言っているのかもわからないまま、アルベルトに教えられた通りに、終わりが近いことを告げる。すると、ノア、と呼びかけられ、嵐のような快感に身悶えながらも閉じていた瞼を開いた。

正面からこちらを見据える、射貫くようなアルベルトの瞳。小動物を狙う肉食獣——まるで獰猛な獣のようなそれに、目を逸らすことができなくなり、ぞくりと身体の奥から快感が走り抜けた。

視線で、犯される。

目を合わせたまま身体の奥をアルベルトの熱で突かれ、ぞくぞくと言い様のない感覚が身体中に広がる。一瞬たりとも視線を逸らすことを許されず、与えられる快感に喘ぎ溺れる自分の顔を食い入るように見つめられていると思えば——そして、アルベルトが自分を欲しがっている姿を見てしまえば、もう、駄目だった。

「あ、あ、あああ……——っ‼」

「……——っ！」

堪えていたものが溢れ、階（きざはし）を駆け上がる。びくびくと腰を震わせ白濁を放つと、ノアの内壁に締め付けられたアルベルト自身もまた、放埒（ほうらつ）を迎えた。

断続的に放たれる熱に、身体の奥が濡らされていく。ノアの身体の最奥に、自身の証を刻みつけるように、深く突き入れられたまま射精される。そうして、時折それを先端で塗り込むように腰を回され、その感覚にもまた感じてしまいノアは身体を震わせた。

「熱、い……」

長い放埒は、ノアの身体の奥をアルベルトのもので満たした。ゆっくりと震える手で下腹部を撫でると、アルベルトがいまだ硬さを失わない熱棒を、ずるりと引き抜く。

「……ん」

思わず声を上げ、くたりとシーツの中に沈み込む。すると、不意に脇に手が掛けられ、そのままひょいと身体が持ち上げられた。なにが起こったかわからないまま目を見張れば、寝台の上に座ったアルベルトの上に、向かい合うようにして座らせられていた。

「アルベルト、様……？」

「大丈夫か？」

「はい……。えと、気持ちよかった、です」

羞恥から視線を彷徨わせ、だが、気持ち良かったことだけはちゃんと伝えようと、言葉を押し出す。大切な人と肌を触れ合わせ、誰にも触れられたことのない場所で繋がることが、これほど幸せなことだとは思わなかった。

好きな人だから、明け渡せる。触れられると、気持ちいいと感じる。肌を重ねることの意味を、初めて実感を伴って理解した。

「……――」

だが、俯き照れながらもそう言ったノアに、アルベルトが口を閉ざしてしまう。なにか駄目なことを言ってしまっただろうか。にわかに不安になり、ちらりと顔を上げると、なぜか片手で目元を隠したアルベルトが大きな溜息をついていた。

「え？」

どこか既視感を覚えるその光景が、花祭りの時に見たものだと思い出す。だがそれがどういう反応かわからず首を傾げると、背中に回ったアルベルトの手がするりとノアの背中を撫で下ろした。

「ひゃ……っ！」

ぞくりとしたその感覚に思わず声を上げると、そのままアルベルトの胸に抱き込まれた。

「……初めてだから、一度で我慢しようと思っていたんだが」

「え？」

「まだ余裕がありそうだから、もう少し頑張ってもらえるか？」

「……え？」

そうして、にこりと笑ったアルベルトが、ノアの腰に両手を添える。そうして、ゆっくりと――そしてこれから先の行為を促すように、後ろへと手を這わせて尻を掴んだ。強く掴まれたそれに、快感が走り、身体が震える。

「……――っ」

「今度は、ゆっくり――優しくな」

そしてその後、夜が明ける頃まで、ノアはひたすら優しく――そして執拗に追い上げられ、意識を失うようにして眠りにつくのだった。

†

数日後、アルベルトに連れられ王城へと向かったノアは、以前通された応接室で再び固まっていた。部屋の中にいるのは、その時と同じ、イーディアルの他、ロベルトとリアリットだった。

こんなに何度も国王に会うことになるとは思わず、同時に何度会っても慣れないと内心で冷や汗をかく。そして別の意味で、アルベルトの兄であるリアリットに会うのも、勇気がいったのだ。

「そろそろ慣れてもいい頃だと思うが……」

面白くなさそうにそう呟いたイーディアルに、心の中で無理ですと叫ぶ。

「陛下。これが普通の反応です。それより、この後も予定が詰まっているんですから、早くしてください」

ソファに腰を下ろしたまま硬直しているノアの腰に腕を回したアルベルトが、言葉遣いは辛うじて丁寧だがぞんざいな口調で告げる。そんなアルベルトの様子に、イーディアルはもちろん、斜め横に座るリアリットも苦笑した。

「……アル、お前、随分と開き直ったな」

ちらりとイーディアルに視線を向けられ、居たたまれなくなり視線を逸らす。そうして、アルベルトから少し距離を取ろうとソファの上で身動ぎすると、腰に回された腕に力が入り再び引き寄せられた。

「……――」

へにょりと眉を下げてアルベルトを見ると、どうした、と笑顔で返される。

「いや、もういい。わかった。それより、ひとまず報告だ」

そう言ってやってられんと手を振ったイーディアルが、ふと、表情を改める。それにつられるように背筋を伸ばすと、イーディアルが淡々と続けた。

「まずは、前王弟エフェリアスと、神官ザフィアについて、だ。叔父上に関しては、アルベルトからの提言を元に確認したところ、指輪から精神干渉系の魔術が確認された。――父上よりも影響は弱いが、同種のものだった」

「……――」

前王弟に、わずかにまとわりついていた魔力。それが誰のものか、情けないことにノアは全てが終わった後に気がついたのだ。

「ザフィア様が……」

そう。エフェリアスから感じた魔力は、ザフィアのものだった。魔道具を通していたせいか、幾らか変質していたため、気づくのが遅れたのだ。

「それを考慮に入れた上で、北の離宮に生涯幽閉することになった。……魔術を解いた上で、父上のことを話したが、恐らくこれ以上なにかすることはないだろう」

目を伏せてそう言ったイーディアルの瞳に、やりきれなさと痛みが浮かぶ。思考を誘導する程度の影響であるがゆえに、自身の意志も根底にあったと言わざるを得ず、魔術から解放されたエフェリアスは、愕然としていたもののそれ以上弁明することはなかったという。

そして、前国王が意識不明ながらも生きていることを告げると、静かに涙を流していたそうだ。

「神官ザフィアは……――後日、処刑となる。神獣を害し、国を乱した罪人として。だが、神獣のことを周知するわけにはいかないため、非公開処刑にはなるが」

ノアを誘拐したことに関しては、周囲に知られれば逆に面倒なことになるため、表向きの罪状としては公表されない。それでもいいかと問われ、ノアは、こくりと頷いた。

「僕は、無事でしたし……。構いません」

狙われたとはいえ、結果、ノアは怪我もほとんどなく無事に帰ってくることができた。セレスも、アルベルトも、自分の大切な人達が全員無事だったため、それで十分だった。

そう言ったノアに、アルベルトが優しく頭を撫でてくれる。そんな二人を苦笑を浮かべながら見ていたイーディアルが、続けた。

「それから、ノア。神獣——セレスのことだが……」

「我の話ならば、一度、説明しておこうかの」

直後、ノアの右隣——アルベルトとは反対側からセレスの声がして、目を見開いてそちらを向いた。

「セレス！」

まさか、イーディアル達がいる場所で姿を見せるとは思わず、手を伸ばす。すると、その手を取られアルベルトの方へと引き戻された。え、と思って振り返ると、にこりと優しい笑顔が向けられる。

「おぬし……」

呆れたように呟いたセレスがイーディアル達へと視線を向けると、茫然としていたイーディアル達が素早くソファから下り床に片膝をつく。セレスに対し頭を下げた国王達に、ノアの方が驚いてしまう。

「え、あの……」

自分も同じようにした方がいいのだろうか。そう思い腰を浮かせたノアに、なにをしようとしたのかわかったのだろう、アルベルトが苦笑しながら大丈夫だと告げた。

「よい。おぬしらがそうしておると、ノアが落ち着かぬ」

早く戻れ、とアルベルト以上にぞんざいな口調で告げたセレスに、イーディアル達が深く頭を下げてソファに戻る。そうして、腰を落ち着けると、再びセレスに頭を下げた。

「我らの力不足によりセレス様を危険にさらす事態になったこと、誠に申し訳ない」

「全くじゃ。と言いたいところだが、あれは相手が悪かった。異質な上、悪意の塊のような存在だったからの。ゆえに、過去の契約をそのまま戻すわけにはいかぬが、こちらを害したことに関しては水に流そう。そなたは、よくやったようじゃしな」

「……――ありがとうございます」

いまだ取り調べ中ではあるが、ザフィアは、元々、魔力に対する耐性が高く、また、魔力探知の阻害能力に優れているそうだ。それゆえ、魔力封じで自身の魔力を封じてしまえば、セレスにも認識できないほど、魔力を感じさせなくなるらしい。

そして、生まれた頃から少しずつ二つの前世の記憶を取り戻していたザフィアは、その片方――天才的な技術を持っていた魔道具師の記憶の中から、幾つかの禁じられた魔道具の作り方を、同じ志を持つ仲間に伝えていたことを思い出した。その末裔が、十年前に王都から姿を消し殺された魔道具師であり、セレスを封じる魔道具を作った男、ネイトだった。

今世のザフィアは魔道具師としての技術は持たないが、持って生まれた知識により、魔道具に刻むための高度な魔法陣を作ることができた。その中には、精神干渉系の禁術とされるものもあり、それらを駆使してネイトには本来の目的を伝えないまま、魔法陣を渡し作らせていたようだった。ネイトの口を封じたあとは弟子に引き継がせて。

そうして、様々に手を回しエフェリアスの元側近に近づき、精神干渉系の魔道具を使うことで、自身の後見人になるよう仕組み神殿に入り込んだ。同時に、その元側近を操ることでエフェリアスが使う指輪にも精神干渉系の魔法陣を刻み、徐々に意識が侵食されていくようエフェリアスを操り始めたらしい。

王位継承権を持っており、かつ、より簡単に操れるであろう『魔力なし』と言われていたイーディアルではなく、王弟であるエフェリアスを利用したのは、前国王に対する感情だけが理由ではなく、イーディアルの傍にいるフォートレン家の人間——アルベルト達を警戒してのことだったようだ。

ザフィアの誤算は、十年前にセレスを逃がしたことと、中央神殿にノアの存在があったことだったのだろう。神獣の加護を失った国王を操り自滅させ、イーディアルを退け自らが操るエフェリアスを王位に就ければ、この国は放っておいても滅亡の一途を辿る。それを裏で眺めることが、ザフィアの——いや、昏(くら)い欲望に呑まれて果てた魔道具師の復讐(ふくしゅう)だったのだろう。

「我は今、ノアと契約しておる。この契約は、ノアが生きている限り有効じゃ」

「はい」

セレスが告げた契約とは、昔、この国の初代国王と交わされたものに似ている。具体的には、ノアがセレスに魔力を与え、代わりに、セレスがノアとこの国の結界を維持するというものだ。基本、セレスは神殿の聖域ではなく、ノアの中にいるらしい。

真剣な表情で頷いたイーディアルが、ちらりとこちらを見る。その表情は、ノアを労るもので、どうやら勝手に契約をしてしまったことを怒られることはないようだとほっとした。国で最も重用される神獣と、勝手に契約をしてしまった。あの時は無我夢中だったため迷いなく頷いたが、アルベルトと気持ちを通じ合わせ、落ち着いてよく考えたら大変なことをしてしまったと焦ったのだ。

セレスに、契約は解除できないのかと聞いたが、できるが嫌じゃとそっぽを向かれてしまった。眉を下げたノアに、大丈夫だと笑ったのはアルベルトだ。

『元々、神獣は自ら契約相手を選ぶ。ノアならば大丈夫だ』

そう言われたものの、実際にイーディアルに会うまでは不安だったのだ。

「現在、聖域に神獣がいないことは、極秘事項にはなっているものの一部の者には知られております。念のため、ノアと契約をしたことは伏せ、再び聖域に神獣が戻ったと内々に告げてよろしいでしょうか。叶うなら、聖域での祈りの日のみ、そちらにいて頂ければ助かります」

「それが良いじゃろうな。聖域にも我の力の一部を残しておく。残像程度のものじゃが、姿を見えるようにしておくには十分のはずだ」

「ありがとうございます」

安堵したように礼を言ったイーディアルに、セレスが続ける。

「これは、我からの要求じゃが、ノアの護りにはフォートレン家の者をつけよ。ノアは、我の力の影響でフォートレン家の者の魔力以外は受け付けぬ。我に対するのと同等の護りをノアに与えよ」

「それは、無論。現当主にも申し伝えておきます」

リアリットが頷き、隣に座るアルベルトもまたノアに頷いてくれる。

「癪ではあるが、ノアが選んだからな。アルベルト、きちんとノアを娶って大事にするのじゃぞ。不幸にしたら、ノアを連れて国を離れる」

「当然だ。不幸になど、するものか」

「え、娶……？」

セレスの言葉と、当たり前のように頷いたアルベルトに、ノアは目を見開いて焦る。娶る、とはどういう意味か。自分が知っているその単語は、婚姻に使われる言葉だと思うのだが……。そう思いひたすら内心で焦っているノアを見て、アルベルトが「どうした」と不思議そうに聞いてくる。

「え、だって、娶るって……」

「ずっと、傍にいると言ったんだ。伴侶とするのは当たり前だろう？　当主には許可を得ているから問題ない」

「えええええ……」

まさかの展開に、ぽかんと口を開いてしまう。この国では、同性同士でも婚姻を結ぶことはできるのだろうか。前世の知識からそう問えば、貴族の中でも多くはないがあるため、王の許可さえ出れば問題ない、とアルベルトは頷いた。

「そもそも、俺がノアの伴侶の座を他の者に渡すわけがないだろう？　ノアを最も近くで護れる立場を、たとえ家の者にでも譲る気はない」

そう言い切ったアルベルトに、ノアは鼓動を高鳴らせるとともに羞恥で顔が上げられなくなる。そういえば、ここには国王を始めとした面々が揃っているのだ。しかも、アルベルトの身内もだ。そんな中で、プロポーズとも言える言葉を告げられ、どうしていいのかわからない。

（いいのかな……）

今まで通り、側仕えとして傍にいられれば十分だと思っていた。なのに、アルベルトはそれ以上の立場をノアに与えてくれるという。

腰にかけられているアルベルトの手を意識しながら、左隣にいるアルベルトの服をそっと掴む。本当に望んでもいいのならば、欲しかった。ずっと、アルベルトの一番近くにいられる場所が。

「あの……」

「家のことならば、気にしなくてもいい。神獣の契約者を迎えられるのなら、家としても喜ぶべきことだからな。……まあ、家族として言わせてもらえば、誰にも執着しなかった弟に手放せない相手ができただけで上出来だ」

迷うノアの背中を押したのは、アルベルトの兄であるリアリットだった。その言葉に、本当にいいのだろうかと思いつつも、アルベルトの服を握る手に力を込めた。

「アルベルト様……」

「ノア、答えは？」

ふっと甘く微笑んだアルベルトが、こつんと額を合わせてくる。それに涙を堪えくしゃりと顔を歪めると、アルベルトの胸に飛び込んだ。

「……よろしく、お願いします」

小さく呟くと、嬉しそうに笑ったアルベルトがノアの身体を抱きしめてくれる。その優しい感触に、堪えきれず涙が零れ落ちた。

温かな胸に擦り寄るようにしていると、背中に回った腕に力が込められる。だがその直後、こほんという声に、再びここがどこだか思い出し、ばっとアルベルトから身体を離した。

「あああ、あの！　すみません！」

慌てて反対側にいるセレスの方に飛び退けば、イーディアル達が揃って苦笑する姿があった。

「ノアはともかく、アル、少し自重しろ」

「無理ですね」

あっさりと言ったアルベルトが、肩を竦める。右隣でノアを見ながらやれやれと溜息をついたセレスが、再びイーディアル達を見た。

「まあ、ノアが生きている間は、この国も護ってやろう。この子が住む場所じゃからな。その後のことは、おぬしら次第じゃ」

「セレス……。ありがとう」

言いながら、感謝を込めてセレスに抱きつくと、幼い頃からそうしてくれていたようにセレスが背中を軽く叩いてくれる。だがすぐに、後ろから腹の方に腕が回され、セレスから引き剝がされた。

「え？　ア、アルベルト様！」

ひょいと身体を持ち上げられ、アルベルトの膝の上に乗せられる。人前でする体勢ではないと目を白黒させていると、呆れたような視線をこちらに向けたセレスが「ノアに嫌がられん程度にしておけよ」と告げ姿を消した。

「……リアリット、これ、本当にアルかな？」

「まあ、昔から大切にしているものは決して手放しませんでしたからね。父が見たら顎を外すかもしれませんが」

愕然としたようなイーディアルの声と、頭痛を堪えるようなリアリットの声。我関せずで傍観を決め込むロベルトの姿に、ノアは居たたまれなくてアルベルトの膝の上で身を縮めた。

「ノア」

そうして甘く名を呼ばれ、顔を赤くしたままアルベルトを見れば、そこにあるのは優しい笑顔で。

結局のところ、こうして微笑まれたら自分に抵抗などできないのだと思いながら、周囲の人々の視線から逃れるため、ノアは目の前の愛しい人の胸に顔を埋めるのだった。

あとがき

こんにちは、杉原朱紀です。この度は「神官騎士は黒翼の忌み子を寵愛する」をお手にとってくださり、誠にありがとうございました。

気がつけばページがもりもりと増えてしまいましたが、楽しんで頂ければ幸いです。

異世界転生もの、一度書いてみたかったんですが、なんで私が書くと、こう、微妙に地味になるんでしょうか……と、若干遠い目になりつつ。とはいえ、色々考えながら書くのはとても楽しかったです。話の都合上、書き切れなかったキャラやエピソードが色々あるので、個人的にでもまた書きたいなと思ったお話でした。

魔力とか魔術とか魔法とかも大好きなので、また機会があれば挑戦したいなあと野望だけは。ちなみに、今回一番好き勝手に動いてくれたのはセレスでした。楽しかったです。

イラストをご担当下さいました、金ひかる先生。お忙しい中、本当にありがとうございました。

今回、攻であるアルベルトが、自分の中でも特にイメージが難しく。けれど見た瞬間「ああ、これだ」と言いたくなるほどしっくりとくるキャラに仕上げて頂けて、本当に嬉しかったです。他のキャラ達も、とても素敵にして頂きありがとうございました。

それから、キャララフで、残念ながら挿絵での出番がなかったキャラも描いて頂けたのが物凄く嬉しくて、ひそかに作業中の励みにさせて頂きました。

担当様。今度こそと言いつつ、回を重ねるごとに迷惑度合いがひどくなっておりますが、今回も本当に申し訳ありませんでした。油断すると道が逸れそうになる中で、的確な指摘と軌道修正を、いつもありがとうございます。せめて、反省を生かせる人間になれるよう頑張ります……。

最後になりましたが、この本を作るにあたりご尽力くださった皆様、そして読んでくださった方々に、心から御礼申し上げます。

もしよろしければ、編集部宛やTwitter等で感想聞かせて頂けると嬉しいです。

次の機会にまた、お会いできることを祈りつつ。

二〇二二年　杉原朱紀

✦初出　神官騎士は黒翼の忌み子を寵愛する…………………書き下ろし

杉原朱紀先生、金ひかる先生へのお便り、本作品に関するご意見、ご感想などは
〒151-0051 東京都渋谷区千駄ヶ谷 4-9-7
幻冬舎コミックス　ルチル文庫「神官騎士は黒翼の忌み子を寵愛する」係まで。

幻冬舎ルチル文庫

神官騎士は黒翼の忌み子を寵愛する

2022年10月20日　第1刷発行

✦著者　杉原朱紀　すぎはら あき

✦発行人　石原正康

✦発行元　株式会社 幻冬舎コミックス
〒151-0051 東京都渋谷区千駄ヶ谷 4-9-7
電話 03(5411)6431［編集］

✦発売元　株式会社 幻冬舎
〒151-0051 東京都渋谷区千駄ヶ谷 4-9-7
電話 03(5411)6222［営業］
振替 00120-8-767643

✦印刷・製本所　中央精版印刷株式会社

✦検印廃止

ISBN978-4-344-85135-1　C0193　Printed in Japan